W9-BRT-226

COLLECTION FOLIO

Christophe Dufossé

L'heure de la sortie

Denoël

Christophe Dufossé est né en 1963. Il vit aujourd'hui près de Blois. *L'heure de la sortie* a reçu le prix du Premier Roman en 2002 et a été traduit en dix langues.

« Il ne peut être question ici ni de soupçon ni d'innocence. N'en parlons plus, je vous prie. Nous sommes étrangers l'un à l'autre ; nos relations n'excèdent pas le temps qu'il faut pour descendre les marches du perron. Où irions-nous, si nous commencions tout de suite à parler de notre innocence ? »

Franz Kafka, *Description d'un combat.*

« C'est vraiment un bon moment, a tout simplement dit Vern.

Et il ne parlait pas seulement d'être entré en fraude dans la décharge, d'avoir embrouillé nos parents ou suivi les rails au plus profond de la forêt ; il parlait de tout ça mais il me semble maintenant qu'il s'agissait d'autre chose, et que nous le savions tous. Tout était là, autour de nous. Nous savions exactement qui nous étions et où nous allions. C'était génial. »

Stephen King, *The Body.*

Pour A.

1

Éric Capadis est décédé à dix-sept heures aux urgences de l'hôpital Trousseau le lundi 19 février 1995.

Pendant le temps que dura son bref séjour dans la salle de classe numéro 109 du collège, il est probable qu'il avait dû à de nombreuses reprises regarder par la fenêtre — d'où il n'avait pu finalement s'empêcher de sauter — le marronnier au pied duquel il devait s'écraser au cours de l'année scolaire. L'accident était arrivé vers treize heures trente, peu après la deuxième sonnerie, pendant que ses élèves de quatrième attendaient à la porte de la classe qu'il leur donne l'autorisation d'entrée. Ils déclarèrent plus tard à la police que n'ayant entendu aucun bruit à l'intérieur, ils avaient alors pensé que leur professeur était absent.

Des grappes d'enfants étaient encore massées autour du corps lorsque je tentai un quart d'heure plus tard de me frayer un chemin parmi eux. Leurs visages crispés, leur immobilité spectrale soulignée par les phares des véhicules de police allumés en plein jour évoquaient les survivants étonnés d'un désastre écologique. Cramponné au bras du professeur d'éducation physique, le maître de stage de Capadis, Christine Cazin se tenait à l'écart sous les feux tournants de l'ambulance qui venait de pénétrer dans la cour du collège. C'était une jeune femme blonde d'une trentaine d'années avec laquelle Capadis avait eu depuis le début des rapports de force sans conséquence. Quand la principale adjointe s'est penchée au-dessus du corps en même temps qu'elle, Christine Cazin a porté une main tremblante à sa bouche comme si elle allait vomir.

Un jeune gendarme au visage poupin prenait des notes, indifférent à l'agitation extérieure au périmètre de son carnet. Il appuyait son stylo si fort sur le papier que le muscle de son avant-bras se tendait et retombait en cadence. Il demanda peu après à la conseillère d'éducation de réquisitionner du personnel afin d'écarter les élèves de la zone de l'accident. Les surveillants appelés en renfort formèrent aussitôt un cordon sanitaire autour du corps en se tenant chacun par les extrémités des doigts. Leur ressemblance avec une ronde de militants figés dans une protestation muette donnait à la scène une impassibilité de film burlesque. Les événements semblaient se dérouler avec une lenteur de glacier, comme si les protagonistes de cette tragédie couraient dans tous les sens, mais à l'intérieur d'eux-mêmes.

Les deux ambulanciers, un homme et une

femme vêtus de jeans déchirés aux genoux, descendirent de leur véhicule et se dirigèrent vers le corps avec un air de compétence lasse, une décontraction dans la démarche qui suggéraient une familiarité avec la mort violente. L'homme devait avoir une quarantaine d'années. Son visage était secoué par des tics nerveux. Il clignait de l'œil droit et avançait sa bouche le quart de seconde suivant dans un effet de dissymétrie incongru. La femme, son aînée de quelques années, leva les yeux vers moi et fronça les sourcils en me voyant les bras croisés sur la poitrine. Je détournai les yeux vers l'infirmière scolaire qui mangeait une pomme, hésitant entre relever le col de mon blouson ou passer la main sur mes joues mal rasées pour me donner une contenance.

Après avoir échangé un signe d'intelligence, les deux ambulanciers s'accroupirent près du corps et tentèrent de le disposer de façon rectiligne. Ils vérifièrent ensuite son pouls et la réaction pupillaire puis la femme lui ouvrit la chemise et l'ausculta avec un stéthoscope. C'est alors que l'homme se releva et se dirigea vers l'ambulance. Il voulut ouvrir le coffre pour amener le brancard mais la serrure résista à ses tentatives. À force de cogner du plat de la main sur l'ouverture, il finit par attirer l'attention de sa coéquipière qui se releva à son tour pour lui venir en aide. D'un geste alliant souplesse et ironie, elle lui tendit la clé du coffre. Personne n'osa sourire.

Je plissai les paupières devant un rayon de soleil hivernal et sentis mon visage se tordre sous la tension. Le principal me regarda d'un air contrarié en ajustant ses lunettes avec son petit doigt, mais c'était une contrariété administrative, une lueur pâle et désinvolte dans le regard, rien de plus. Sa silhouette restait parfaitement immobile, un pli soucieux lui sabrait le coin de la bouche. Il finit par baisser les yeux comme s'il souhaitait se recueillir avec l'ensemble de l'équipe pédagogique rassemblée autour de lui.

C'était la première fois que j'observais quelqu'un en train de mourir. Il semblait évident pour le petit groupe de professeurs penchés au-dessus de lui qu'Éric Capadis ne survivrait pas à sa chute. Je le voyais ouvrir parfois les yeux avec difficulté. Une écume vermillon et luisante jaillissait de ses oreilles et de sa bouche. Ses traits semblaient avoir quitté leur place initiale. J'avais l'impression de le regarder avec des jumelles mal réglées. Il regardait les visages avec un air de surprise mêlé à de la gêne, comme s'il ne comprenait pas vraiment pourquoi il était là, couché à nos pieds et se vidant de son sang, lui qui avait toujours manifesté une certaine réticence dans ses rapports avec les autres.

La lueur bleue du gyrophare policier passait sur son corps, puis la jaune. Une de ses jambes, brisée, faisait un angle insoutenable. Quel que soit le degré de courage que nous nous attribuons, une terreur craintive persiste à s'emparer de nous en présence des agonisants. Peut-être est-ce la vie encore en eux qui nous étonne ? Avant que les ambulanciers ne le soustraient définitivement à notre vue, je me souviens m'être demandé comment j'aurais réagi à sa place.

Éric Capadis venait de fêter ses vingt-cinq ans. Il était arrivé comme stagiaire la dernière semaine de septembre, après avoir réussi le CAPES d'histoire à Créteil où il avait accompli la majeure partie de ses études. Les instituts parisiens de formation des maîtres avaient été très vite saturés. Pour une raison inconnue, le ministère avait alors décidé fin août de l'envoyer dans l'académie d'Orléans-Tours afin qu'il puisse effectuer son stage, étape indispensable à la validation de son diplôme.

Au grand dam de la direction du collège, il ne débuta pas la rentrée scolaire avec ses futurs collègues. L'administration rectorale avait égaré son dossier dans un autre service, ce qui provoqua les commentaires habituels sur l'inanité du système de division des personnels enseignants. Quelqu'un proposa même d'évoquer ce cas de figure lors d'une prochaine réunion syndicale. On s'insurgea çà et là qu'en cette fin de siècle, il puisse encore exister un tel cloisonnement entre les bureaux. Cette idée partait d'une bonne intention ; elle tomba dans l'oubli aussitôt. Cela faisait partie des projets importants de tous les jours, conçus par habitude, structurés pour rester sans suite.

L'emploi du temps d'Éric Capadis était de six heures par semaine. On ne le voyait que très rarement en salle des profs. Cette absence rendait son personnage à la fois mystérieux et parfaitement désobligeant pour l'ensemble du personnel qui finit par l'interpréter comme une sorte de dédain érudit. Une fois son cours achevé, il déposait sa feuille de présence au bureau des surveillants, rendait la clé de sa salle à l'intendance puis se dirigeait à pas cigognesques vers la sortie réservée aux professeurs. Tout le monde au collège de Clerval le considérait un peu comme un clandestin.

Nous n'avons jamais essayé d'établir, lui et moi, une quelconque relation amicale. Il semblait fuir toute discussion, et surtout celles à caractère professionnel. Il ne parlait jamais de ses séquences pédagogiques, ne donnait jamais son opinion sur les réformes en cours. Il n'était ni syndiqué ni affilié à une quelconque mutuelle enseignante. Circonstance aggravante, il refusait toute participation aux concertations disciplinaires.

J'ai peu de souvenirs de lui mais je me souviens que sa grande taille semblait le gêner, comme si l'écart entre sa tête et ses pieds était une zone d'inquiétude dont il différait sans cesse la reconnaissance. Comme tous les hommes qui vivent à distance de leur propre corps, il semblait considérer ses actes d'un regard oblique et dubitatif. Ce qui attirait avant tout l'attention dans son visage, c'étaient ses paupières. Elles étaient épaisses, plissées, presque trop grandes pour ses yeux. Le regard sous elles avait quelque chose de captif. Il avait des cheveux noirs, plutôt fournis, traversés par des filaments argentés malgré son jeune âge. Il les perdait en golfe de chaque côté du front.

Il avait dû me parler à trois ou quatre reprises de choses sans importance avec sa voix hésitante, voltigeant sans cesse sur les accents toniques. J'avais à chaque fois été interloqué par son teint cachectique, son cou maigre et le va-et-vient maussade de sa pomme d'Adam. Je me souviens avoir pensé à la poignante solitude des girafes.

Et à George Sanders, également.

L'infirmière, une beurette à la peau couleur de thé léger, s'avança vers moi dans le couloir en tenant une feuille de température à la main, et me dit d'une voix dépourvue d'affect :

— C'est fini, je suis désolée.

Sur son badge était inscrit son prénom, Nora, comme chez les serveuses dans les chaînes de restauration rapide. Ses lunettes accrochées à un cordon pendaient sur sa poitrine. En levant davantage les yeux, je remarquai le chevauchement embarrassé de sa lèvre inférieure et supérieure.

— Vous êtes de la famille ?

— Pas vraiment, non.

— Ça veut dire quoi « pas vraiment, non » ?

La rudesse de son ton me laissa désorienté pendant quelques secondes. Je repris en tentant d'attirer son attention par une concentration pathétique de mon regard.

— Nous étions collègues dans le même établissement.

— Vous êtes professeur, donc.

J'acquiesçai.

Elle s'est détendue d'un seul coup. Ses fossettes jumelles en forme de croissant se sont incurvées le long de ses joues mates en un sourire bienveillant. J'ai toujours été troublé par le fait que le simple énoncé de mon métier suffisait à mettre les gens en confiance. Je sentis, sans raison précise, que j'aurais pu profiter de l'occasion pour établir un courant de sympathie plus continu entre Nora et moi, mais je n'ai jamais été attiré par des filles travaillant dans le milieu médical. Je suis intimement persuadé que les hôpitaux fourmillent de gens qui nourrissent une rancune secrète envers l'humanité.

— Vous voulez un café ? a-t-elle demandé, il y a un distributeur à l'entrée du service.

Depuis qu'elle m'avait adressé la parole, un jeune homme en blouse blanche, jeans et tennis qui ressemblait à un étudiant de dernière année en pharmacologie m'observait avec insistance depuis le mur opposé. Sans doute un soupirant de Nora, avais-je pensé. Il portait des lunettes aux verres très épais. Ces lunettes étaient la seule beauté de ce visage à la peau grasse, cendreuse, mal irriguée par des nuits de travail forcé sur des livres écrits en petits caractères. Il avait le regard d'une personne qui prenait ses repas depuis des années sur la table de la cuisine, une revue spécialisée ouverte contre une bouteille de vin rouge et qui allumait la radio ou la télé dès qu'il rentrait de son travail.

— Je vous remercie, il faut que je parte. Je dois aller annoncer la nouvelle à sa famille.

— Je peux m'en charger. Dans ce genre de service, c'est une question d'habitude.

— Je suis obligé de refuser encore une fois. Je ne cherche pas à minimiser votre savoir-faire mais... (par crainte de bafouiller, je terminai ma phrase d'une traite) c'est une expérience que j'aimerais faire personnellement.

— Quelle expérience ?

— Me rendre dans une ville inconnue, m'asseoir dans un canapé chez des gens que je n'ai jamais vus et leur parler de la disparition de leur fils.

— Je vois.

Elle m'a regardé avec un air désapprobateur ; ses yeux liquides se sont solidifiés en projetant un éclat bleu minéral. J'ai reculé malgré moi. Une fois encore, je m'étais trompé sur mon interlocutrice : Nora devait être une personne équilibrée avec un mode de pensée positif et rationnel, ne tolérant l'équivoque qu'à titre d'exception. Elle devait apprécier par-dessus tout la convivialité sans arrière-pensée, l'adhésion franche et les situations sans états intermédiaires.

— Je vais vous donner leur adresse et leur numéro de téléphone. Il serait préférable que vous les préveniez avant d'y aller.

Elle a commencé à fouiller dans la poche droite de sa blouse. Le drôle de type n'avait cessé de nous observer. Lorsqu'il s'est aperçu que Nora était en train de griffonner sur son carnet à spirale, ses épaules se sont décollées du mur où il était adossé, essayant de simuler une décontraction que la tension de son visage démentait. Au moment où elle a arraché la feuille et me l'a tendue, il s'est brusquement mis à marcher dans notre direction puis nous a évités à la dernière seconde avec une feinte de corps tauromachique. Un sentiment de gêne s'est alors installé entre la jeune femme et moi. Nora a baissé la tête en regardant à la dérobée l'étudiant s'éloigner. Son visage était pâle, luisant de sueur.

— C'est votre ami ? ai-je demandé.

— Non, c'est quelqu'un avec qui j'ai eu une relation il y a très longtemps.

Sa réponse avait été donnée d'une voix impersonnelle, fonctionnelle, qui semblait avoir été construite syllabe par syllabe dans un laboratoire électronique. Elle leva les yeux vers moi sans ciller, les lèvres closes, en position de retrait par rapport à la ligne tracée de ce qu'elle venait de me confier. Elle prit ma main droite dans les siennes pendant un temps qui me parut interminable. Les ongles de ses mains fines et hâlées étaient rongés jusqu'à la chair et la vue de ces petits coussinets gonflés au bout des doigts martyrisés me donna presque la nausée. « Bon courage ! », finit-elle par dire puis elle s'éclipsa en tenant sa feuille de température pliée dans sa main droite comme une longue-vue.

Je restai immobile au milieu du couloir pendant une minute, la tête vide. De temps en temps, une porte s'ouvrait à distance, une infirmière en sortait et se dirigeait vers un autre couloir. Les bruits de la ville, quelques étages plus bas, étaient très assourdis. Je me suis demandé en sortant de ma torpeur comment Nora avait pu avoir le numéro de téléphone des parents de Capadis. Je pensai immédiatement au collège mais l'administration n'avait pas les coordonnées des proches des agents de l'État. L'unique possibilité était la police. Cette dernière avait déjà dû établir son rapport et classer l'affaire : chute volontaire du troisième étage de la salle d'histoire-géo.

Les deux battants de la salle de soins claquèrent et un infirmier poussant un chariot recouvert d'un drap apparut en sifflotant une marche militaire. Il semblait avoir une jambe plus courte que l'autre, ce qui donnait à sa démarche une mobilité et une flexibilité extrêmes qui plaçaient son corps dans un équilibre instable de mouvements asymétriques et compensés. Il passa devant moi en m'ignorant comme s'il dirigeait un Caddie vers la caisse d'un grand magasin. Je commençais à le suivre pour me porter à sa hauteur lorsqu'il jeta un coup d'œil par-dessus son épaule gauche et m'aperçut. Il s'arrêta net et me sourit, dévoilant une rangée de dents jaunies par le tabac. De grosses taches de transpiration marquaient sa blouse aux aisselles. Sa respiration était irrégulière et je me suis approché de lui suffisamment près pour sentir son haleine contre ma joue.

— Excusez-moi !

— Je vous en prie.

— C'est monsieur Capadis ? demandai-je en désignant la forme sous le linceul immaculé.

— C'était.

— Vous l'emmenez où ?

— À la toilette.

— Et après ?

— Au frigo.

— Je peux venir avec vous ?

— Si vous voulez... mais je vous préviens, il n'est plus très présentable. Il vaudrait mieux pas, monsieur...

J'inclinai la tête en guise d'assentiment. Il avait prononcé ces derniers mots sur un ton d'une grande gentillesse, presque protecteur. Nous nous dirigeâmes vers l'ascenseur. J'appuyai sur le bouton d'appel le premier. Nous attendîmes en silence, nous évitant du regard. Pour faire diversion, je regardais des chariots rangés en file indienne près du bureau de la secrétaire du service. Leur cuir était fendillé en de multiples endroits et parcouru de longues bandes de chatterton en gutta-percha.

Lorsque les portes de l'ascenseur s'ouvrirent, il donna une brusque poussée au chariot qui s'engouffra dans l'habitat métallique avec ce cliquetis caractéristique des avirons lorsqu'ils frottent dans leurs tolets. Le léger décalage entre le niveau de l'ascenseur et celui du second étage de l'hôpital produisit une secousse qui eut pour effet de déplacer légèrement le corps.

C'est au moment où je suis entré dans la cabine que je me suis aperçu, en jetant un coup d'œil involontaire dans la glace murale qui me faisait face, que la main droite d'Éric Capadis, tendue comme si elle accomplissait un mouvement en supination post-mortem, pendait hors du chariot. Comme l'infirmier était placé de l'autre côté du brancard roulant, il ne s'était rendu compte de rien et continuait de sourire avec un air de béatitude confiante.

— Moi, je descends au sous-sol. Je vous dépose au rez-de-chaussée, d'accord ? dit-il, le doigt frôlant le bouton, dans l'expectative.

— Vous ne m'emmenez pas ?

— Encore une fois, je ne préfère pas... nous on a l'habitude, c'est pas pareil. Quand on ne travaille pas ici, ça peut faire un choc ; c'est pas un endroit pour les gens normaux.

— Appuyez sur le premier, ai-je fini par murmurer tout en me demandant à quel niveau de représentation de ma personne il pouvait bien faire allusion en m'incluant dans la catégorie des « gens normaux ».

Pendant la dizaine de secondes que dura la descente, j'essayai tant bien que mal de replacer la main sous le drap. Mon attention était si concentrée sur cet acte que j'oubliais le mouvement qui nous propulsait vers le bas à tel point que j'eus l'impression, alors que nous étions à mi-parcours, que mon corps était en train de s'étirer vers le bas pendant que ma tête était restée au sixième étage. D'un geste machinal, je me suis massé les cervicales.

L'infirmier m'observait avec un air pensif, comme un professeur de sciences naturelles attendant patiemment qu'un de ses élèves sensible et délicat achève de sectionner le nerf d'un crapaud sur une tablette de dissection. La cabine finit par se stabiliser avec un sifflement de décompression et la main continua de glisser le long de la bordure droite du chariot.

— Vous n'arriverez pas à la remettre en place, a dit l'homme, le doigt appuyé sur le bouton d'appel pour me permettre de sortir. Le corps commence à être raide. *Rigor mortis*, on appelle ça dans le métier.

Je ne répondis rien.

J'adressai à l'homme un signe de tête avant d'abandonner définitivement Éric Capadis entre ses mains à lui, charnues, puissantes, parcourues de grosses veines bleues à travers lesquelles la vie devait exulter avec une impudeur sportive. Je regardai une dernière fois la main de Capadis tendue vers moi et, avant de partir en courant, je la pris entre les miennes, comme l'infirmière tout à l'heure, et la serrai si fort que seule la perception du craquement de l'os placé entre le scaphoïde et le radius put m'en détacher.

L'effet analgésique provoqué par la torpeur dans laquelle m'avait plongé la séparation d'avec mon ex-collègue commençait à se dissiper. Je m'enfermai dans les toilettes de l'hôpital pour me laver le visage. Je repris mes esprits dans le hall de l'hôpital en me demandant où j'avais bien pu garer ma voiture. Cet oubli de l'endroit où ma voiture était stationnée était si fréquent que j'en étais arrivé à consulter un neurologue afin que celui-ci me rassure sur l'absence d'un Alzheimer précoce. En franchissant la porte automatique, je me dirigeai vers le parking B. Bien qu'il existât également un parking A et un parking C, fidèle à ce que j'avais toujours pensé être ma psychologie de la voie médiane, j'avais fini par choisir cette possibilité.

Un vent d'est secouait les arbres, chassant des traînées de nuages gris devant un soleil déclinant. Je remontais l'allée centrale quand mon attention fut attirée par l'apparition d'une forme humaine dont les traits, indiscernables l'espace d'une minute, devenaient plus menaçants au fur et à mesure que j'approchais. C'était l'étudiant à lunettes de tout à l'heure. Il était installé de manière désinvolte contre la porte côté conducteur de ma propre voiture, les bras croisés sous les aisselles et les pieds indiquant dix heures dix. Je sentis mes muscles se raidir et un élancement au creux de l'estomac, sensations qui m'étaient familières à l'approche d'une situation à fort potentiel agressif.

Bien que je sois parvenu à une dizaine de mètres de lui, il ne m'avait toujours pas aperçu ; il regardait fixement devant lui et dodelinait de la tête en parlant tout seul comme un catatonique. Je m'approchai en ralentissant le pas de façon à ne pas attirer son attention. En m'avançant encore davantage, je me rendis compte qu'il était en train d'écouter un vieux tube de Wham sur un walkman dissimulé sous sa blouse (« Careless Whisper », qui a longtemps accompagné un spot publicitaire pour un gel douche hypoallergénique). Il avait une très belle voix, un peu sombre, et au moment où le saxophone a attaqué sa partie, il a enfin cessé de chanter et levé brusquement les yeux vers moi. Il est resté un instant paralysé de stupeur puis ses doigts affolés ont arraché les écouteurs de ses oreilles après avoir appuyé sur le bouton stop du boîtier noir accroché à sa ceinture. Il a tenté ensuite de prendre une attitude nonchalante, un pouce accroché à la poche de son pantalon. Il évitait de croiser mon regard, ou plutôt il balayait nerveusement mon visage des yeux avant de les baisser.

— Bon-bon-jour, je-je-je-vous-vous at-at-at-tendais, finit-il par dire.

— Vous m'attendiez ?

— Oui, je-je-je vou-vou-lais vous-vous-vous par-par-par-ler.

— Bégaiement tonique ou clonique ?

— Clo-clo-ni-nique.

Le déroulement de son élocution était impressionnant. Au début de la phrase, le regard se perdait, les mâchoires ainsi que le cou se crispaient, la sueur perlait aux tempes, le souffle cherchait un appui par de légères oscillations du thorax plus ou moins discrètes vers l'avant. À la fin, sa tête partait en arrière et sur le côté par saccades, le thorax était pris de convulsions et ses globes oculaires se révulsaient comme lors d'un changement de diapositives sur un mur blanc. Je décidai d'observer une attitude indifférente, ne voulant aucunement tenter de prendre un lâche avantage en terminant ses phrases.

— Comment saviez-vous que c'était ma voiture ?

— Ah ! oui, mais bon ! je-je suis le-le gardien de-de l'hôpital. Bon, je vous-vous ai vu-vu arriver.

— Pourquoi m'avez-vous suivi jusqu'en réanimation ?

— Bon, mais là je-je savais que vous alliez voir No-no-ra.

— Et alors ?

— Ah ! oui, mais bon ! Il faut vous dire que-que vous-vous-êtes son genre de garçon.

Il a contemplé, en l'air, les cumulus qui s'amoncelaient, examiné les ongles de sa main gauche, mais il ne parvenait toujours pas à me regarder. Ses yeux accrochaient les miens, puis il tournait la tête comme s'il s'adressait à quelqu'un qui se serait tenu à côté de lui, ou à une créature invisible perchée sur son épaule. Sa fluence verbale était nettement moins altérée depuis qu'il employait des mots d'appui comme « bon » ou « mais ». L'emploi de ces monosyllabes donnait l'impression qu'il les utilisait comme les pierres d'un gué, en prenant appui sur elles pour traverser le cours de sa propre parole. Ses tentatives pour maîtriser le langage me remplissaient d'admiration.

À l'évidence, j'avais affaire à un jaloux qui avait mal interprété un événement. Voulait-il me casser la figure ? C'était peu probable. Avait-il l'intention de m'effrayer pour le cas où j'envisagerais de revoir Nora ? Je penchais plutôt pour cette solution. À présent que je savais qu'il exerçait la profession de gardien, toute représentation de sa personne sous les traits d'un étudiant scientifique s'était évanouie. Je pensais successivement à un analyste-programmeur en informatique, à un acteur de cinéma français puis à Elvis Costello. Son attitude était plus amicale que tout à l'heure, comme si le moment était venu de nouer une sorte de complicité virile.

— Bon, eh bien, oui ! a-t-il repris, elle aime les garçons comme vous (il parlait maintenant avec une voix blanche de boîte vocale ; la mécanisation rythmique de sa voix avait quelque chose d'intimidant), grand, brun, avec un genre un peu intellectuel, une démarche efféminée et un regard qui laisse venir les gens à soi.

— Vous vous méfiez de moi ?

— Oui, d'autant plus que vous n'avez pas d'alliance et que votre façon d'être exprime la disponibilité.

— Je suis homosexuel.

— Je ne vous crois pas, sinon vous n'auriez pas accepté avec tant d'empressement le petit mot vous indiquant ses coordonnées qu'elle vous a remis. J'ai tout-tout vu !

Je souris malgré le dérapage involontaire sur le dernier membre de phrase. Sa souffrance morale était si perceptible que j'hésitais à lui extorquer des détails sur sa relation passée avec Nora. Il fallait que je dissipe le malentendu immédiatement. Je sortis la carte de ma poche et la lui tendis en essayant de donner à mon geste une décontraction avenante afin de prévenir toute intention sarcastique.

— Ce n'est que l'adresse des parents d'un ami qui vient de mourir.

Il s'empara du morceau de bristol et le déchiffra en forçant son attention puis il me le rendit en tremblant. Il regarda pendant un court moment la pointe de ses baskets avec un air penaud. Enfin, bouchant ses oreilles avec ses pouces, couvrant ses yeux avec les doigts restés disponibles, il se laissa glisser le long de la portière dans une position accroupie, comme s'il s'immergeait dans une mer trop froide. Il se mit à sangloter sans pouvoir s'arrêter. Sa posture m'incita à le prendre par les aisselles pour le relever mais une gêne instinctive et une foncière inaptitude à consoler qui que ce soit m'en empêchèrent. Il finit par se relever.

Il fouilla dans la poche intérieure de sa blouse et en sortit ce qui ressemblait à un cliché pris dans un Photomaton. Je l'interrogeai du regard pour connaître la signification de ce don. Il répéta à plusieurs reprises qu'il s'excusait, qu'il ne fallait pas lui en vouloir puis il se remit à sangloter.

En quittant l'hôpital, j'éprouvai soudain le besoin d'aller me promener en forêt.

Sur le chemin du retour, je pris une jeune fille en stop, réflexe totalement inhabituel chez moi. D'une corpulence supérieure à la moyenne, elle ne devait pas avoir plus de dix-huit ans. Elle avait des cheveux blonds séparés par une raie médiane qui étaient ramenés sur ses oreilles. Ses yeux bordés de longs cils soyeux, bien qu'ils fussent maquillés outrageusement, peinaient à dissimuler un désœuvrement de sous-préfecture. Elle portait un jean délavé, une chemise avec des petits dés en feutrine, un blouson de cuir vieilli marron et des bottes de type santiags.

— Quand on est un fil de fer, c'est plus facile de se faire prendre, avait-elle laissé tomber une fois dans la voiture avec un ton fataliste. Il y a une heure que j'attends !

Pourquoi m'étais-je arrêté ?

La culpabilité, avais-je pensé, ou peut-être que les événements récents avaient éveillé en moi une empathie liée à une grosse fille abandonnée, le pouce levé sur le bas-côté, ce genre d'image inconsciente que nous élevons au niveau d'identification le plus douloureux possible lorsque les circonstances nous y induisent. Ce n'est que lorsque j'ai baissé la vitre côté passager et que j'ai entendu le chuintement de la glace glissant entre les deux parois de caoutchouc que je me suis rendu compte de la témérité de ma démarche. Engagé par ma décision initiale de m'arrêter à sa hauteur, je ne pouvais tout de même pas lui demander l'heure et repartir. J'ai souhaité stupidement savoir où elle allait comme si cela pouvait avoir la moindre importance dans la circonstance présente : j'étais sûr que cette adolescente aurait pu se donner la mort si elle avait attendu cinq minutes de plus.

— Je vais danser.

— Un lundi soir ?

— Pourquoi pas ?

— Les night-clubs sont fermés.

Elle eut un sourire de commisération devant mes questions méfiantes. Le corps arc-bouté en avant, les mains en appui sur les genoux, elle n'avait pas bougé de l'encadrement de la vitre. L'échancrure de sa chemise laissait échapper une médaille de communion accrochée à une chaînette plaquée or ainsi qu'une odeur moite d'aisselles parfumées au vétiver.

— On dit pas un night-club, on dit une boîte. Mais je vais pas dans une boîte, je vais chez une copine et on met de la musique.

— Et votre amie habite où ?

— Dans un hameau, à dix kilomètres en direction de Saint-Ménars. C'est sur votre route de toute façon... il n'y en a qu'une.

— Montez.

— Merci.

Le mystère des chairs molles, des cuisses trop fortes, des bourrelets de graisse avec des stries roses. Tout ce réseau impressionnant de liquidité flasque que je devinais me détacha pendant dix minutes de mes liens habituels avec des configurations plus austères. J'oubliais presque mon rendez-vous du lendemain.

— Vous voulez écouter de la musique ?

Elle m'adressa un vague geste d'indifférence suivi d'un silence qu'elle meubla en tapotant sa cuisse droite avec ses doigts boudinés couverts de bagues. Elle examina ensuite les ongles de sa main droite, les doigts repliés sur la paume, pouce tendu.

— Vous faites quoi comme travail ?

— Je suis prof de français.

— À quel collège ?

— À Clerval.

— Le tout neuf ?

— Oui.

— J'ai bien connu l'ancien. Il ressemblait à une maison de correction. Je ne me rappelle rien, à part la tête de certains profs. Vous, vous avez l'air normal pour un prof. J'ai redoublé ma troisième. Cinq ans de ma vie, là-dedans.

Elle poussa un soupir et son corps se détendit, provoquant le craquement mat des fronces de son blouson de cuir. Sentir cet affaissement me procura un sentiment de bien-être et les courants de tension qui avaient parcouru l'exigu habitacle de ma voiture s'évanouirent.

— Et vous ?

— Je fais des trucs à droite, à gauche. Je m'occupe. Rien de vraiment stable.

— Quel genre ?

— Des extra dans des restaus, tondre des pelouses, ramasser des pommes de pin pour les Parisiens, caissière dans les stations-service... ce genre de boulot qui m'oblige pas à partir trop loin du coin où j'habite.

— Vous voulez rester ici longtemps ?

— Je suis née ici. Ma famille habite ici, mes copines, mon petit ami aussi. Qu'est-ce que j'irais faire ailleurs ?

— C'est sûr.

Elle remit en place une mèche de cheveux sur son oreille gauche, révélant ainsi un superbe bracelet de cuir où était imprimé le prénom Luc.

— Luc, c'est votre fiancé ?

— Non, c'est mon chien, un beagle. Un super chien de chasse.

J'aurais dû y penser. Les prénoms monosyllabiques tels que Paul, Luc ou les diminutifs comme Greg, Fred ou Chris présentaient tous cette brièveté insultante des noms de chiens.

— Mon fiancé s'appelle Daniel, mais pour tout le monde, c'est Dany.

— Vous vous connaissez depuis longtemps ?

— Depuis que j'ai seize ans. On était au collège ensemble et à la fin de ma première troisième, on est sortis ensemble. J'ai pas beaucoup aimé l'école et ça a été à peu près la seule chose de bien qui me soit arrivée là-bas. Vous voulez voir sa photo ?

Elle n'attendit pas mon hochement de tête avant de plonger la main dans la poche intérieure de son blouson. Elle avait l'air si heureuse de montrer à un inconnu un fragment de son existence que je m'en voulus presque de ne pas avoir acquiescé plus rapidement.

— Vous verrez, il est hyper mignon... mais pour moi, c'est pas le plus important. Il faut qu'un garçon il soit gentil avec vous et qu'il ne mette pas le nez dans vos affaires. On doit garder une vie à soi, vous croyez pas ?

Elle se mit à rire d'un rire qui n'exprimait pas une gaieté particulière mais soulignait seulement la phrase qu'elle venait de prononcer. Elle me tendit la photo d'un garçon assis sur une moto de faible cylindrée, la main crispée sur le guidon, des cheveux blonds raides, coupés court sur le dessus et qui semblaient retomber plus épais sur la nuque. Il portait un tee-shirt avec des chiens de traîneau blancs qui se détachaient sur fond noir. Un début de moustache ombrait sa lèvre supérieure et une demi-lune violacée tuméfiait le dessous de son œil droit. Le visage buté, il était en train de fixer un point situé au-dessus de la personne qui prenait la photo comme si prendre une pose l'ennuyait.

— Alors ? a-t-elle demandé d'une voix anxieuse.

— Il a l'air bien.

— C'est sincère ?

Un temps.

— Bien sûr.

— Vous ne dites pas ça pour me faire plaisir ?

— Dans quel but ?

— Je ne sais pas.

Elle a soudain tourné la tête à droite d'un air affolé puis s'est écriée :

— C'est là. Stop, arrêtez-vous !

J'ai réduit ma vitesse en mettant les feux de détresse pour me garer le plus vite possible. Elle a ouvert la portière avant même que je ne m'arrête. Une fois au point mort, elle m'a arraché la photo des mains, l'a rangée dans son portefeuille avec fébrilité puis m'a désigné du doigt la ferme où l'attendait son amie.

— Vous voulez pas venir ? Ce serait cool...

— Non, je ne peux pas.
— Sûr ?
— Certain, je suis obligé de rentrer.
— Bon, j'insiste pas. Merci en tout cas.

Elle s'est extirpée du siège avec difficulté en m'adressant un petit signe d'au revoir. Je l'ai regardée s'éloigner par une petite route poussiéreuse bordée de saules et l'ai imaginée dans une dizaine d'années assise sur un lit défait, une robe de chambre en mohair rose à moitié ouverte sur son ventre lourd, les mâchoires tombantes, serrant sa tête entre ses paumes dans un geste d'incrédulité infini.

J'habite depuis trois ans un F5 dans ce qu'il est convenu d'appeler une habitation à loyer modéré. Des collègues viennent parfois me rendre visite. Ils me disent tous que mon salaire me permettrait de vivre dans un environnement plus agréable où évoluent d'habitude les professions libérales. Mais la simple idée de payer un prix exorbitant pour la surface somme toute assez dérisoire de cent mètres carrés m'a toujours fait horreur. Même si je n'ai pas beaucoup de meubles, je préfère sacrifier l'esthétique à l'espace. C'est la seule conception morale stable que je me connaisse.

Généralement, lorsque je rentre chez moi, j'évite d'attacher trop d'importance à certains détails comme on évite d'aborder certains sujets en famille. La plupart des boîtes aux lettres sont éraflées, d'autres portent des inscriptions pittoresques, aucune ne ferme. Il n'y a pas d'ascenseur, les murs sont peints en gris cuirassé (le fameux gris des maquettes d'avions Heller de mon enfance), une couleur utilitaire et collective qui tranche avec les tons pastel des marches d'escalier. Dans la cage d'escalier flotte une odeur constante de bouillon de légumes, de lessive et de tabac blond.

Devant l'immeuble se déploient deux rangées de platanes ébranchés et tronqués qui ressemblent à des madriers plutôt qu'à des arbres, quelques touffes d'herbe pâle donnent l'illusion aux locataires qu'ils vivent un peu à la campagne. Des portiques supportent des balançoires et des arçons aux cordes de chanvre si usées que les familles interdisent à leurs enfants de les utiliser. Personne ne peut décrire la tristesse de ces aires de jeux abandonnées.

En rentrant, je me suis installé devant la télévision et j'ai zappé pendant une demi-heure. Je ne recherchais pas un programme en particulier mais à retrouver cette sensation d'apaisement que finit toujours par me procurer le flux d'images en mouvement délestées d'un récit quelconque. Regarder une séquence en continu requérait un degré d'implication dont je me sentais incapable.

Ma sœur m'appela en plein milieu d'un bout de reportage sur la guerre d'Indochine. Des soldats marchaient en fumant des cigarettes dans les montagnes. Des hélicoptères plats et trapus sillonnaient le ciel en essaims, avec leurs queues dressées en arrière comme des libellules. Je lui appris les événements de la journée en mettant bien l'accent sur le fait que je n'avais aucun lien avec le désespéré, ma sœur ayant toujours pensé que le suicide était d'essence contagieuse. Je me suis couché après avoir observé les appartements de la tour d'en face avec mes jumelles, spectacle régulièrement décevant.

J'eus beaucoup de mal à m'endormir cette nuit-là. Je ne cessais de penser à Éric Capadis, à Nora, au gardien amoureux, à la grosse fille et au discours de circonstance que j'allais devoir adresser aux parents le lendemain. Lorsque je fermais les yeux, des points noirs se mettaient à glisser sur un fond rouge puis explosaient en une myriade de panicules denses qui finissaient par s'intersecter en forme de petits serpents, traçant dans le noir des ellipses lumineuses. Pour échapper à cette fantasmagorie de phosphènes, j'ai ouvert la lumière et regardé sur la table de chevet le visage légèrement surexposé de Nora jusqu'à ce que des petits nœuds transparents se mettent à flotter en diagonale dans mes yeux. Épuisé, j'ai fini par fermer la lumière puis me suis endormi dans son nom.

2

C'était la récréation.

En salle des profs, une conversation sur deux commençait par : « Oh ! tu ne sais pas ce qu'un élève m'a écrit ? » Et de citer avec un air offusqué les faux sens, les pataquès, les barbarismes, bref les mille affronts au beau style commis par des élèves ignorants de la langue française. J'étais depuis peu arrivé à cette certitude que si l'on interdisait dorénavant les conversations basées sur la transgression syntaxique et la psychologie de l'enfant, les moyens de communication des établissements du secondaire seraient réduits aux mathématiques pures.

À l'évidence, la mort d'Éric Capadis n'avait rien changé. C'était toujours ce même bruit de fond administratif qui venait s'échouer sur les divers tableaux : notes de la direction, avancement, informations syndicales, comptes rendus d'activités périscolaires dans *La République du Centre,* cartes postales annonçant naissances ou impressions de voyages sans oublier les grandes lignes du bulletin officiel du ministère. J'avais pensé ce matin en me réveillant que revoir mes collègues allait me faire du bien, me distraire, peut-être m'aider à surmonter mon anxiété relationnelle (je vis seul depuis trois ans et demi) et morale (je travaille à mi-temps pour achever une thèse à travers laquelle je plagie honteusement divers ouvrages), mais il se peut que nous attendions toujours trop de notre entourage professionnel.

Je m'étais assis dans un des huit fauteuils disposés en losange, espace imparti à la convivialité. Les volumes de cette pièce semblaient conçus pour que le regard puisse circuler librement d'un endroit à l'autre. Ce non-cloisonnement délibéré était gênant au début mais on prenait goût rapidement à épier ses collègues sans que ceux-ci ne le remarquent.

Un prof de sciences physiques vantait en face de moi les appuis de fenêtre préfabriqués et prêts à poser qui supprimaient les opérations de coffrage et le temps de séchage. Les autres hochaient la tête en regardant au loin. Leurs regards s'allumèrent vaguement lorsqu'il poursuivit sur la plus-value que ces appuis pouvaient rapporter lors de la revente.

Un autre évoquait les coûts comparés de l'installation d'un plancher chauffant, fonctionnant en « géothermie », et d'un plancher chauffant à circulation d'eau. Il alla même jusqu'à me demander mon avis. C'était la première fois depuis la rentrée que quelqu'un me sollicitait sur une question d'équipement. Je lui répondis que je n'avais pas vraiment d'opinion et retournai à ma misère.

Il y avait à peine vingt-quatre heures, un jeune professeur venait de se jeter par la fenêtre et toute contagion morbide qui aurait pu traverser ces murs, toute allusion à la mort volontaire avaient été soigneusement éliminées par notre collectif. Une sorte de pacte silencieux imprégnait désormais les lieux. Le souci de neutralité avec lequel chacun s'entretenait avec son voisin, la vitalité qui affleurait dans les regards et les gestes, ces petites diversions locales semblaient contribuer à conserver une impression de santé à notre petit groupe.

D'une certaine façon, j'étais rassuré.

Non seulement la peur avait été expulsée de l'établissement mais l'équilibre de notre petit monde n'avait pu être modifiée par l'apparition d'un événement aussi considérable. C'était la preuve absolue de notre invincibilité.

Nous avions tellement l'habitude d'exister sans imprévu. Dès qu'une brèche dangereuse s'ouvrait dans notre système, nous rentrions en nous-mêmes sans jamais nous désolidariser de l'ensemble afin de mieux repenser l'« incident ». Seule sa dédramatisation acheminait à court terme l'oubli et restaurait une continuité. Chacun retournait à sa tâche, nimbé de ce rayonnement corporatif si particulier qui nous immunisait contre le réel. Pour nous autres les « profs », il me semblait que la seule façon de survivre était de restreindre le plus possible, jour après jour, notre perspective, d'exister aussi près que possible de notre centre.

J'ai un peu honte de le dire mais il m'est arrivé à de nombreuses reprises de plaindre des gens qui n'étaient pas enseignants.

Comment faisaient-ils ?

La première voix qui me parvint fut celle de Françoise Morin, un professeur de technologie avec des intonations rauques et intimes. Cette particularité donnait à ses remarques insultantes une inflexion chaleureuse. Elle était unanimement respectée pour son rôle de pasionaria syndicale et de médiatrice entre la base et le principal. Sa franchise et sa façon de parler sans détour gênaient la plupart de ses collègues. Elle faisait partie de ces gens restés en bon contact avec leurs dispositions enfantines qui donnent toujours l'impression aux grandes personnes qu'elles font semblant. Elle tenait entre ses doigts jaunis un reste de mégot dont l'extrémité avec ses bouts de tabac effilochés rappelait l'aspect hirsute d'une tête-de-loup. La flamme de son Zippo provoqua un feu d'artifice miniature qui s'en alla mourir sur sa blouse de travail, maculée de ces traces violettes qu'on attribue en général au permanganate de potassium.

Françoise Morin était en grande discussion avec Butel, un grand jeune homme vieux, arachnéen, l'œil plissé toujours satisfait avec un sourire figé et des mouvements de bras qui évoquaient la bénédiction ou la croix. Je sentis, à sa façon de lui souffler sa fumée dans la figure et à son imperceptible avancée vers la pièce réservée aux fumeurs, qu'elle cherchait à s'en débarrasser. Comme la tactique ne semblait pas efficace et que Butel était toujours accroché à elle, Françoise essaya son rire hystérique. Dans ce cas de figure que je connaissais par cœur, sa tête se renversait en arrière, ses mains se posaient comme des serres sur sa poitrine et de son larynx étaient expulsées quelques exclamations incohérentes destinées à rabaisser de quelques degrés la prétention de son interlocuteur à croire en la pertinence des informations qu'il était en train de lui communiquer.

J'admirais secrètement Françoise Morin comme j'admirais les gens qui avaient réussi à faire taire en eux les voix de la communauté et la crainte des maladies incurables.

Butel finit par se diriger vers les toilettes. Elle jeta sa cigarette dans une bouteille de Coca vide puis s'approcha de moi en me prenant par l'épaule avec des mimiques de conspiratrice.

— J'ai enfin réussi à me débarrasser de cet abruti. Une information de premier choix pour toi. *For your eyes only.* Seulement si tu m'invites à dîner dans un endroit classe genre relais-châteaux pour femmes désœuvrées avec des mains bourrées de taches de son, fume-cigarette et tout le tralala... tu connais mes faiblesses : Trotski, les jeunes célibattants dans ton genre et l'arithmétique binaire. Alors ?

— C'est non.

Elle cracha une miette de tabac qu'elle avait sur le bout de la langue.

— O.K. Va pour un tex-mex ou le McDo. Tu me présenteras comme ta mère.

— On n'en a qu'une.

— Fils de femme !

— C'est quoi le message ?

— Tsss, tsss ! C'est quoi la réponse ?

— Vingt ans d'écart. D'habitude, les femmes de ton âge veulent m'emmener dans les salons de thé.

— Petit enculé.

— Je ne suis pas libre ce soir.

— Bien sûr. Trouve autre chose !

— Tu es trop bien pour moi. Tes origines prolétariennes, ton visage Art nouveau et ton look garçonne me subjuguent.

— Fumier de lapin.

— Allez, envoie l'info !

— Le principal veut te voir le plus vite possible.

— Pourquoi ?

— À ton avis ?

— Ma note administrative.

— T'es con. (Elle éclata d'un rire de gorge nicotinique évoquant un assaut de criquets au nord de Madagascar.)

— Capadis ?

— Dépêche-toi, il t'attend dans son bureau.

Son ton de voix venait de se replier vers le secteur professionnel de sa personnalité. Nul doute qu'elle devait connaître à l'avance le contenu de mon entretien avec Poncin, principal controversé dont elle était la maîtresse depuis une bonne dizaine d'années. Je n'avais pas de cours le mardi matin. J'étais arrivé à la récréation de dix heures pour faire des photocopies et remplir quelques bulletins scolaires. Françoise Morin avait dû m'apercevoir au début de la récréation, passer le mot à Poncin et déclencher la prise de rendez-vous.

Je passai devant mon casier (cette résidence secondaire de l'enseignant !) pour me rendre au bureau de Poncin et jetai un coup d'œil à l'intérieur par habitude. Parmi le fouillis indescriptible des livres scolaires écornés, des bulletins de salaire et des préparations de cours emmaillotées dans des chemises en carton informes, je trouvai une carte postale représentant un chaton à l'air triste, accroupi dans un minuscule panier rempli de laine rose. C'était une carte Hallmark, le genre de petite photo kitsch que l'on envoie pour rappeler sa présence au monde sur le mode léger. Il n'y avait aucun message à l'intérieur. Sans réfléchir, je la glissai dans le casier de Ginette Balard, une vieille fille de cinquante ans, habillée comme dans un épisode des *Boussardel*, qui avait adopté, une dizaine d'années auparavant, une petite fille asiatique dont la famille avait péri sous les bombardements. Sa droiture et son honnêteté dans les relations humaines impressionnaient l'ensemble de ses collègues. Même si son intransigeance morale nous accusait en permanence, nous avions besoin de sa bonté pour équilibrer nos vies. J'estimais qu'elle méritait cette carte davantage que moi.

Poncin était absorbé dans la lecture du quotidien régional lorsque je frappai à la porte de son bureau. Il replia son journal avec la fausse décontraction du banquier calviniste qui se sent coupable d'un instant de relâchement dans la conduite de ses affaires terrestres. Il m'invita à entrer en se frottant les mains dans un mouvement de cymbales puis me désigna un des deux fauteuils standard en cuir noir qui faisaient face à son bureau. Il y eut un instant de flottement. Il regarda le parquet comme pour y chercher quelque chose, tandis qu'il devait sentir mes yeux fixés sur ses paupières baissées. Son effort d'attention lui dessinait une ride entre les sourcils surmontés de deux pans de cheveux aplatis qui s'agitaient imperceptiblement.

La chose qui me frappait toujours quand je me trouvais en présence de Poncin, c'étaient ses ongles manucurés, témoignage spécieux selon moi d'un soin excessif accordé à sa personne. La seconde était son odeur corporelle : il y avait sur lui une odeur suisse allemande, de bois bien sec de chalet montagnard. Cette odeur me rendait souvent pensif. Je n'avais parmi mes connaissances que deux personnes qui eussent une odeur semblable : un oncle de Berne qui avait épousé ma tante en secondes noces et ma sœur, institutrice qui ajoutait à cette fragrance une senteur de craie Omyacolor.

J'essayais d'attraper son regard mais il opposait à mon investigation deux petites pièces de velours opaque. Alors qu'il était en train de tripoter le capuchon d'un stylo Bic, je me suis raclé la gorge avec l'espoir de lui rappeler ma présence.

— Vous êtes-vous déjà interrogé afin de savoir pourquoi il y a un trou au bout de ce capuchon ? a-t-il demandé brusquement sans me regarder. Les gens sont toujours curieux d'apprendre ce genre de détail !

C'était sa façon de déstabiliser son interlocuteur en lui posant une question qui n'avait rien à voir avec l'objet premier de l'entretien. La question était d'autant plus pernicieuse qu'elle en contenait plusieurs qu'il fallait décomposer sur-le-champ : le contenu même de la question (le capuchon), l'intention de la question (pourquoi la posait-il ?), la forme de la question (« Vous êtes-vous déjà interrogé ? » présuppose que la personne qui vous fait face s'est déjà posé la question et que *c'est là* que réside sa puissance effective sur vous), la temporalité de la question, son *timing* (pourquoi la poser au début de l'entretien ?) et enfin, pour parachever l'ensemble, son degré d'absurdité qui ne correspondait jamais à une attente psychologique précise.

— Oui, ai-je répondu d'une voix atone, il est apparu en 1991, imposé par la norme ISO 11540. Il permet aux enfants de continuer de respirer lorsque, d'aventure, ils se le coincent dans la trachée-artère.

— Exact, a-t-il répondu en me regardant pour la première fois avec intérêt. Alors, l'agreg, ça approche ?

— Je ne passe pas l'agreg.

— Ce n'est pas vous qui vouliez passer le concours pour être chef d'établissement ?

— Non, vraiment, non.

J'avais malgré moi insisté sur la négation, mais sans intention définie de le blesser dans la fonction qu'il exerçait depuis dix ans. Il a réfléchi longtemps, un doigt posé sur sa lèvre inférieure, les épaules contractées vers l'intérieur.

— Oui, ça y est, j'y suis, vous écrivez un livre.

— Non, j'écris une thèse de troisième cycle.

— Le sujet ?

— J'essaie de montrer avec photos à l'appui que les écrivains ont toujours la tête de ce qu'ils écrivent. Un essai de physiognomonie littéraire, si vous voulez.

— Qu'est-ce qui vous a attiré vers ce travail ?

— Je n'avais pas d'idée précise sur la question, ni de documentation. Les sujets dont on ne sait rien sont plus faciles à traiter que les autres, on n'y est pas submergé par les faits.

— C'est intéressant ?

— Ça dépend des moments.

— Oui, ça dépend toujours des moments... et entre nous, les écrivains ont-ils toujours la tête de ce qu'ils écrivent ?

— Sans exception. À part deux, peut-être...

— Allez-y, dites-moi.

— Walser et Hawthorne.

— Je ne connais pas.

— C'est sans importance.

— Pourriez-vous me dire si j'ai la tête de ma

fonction, par exemple ? demanda-t-il avec une légère nuance d'anxiété.

— C'est une question à laquelle il faut que je réfléchisse, je ne peux pas vous donner une réponse comme ça.

— Je vous demande une opinion personnelle.

— Avoir des opinions personnelles ne vous procure que des ennuis.

— Vous n'osez pas vous mouiller !

Il y eut une longue pause pendant laquelle je m'efforçai d'éviter son regard. C'était typiquement le genre de question embarrassante que l'on me posait toujours.

— Je sens chez vous une solitude intérieure inouïe.

— Ce n'est pas la question, fit-il, gêné, en cachant à demi son visage avec la paume de sa main droite.

— C'est la seule réponse qui me vienne à l'esprit.

— Passons maintenant à l'objet de cet entretien... vous savez... j'apprécie tout particulièrement que vous vous soyez déplacé à l'hôpital pour avoir des nouvelles de notre collègue.

— Comment le savez-vous ?

— Une infirmière a appelé le collège vers dix-huit heures pour nous apprendre le décès de ce pauvre Capadis et nous a informés de votre présence. J'ai su également que vous aviez l'intention d'aller rendre visite aux parents. Lorsqu'un drame survient dans un établissement scolaire, vous savez que l'administration a l'habitude de déléguer un fonctionnaire afin qu'il aille exprimer à la famille de la victime ses condoléances au nom de l'ensemble de notre corporation. Je ne vois aucun inconvénient à ce que vous vous en chargiez.

Il fouilla dans son bureau et en retira une enveloppe kraft qu'il me tendit avec une componction de chambellan.

— C'est une lettre que j'ai personnellement écrite pour les parents de Capadis. J'aimerais que vous leur transmettiez.

Il avait appuyé sur le *personnellement* comme si je devais suggérer l'instant suivant qu'il avait embauché un écrivain public pour s'acquitter de sa tâche d'écriture. Je tentai de développer un intérêt sincère, je me donnai même du mal pour essayer de lui faire comprendre à quel point j'étais heureux d'apercevoir en lui des motivations compassionnelles qu'un homme de son envergure n'était pas obligé d'éprouver.

Il sombra ensuite dans ses réflexions. La falaise crayeuse de son front était plissée par l'effort cérébral. Il avait étiré ses jambes devant lui, et sa chaise roulante était reculée d'un bon mètre de son bureau. Puis il m'expliqua, la tête toujours inclinée, la difficulté qu'il avait *personnellement* pour arriver à se détacher de cette histoire de suicide, qu'il avait encore du mal à y croire. Il surenchérit sur le traumatisme des élèves de quatrième comme s'il se l'appropriait.

Deux secrétaires avaient l'air d'échanger des insultes dans la pièce à côté, mais elles gloussaient seulement, une histoire de fax qui était coincé dans l'appareil. Une violente averse se mit à tomber et la lumière baissa de plusieurs degrés. Poncin alluma une lampe imitation Tiffany et les carrés multicolores du dôme donnèrent l'espace d'un instant à nos postures respectives une apparence de frivolité. Il regarda par-dessus mon épaule, le regard figé dans un accès de tristesse géologique. Sa voix sortit soudain de la pénombre.

— J'ai un service à vous demander avant que vous ne partiez.

— Je vous écoute.

— Vous pouvez refuser.

— Rhétorique. Si vous aviez pensé une minute que je pourrais refuser, vous l'auriez présenté comme une obligation de service.

— Je n'aime pas votre ton.

— Excusez-moi.

— Alors vous acceptez ?

— Je n'ai pas le choix.

— Parfait. J'ai discuté avec la directrice adjointe de l'éventuel remplacement de Capadis par un maître auxiliaire mais celle-ci préférerait que nous suppléions nous-mêmes à cette vacation. Nous sommes au mois de février, soit la moitié de l'année scolaire, et Mme Spoerri a pensé qu'il ne fallait pas encourager un certain... comment dire ?... manque de continuité avec des éléments qui ne seraient pas familiers aux élèves. Pour être plus clair, l'arrivée d'un membre extérieur à notre « petite communauté » (léger rire), pourrait être pour nos élèves, déjà troublés psychologiquement, un facteur de déstabilisation qu'il serait souhaitable d'éviter. Vous comprenez?

— Parfaitement.

— C'est pourquoi j'ai pensé à vous pour remplacer Capadis, étant donné la flexibilité de vos horaires et vos qualités unanimement appréciées.

— Je vous remercie de votre confiance mais je suis prof de français, pas d'histoire-géo.

— Ce n'est pas grave... vous ferez ce que vous pourrez. L'histoire, les lettres, vous savez, ce n'est pas très éloigné. Mme Weber, la coordinatrice, vous prêtera des cours. Je vous garantis que vous aurez peu de contraintes en plus de votre service habituel.

— Si je comprends bien, vous voulez que je reprenne les six heures de cours en plus de mes neuf heures.

— Non, non, du tout, répondit-il les paumes en avant, vous partagerez cet horaire de six heures avec Mlle Cazin, une collègue d'histoire-géo, qui a été le maître de stage de M. Capadis.

— Dans ce cas... c'est d'accord.

J'éprouvai une tristesse inexplicable en m'entendant accepter les trois heures supplémentaires. Je m'affaissai sur mon siège puis je projetai mon buste en avant. Les gouttelettes de pluie martelaient les vitres, donnant une densité équatoriale à notre entretien. Je finis par poser mes deux mains sur mes genoux après être resté les bras croisés sur ma poitrine pendant toute la discussion. Je sentis tout à coup une fraîcheur émolliente m'envahir.

Poncin consulta sa montre.

— Vous allez voir les parents Capadis aujourd'hui ?

— Ce soir, oui. Ils m'attendent pour sept heures. Je leur ai téléphoné ce matin, ai-je répondu en me souvenant de la voix bourrue du père de Capadis au téléphone.

— Le soir, c'est mieux, en effet. Aujourd'hui, nous sommes mardi, vous commencez ce jeudi après-midi avec les quatrièmes. Ça va ?

— Ça ira.

— Une dernière recommandation concernant cette classe : n'évoquez jamais de près ou de loin votre prédécesseur. Je ne pense pas avoir à vous expliquer pourquoi.

— De quoi avez-vous peur ? demandai-je.

— Contrairement à ce que la plupart des gens pensent dans ce collège, je suis quelqu'un de très simple et la peur est un sentiment trop sophistiqué pour moi. Je vous serais assez reconnaissant de faire passer le message.

Il s'interrompit comme s'il venait de s'apercevoir au bout d'une heure de monologue ininterrompu avec un sourd-muet que celui-ci parlait et entendait parfaitement bien.

— Je suis prêt à parier que vous êtes Capricorne, lâcha-t-il en me serrant la main. Selon mes statistiques personnelles, la plupart des professeurs sont Lion ou Taureau, des signes qui sont liés à l'estime de soi, l'adéquation au réel, l'allergie à la souffrance et au deuil. Dites-moi si je me trompe !

— Je suis Scorpion ascendant Cancer. Vie intérieure superficielle, manque de participation aux formes existantes, fatalisme et auto-apitoiement excessifs, nosomanie, haine de soi, cérébralité négative... il est vrai que je m'entends très bien avec les Capricornes. Et vous ?

— Essayez de trouver... histoire de voir si j'ai la tête de mon signe astrologique !

— Gémeaux !

— Comment avez-vous deviné ?

— J'ai lu ce matin mon horoscope dans le journal. Il était écrit qu'une personne appartenant au signe astrologique des Gémeaux m'imposerait une contrariété dans mon emploi du temps.

L'habitation des parents de Capadis était une maison de brique chaulée avec une glycine qui courait le long du toit de la véranda et au-dessus de la porte d'entrée. Les barreaux de la grille d'entrée étaient recouverts de chèvrefeuille. Une fois la porte franchie, une allée de gravier grimpait entre deux rangées de cyprès en décrivant une courbe. À l'intérieur de cette courbe s'élevait un chêne noueux qu'entourait un banc de bois hideusement défiguré par des chenilles xylophages, sûrement avides de sensations fortes.

La nuit était tombée depuis longtemps mais quatre projecteurs éclairaient le jardin. L'entrée de la maison délivrait une lumière pâle, presque fantomatique. La marquise antédiluvienne qui la surplombait avait des allures d'aile de chauve-souris ou de pagode chinoise selon la position où l'on se plaçait pour la contempler.

En m'avançant vers l'entrée, je crus entendre le glouglou d'une eau qui coulait; je m'arrêtai et essayai de repérer la direction du bruit qui semblait venir de ma droite. Je m'engageai dans une petite sente que je n'avais pu apercevoir jusque-là en raison de l'absence de lumière à cet endroit. Je montai les quelques marches d'un escalier pierreux et tournai autour d'un cyprès. À cet emplacement, l'étroite bande de terre sablonneuse entrait sous une tonnelle dont le fouillis apparent évoquait un nœud de hauban. Je pénétrai sous la voûte de feuillage, les muscles tendus par le froid qui devenait de plus en plus piquant et je restai immobile, attendant que mes yeux s'habituent à l'obscurité.

La première chose que je distinguai fut une statuette de plâtre renversée, représentant un petit dieu joufflu et souriant. Un bruit venu de derrière attira soudain mon attention. C'était un bruit de feuilles que l'on foule ou que l'on repousse devant soi. Je restai figé, la colonne vertébrale soumise aux picotis d'une raideur débutante, la nuque ployée, le ventre tendu à se rompre par la crainte du danger. Une rainure de sueur commençait à dégouliner sur ma pommette droite puis à descendre le long de mon cou. Elle finit par se dissoudre au contact de la laine de mon col roulé. Je pensai successivement à un oiseau de nuit, à un reptile provincial, à un insecte atteint d'éléphantiasis, à un écureuil agonisant puis au ridicule de ma situation.

Enfin, je tournai la tête de trois quarts pour essayer d'apercevoir la chose qui remuait dans mon dos. J'avais à peine exécuté mon mouvement de rotation qu'une masse sombre s'approcha en haletant et vint se placer à côté de moi. Comme je ne bougeais toujours pas, la masse sombre se posta devant moi et, sans prévenir, appuya ses deux pattes sur mes hanches tout en essayant d'enfouir sa tête au creux de mon aine.

Je sonnai. Le labrador était resté à mes côtés.

— Pépito vous a aidé à trouver le chemin, dit en ouvrant la porte une petite dame caparaçonnée dans un ensemble de velours beige.

Elle était sèche comme une gorgée de sel. Son visage était presque entièrement recouvert de rides. Des fronces et des replis, des petites plissures parcheminées au-dessus de la bouche. Ses mains étaient anciennes, longues et usées, avec des veines bleues translucides qui entouraient les jointures fatiguées.

— Je me suis promené un peu, vous avez un joli jardin, dis-je en m'inclinant. Pépito et moi avons fait connaissance près de la tonnelle.

— J'espère qu'il ne vous a pas sali avec ses pattes. Il est toujours très affectueux avec les visiteurs. Je vous en prie, entrez. Vous ne m'avez pas dit votre nom au téléphone, vous êtes monsieur ?

— Hoffman, Pierre Hoffman.

— Hoffman, Hoffman, dit-elle avec un doigt sur la commissure des lèvres, vous êtes juif ?

— Pas à ma connaissance, non. Mes parents étaient alsaciens... vieille famille luthérienne. Peut-être du côté de ma mère...

— Entrez, monsieur Hoffman, c'est très gentil de vous être déplacé. Ce pauvre Éric...

Elle n'acheva pas sa phrase mais s'effaça derrière la porte pour me laisser entrer. La lumière plus franche me permit de vérifier en regardant ma veste que cette femme connaissait très bien son chien. Le brouhaha d'une télévision ainsi qu'une odeur à base de tabac à pipe, de cuir mouillé et de désinfectant flottaient entre nous. Les appliques murales diffusaient une lumière violente qui m'obligea à plisser les yeux pendant quelques secondes.

— Il faut que mon mari mette des ampoules de quarante watts, dit-elle en refermant la porte. N'allez pas croire que nous ayons l'intention d'éblouir les visiteurs !

C'était un genre de lampe vieux jeu qu'on trouvait encore dans les catalogues de vente par correspondance, où les manchons qui tenaient les ampoules avaient de la fausse cire de bougie qui coulait sur les côtés. Comme la lumière m'obligeait à regarder vers le sol, je remarquai le carrelage de type granito nettoyé avec minutie, ce qui suffisait à indiquer une certaine qualité d'attente ou tout du moins un sens du protocole bien au-delà des circonstances qui l'imposaient. Diverses images touristiques dans des cadres bon marché formaient une haie menant, avec un léger décalage sur la droite, à un petit escalier en bois bordé d'une corde marine en guise de rampe, qui devait monter vers deux ou trois pièces ayant fenêtre sur cour.

— Attention aux deux marches quand vous quitterez le vestibule, dit Mme Capadis en refermant la porte.

Je la laissai passer.

Elle marchait légèrement voûtée et ma grande taille l'obligeait à me regarder par en dessous avec un sourire hésitant. L'atmosphère du lieu correspondait exactement à ce que j'avais imaginé avant de venir : les parents de Capadis devaient être des retraités se suffisant à eux-mêmes, maladroits lorsqu'il s'agissait d'avoir une conversation sans rapport avec leur vie quotidienne. L'habitude d'horaires rigides, l'absence de relations, la proximité constante avec l'autre, j'imaginai que ces trois choses devaient les conduire à un certain manque de patience envers l'extérieur.

Je la suivis à travers une pièce de réception qui devait être un bureau si j'en jugeais d'après la table à écrire recouverte d'une étoffe verdâtre qui trônait près d'une fenêtre à espagnolette. Des mouches mortes de la taille d'un haricot gisaient derrière les rideaux de velours, le papier peint se décollait dans les coins. La décoration était sobre : cheminée en retrait et parquet à points de Hongrie, les poutres et solives apparentes au plafond donnaient un air de rusticité apaisante à l'endroit, rendant presque déplacé le bruit assourdissant du poste de télévision.

Elle ouvrit une lourde porte de chêne qui libéra la voix tonitruante d'un animateur de jeux. J'entrai à sa suite dans une salle à manger immense d'où je ne pus distinguer au premier abord la place de l'appareil. Face à la porte se tenait un buffet en merisier. Une glace tachetée, posée au-dessus de la cheminée, renvoyait l'image d'un vaisselier à niche centrale garnie d'assiettes anciennes et de pots de grès. Les meubles compacts, associés au papier mural brun chocolat et aux tommettes sombres, rendaient l'endroit prématurément réceptif à la tombée du crépuscule. La texture de la pièce semblait se refermer sur elle-même.

En m'avançant d'un pas, j'aperçus sur les côtés un rouet, une maie de campagne ainsi que plusieurs coffres et deux tables de jeu. Au centre, une grande table en bois blanc avec quatre pieds à balustres et une traverse en H allongée, accrochait le regard par son aspect massif et austère. Tous ces meubles semblaient enfouis dans une ombre épaisse, pareille à du velours noir. Il y avait dans cet entassement hétéroclite quelque chose de saisissant lié à la fixité de la vie, une vie qui aurait accepté sa propre limitation. Je m'approchai encore de quelques pas. Un grand téléviseur anthracite tournait le dos à l'ensemble de la pièce comme s'il eût éprouvé depuis son arrivée un mépris technologique pour ses compagnons plus âgés. Le reflet de l'écran, seul éclairage de la pièce, tremblotait dans les yeux de verre des cerfs dont les têtes empaillées ornaient les murs.

— Georges, appela doucement Mme Capadis en mettant sa main en cornet autour de sa bouche, monsieur Hoffman est là... peux-tu arrêter cette télévision, s'il te plaît ?

Elle me regarda avec un air de gêne soumise, l'équivalent d'un raclement de gorge en milieu administratif. La couleur de son visage s'était ternie et une pointe de remords s'insinua dans l'un des plis de sa bouche. Elle se posta devant son mari, un homme sans âge, recroquevillé dans le canapé, qui semblait hypnotisé par l'écran. L'espace d'un instant, elle sembla lui en vouloir, d'une manière obscurément personnelle, comme si elle s'excusait avec une ironie appuyée d'être une vague forme qui interférait avec sa solitude.

— Il est un peu sourd, dit-elle en se tournant vers moi.

Elle attendit quelques secondes qu'il veuille bien tourner les yeux vers nous, puis elle alla éteindre l'appareil d'un mouvement résolu. Son mari leva les yeux vers elle et garda la tête bien droite, la bouche pincée dans une expression d'injustice absolue. Il était vêtu d'un pull camionneur, d'un pantalon de travail vert avec une poche plaquée d'où dépassait un mètre replié, et de brodequins de sécurité. C'était un sexagénaire vigoureux aux cheveux blancs plutôt fournis. Son visage paraissait plutôt amène tant que l'on ne remarquait pas les bajoues fielleuses ainsi que les sourcils broussailleux et féroces. Il affectait dans son maintien des manières de jeune homme mais ses yeux gris avaient une expression de découragement. Des poches vitreuses étaient inexorablement accrochées à ses paupières inférieures. Lorsqu'il s'aperçut de ma présence, il prit une pose doctorale, le coude saillant et la main en creux. Sa femme partit dans la cuisine et ramena une chaise qu'elle posa en face du canapé.

— Asseyez-vous, je vous en prie, me dit-elle en m'indiquant la chaise. Excusez le désordre.

Elle alla s'asseoir à côté de son mari en prenant soin de ménager entre eux un espace dont la réglementation semblait immémoriale. Je m'étais attendu à avoir devant les yeux la réplique de *Mes parents*, une toile de David Hockney, ce genre de stéréotype paresseux que l'on peut entretenir sur les classes moyennes. Leur existence était assez ressemblante au tableau : ils menaient une vie calme et organisée, dénuée de passion, mais il suffisait qu'ils se rapprochent l'un de l'autre pour avoir un air bon enfant, presque indolent, comme des animaux au repos.

— Vous voulez boire quelque chose, un alcool, un café ? me demanda l'homme-Georges avec une voix plus grasseyante que je ne l'aurais imaginé.

— Merci, je ne vais pas vous déranger très longtemps.

Ils n'eurent même pas un mot de dénégation polie ; ils laissèrent la phrase flotter au-dessus de la table basse. Ils restaient l'un à côté de l'autre, les mains jointes entre leurs genoux, le dos bien perpendiculaire à leurs jambes et ne cillaient pas lorsque mon regard venait se poser sur eux. Leur apathie avait quelque chose d'insultant. J'avais l'impression qu'ils ne me toléraient que parce qu'ils sentaient que je ne resterais pas au-delà de huit heures et demie, seuil limite à partir duquel je pouvais compromettre leur perspective de regarder le film du soir. Tout au plus, ils manqueraient les pubs.

— Vous le connaissiez bien ? demanda Mme Capadis en traînant sur les mots avec des pointes de lassitude intense qu'elle étirait jusqu'au contre-ut.

— Non, pas très bien, mais suffisamment.

— Suffisamment ? demanda l'homme avec brutalité. Ça veut dire quoi, suffisamment ?

Je laissai passer quelques secondes en fixant au-dessus de leurs têtes une collection de petits dés en porcelaine avec des noms de villes imprimés, rassemblés sur une tablette de verre. Cette géographie intime me fit songer à une existence lointaine qu'ils avaient dû mener et à laquelle ils repensaient quelquefois comme à des fragments de réalité responsable dont ils avaient été progressivement dessaisis en vieillissant.

— Juste assez pour venir ici.

— Vous le connaissiez mieux que nous, alors, laissa tomber la dame avec ce même fatalisme que l'on montre devant une inondation.

— Il ne venait jamais vous voir ?

— Il est venu deux fois en cinq ans, a répondu l'homme sur un ton aigre, et à chaque fois pour venir chercher des affaires... ses anciennes maquettes de bateaux ou ses posters de chiens, jamais pour un anniversaire. Il ne téléphonait jamais, n'écrivait jamais. Nous ne savions même pas s'il était marié, s'il vivait avec quelqu'un. Vous comprenez ça, vous ?

— Je ne sais pas. Mes parents sont décédés.

J'avais menti à dessein, ne voulant pas prendre parti contre un mort dont j'ignorais encore tout.

— Capadis, c'est d'origine grecque, non ? demandai-je pour changer de sujet de conversation.

— C'est exact. Nous sommes arrivés en France à la naissance d'Éric, en 1965. Nous avons d'abord habité Paris avant de venir nous installer ici. Éric nous en a toujours voulu d'avoir quitté Paris. Il s'est retrouvé très isolé à la campagne. Pour nous, c'était différent, nous connaissions... on venait tous les deux de familles paysannes.

Et puis le fils avait réussi. L'éternel malentendu, les bulletins scolaires remplis de bonnes notes, les appréciations élégiaques qui éloignaient chaque jour davantage de l'histoire du pays, des origines, du roman familial. Les parents devaient regarder ces 20 et ces 19 serrés l'un contre l'autre dans ce même canapé avec le même air de détresse, ces mêmes cernes hantés par la trahison de la progéniture. Le vaste monde, qui débutait juste au-delà de la prairie du voisin, l'avait happé, le rendant étranger et désinvolte, les obligeant à vivre à feu doux, couvercle fermé. Ce sentiment de perte s'était transformé au fil du temps en ressentiment contre le monde en général. Leur regard, mélancolique et distant, était celui de ceux qui, pas à pas, se sont retirés du monde, abstenus de toute relation. L'accumulation d'objets devait avoir joué le rôle d'une forme de compensation pour les consoler d'avoir perdu un lien direct avec l'existence, cette présence massive et rassurante du fils qui pouvait abolir ce cataclysme au ralenti qu'est l'ennui. Plus je regardais les objets, plus je ressentais quelque chose de taciturne, comme une vie qui se refuserait à toute description parce qu'elle aurait perdu toute conviction, toute épaisseur significative.

— Je dois m'en aller.

— Il ne faut pas nous en vouloir... il y a beaucoup de choses que nous taisons et qui n'intéressent personne. C'est mieux comme ça (silence). Éric est mort, c'est triste, mais nous n'y pouvons rien. Il voulait savoir, savoir, toujours savoir plus, et voilà... déjà, petit, il n'arrivait jamais à rester dans sa chambre plus d'une demi-heure, il voulait toujours aller voir ce qui se passait dehors ! C'était toujours plus intéressant que chez nous. Mon mari a beaucoup souffert de ça, il ne disait rien mais à l'intérieur, je suis sûre qu'il aurait aimé lui apprendre davantage. Parce qu'il connaît plein de choses qui ne se transmettent que dans les familles, vous savez, des secrets qui ne sont pas dans les livres mais qui existent dans la vraie vie. Éric n'a jamais rien voulu apprendre de nous. Mon mari était blessé (regard appuyé vers l'homme-Georges qui baissa la tête)... parfois, je me dis qu'à force d'avoir gardé ces choses pour lui, il a dû finir par les oublier.

— Je ne vous en veux pas, ai-je répondu en attendant quelques secondes, par crainte de lui couper la parole.

Comment aurais-je pu leur en vouloir ? J'étais venu pour leur parler le langage du deuil, de la tristesse, de la compassion et éprouver ce plaisir sombre, cette fausse empathie avec des inconnus de passage. Le sentiment d'un devoir impératif, boire et manger avec des êtres humains en devisant sur la disparition avait représenté à mes yeux un genre de non-engagement gratifiant qui m'éloignait de n'importe quelle psychothérapie de groupe avec des filles chaussées de sandalettes en croûte de cuir et des garçons avec des pellicules sur le col de leur veste. En retour, il y avait eu cette résistance, ce désordre imprévu sur ma feuille de route. On m'avait tenu le langage de l'abandon et de l'ingratitude.

Il était temps que je parte.

— Nous vous raccompagnons. Vous allez à l'enterrement vendredi ?

— Je ne sais pas encore.

— Il aura lieu au cimetière du village, à quinze heures. La levée du corps est à quatorze heures à l'église.

— Je ne sais vraiment pas.

— Vous ne voulez pas rester un peu, manger un morceau avec nous avant de partir ?

L'homme venait de poser la question avec une intensité mourante sur les derniers mots. Ils s'étaient levés tous les deux en même temps et étaient restés quelques secondes sur place, hésitant quant au prochain pas, au prochain mot à prononcer.

— Non... merci, je suis un peu fatigué. Je connais le chemin. Restez ici, vous allez prendre froid. Vous me permettez de repasser... un autre jour... comme ça, pour dire bonjour ?

Leurs joues s'empourprèrent de surprise ; avec un hochement de tête, ils me tendirent leur main presque en même temps, ce qui atténua l'impression de gêne qui s'ensuivit.

— Bonne route, dit l'homme-Georges. Si vous passez par là... entrez. Il y a peu de chances que l'on déménage. Il faudrait quand même pas tarder.

Je promis.

De la grille du jardin, je parcourus des yeux un boulevard goudronné faiblement éclairé par des réverbères qui menait jusqu'au centre du village où j'avais garé ma voiture. À quelque trois cents mètres, on pouvait apercevoir, en concentrant sa vision entre les deux derniers chênes de la file jumelle qui jalonnait les deux côtés de la route, le parallélépipède indigo de la mairie précédé de son banc vert. J'ai marché lentement sur le boulevard. La lune était d'une couleur garance orangé et un souffle d'air glacé a soulevé des brins de luzerne comme une boule d'amarante pour les déposer dans le fossé à moitié recouvert de ronces.

Je me suis souvenu de mes parents que je n'avais

pas vus depuis deux ans et du coup de fil que je leur promettais depuis deux mois. Ce n'est qu'en passant devant le mur en tuffeau du cimetière qui courait perpendiculairement à la route que j'ai repensé à Capadis, à l'enfant et à l'adolescent qu'il avait dû être, et au fait qu'il avait choisi d'être enseignant. Il devait exister un lien, mais je cessai d'y penser en quittant le village pour me concentrer uniquement sur la vitesse à laquelle je roulais.

3

En parcourant le cahier de textes de la quatrième F pour la cinq ou sixième fois consécutive, je découvris qu'Éric Capadis avait réalisé les trois quarts du programme d'histoire-géo le vendredi 16 février, date de son dernier cours. J'étais assis depuis deux heures à mon bureau, essayant de formuler une séquence cohérente pour le reste de l'année. Il n'y avait pas d'urgence particulière étant entendu que le premier cours était une prise de contact (la fameuse fiche de renseignements), que le second du vendredi matin avait été annulé pour permettre à la classe de se rendre à l'enterrement et que les vacances de février débutaient le soir même pour une quinzaine de jours.

Mais il me fallait présenter dès mon premier cours, le lendemain, une progression semi-annuelle destinée à préserver une continuité rassurante pour les élèves. Nous étions mercredi après-midi, dix-sept heures trente, et, entre l'instant présent et l'idée de ma future prestation commençait à s'installer une zone de malentendu total. J'avais même téléphoné à Christine Cazin, l'ex-maître de stage de Capadis, pour obtenir quelques renseignements. Après avoir évoqué les oreillons de son fils d'un an et s'être acharnée à critiquer le caractère égocentrique et supérieur de son ancien stagiaire pendant une demi-heure, elle avait prétexté des courses urgentes et m'avait presque raccroché au nez.

Je restais impressionné par le fait que Capadis soit parvenu à boucler en un trimestre et demi la présentation de l'Europe moderne au XVIIe et au XVIIIe siècle, la monarchie absolue en France, la remise en cause de l'absolutisme, les grandes phases de la période révolutionnaire en France de 1789 à 1815 et, pour terminer, les diverses transformations de l'Europe après 1815. Cette course de fond didactique me troublait. Ce n'était ni sa régularité, ni ce pas martelant une cadence invisible qui m'avaient frappé, mais la course contre la montre qu'il avait appliquée au déroulement de son programme, comme si la prescience tragique des événements s'était imposée à lui dès le début de l'année scolaire.

Il était bien sûr arrivé avec quinze jours de retard mais j'étais persuadé que la prise en compte de ce décalage ne suffisait pas à expliquer cette performance. Il avait assuré son cours « à tombeau ouvert » et malgré la défiance que j'avais toujours entretenue à l'égard des métaphores, notamment envers le caractère illimité de leur pouvoir, je trouvais à cette expression un contenu si suggestif que je perdis le peu de concentration qui me restait.

Alors que l'après-midi s'étirait dans l'inertie la plus totale et que je compulsais de mon ongle fatigué les diverses matières étudiées depuis le 25 septembre, la beauté du style capadisien continuait à exercer une grande puissance d'attraction sur mon esprit en panne. C'était un singulier mélange de précision et d'emphase fataliste, comme s'il avait voulu défier l'aspect systématique et terne de la langue de bois administrative.

À côté de la mention 15/02, on pouvait lire :

Au terme d'une séance de deux heures, une comparaison entre la situation de l'Europe à la fin du XVIIIe siècle et celle de 1815 effectuée à l'aide de documents appartenant à différents genres (une page de Code civil, une carte des départements français, *Le Sacre de Napoléon* par David, etc.) a conduit les élèves à mettre en évidence les transformations de tous ordres introduites par la période révolutionnaire et impériale dans les structures politiques de la société ainsi que les aspirations nées des idées nouvelles et des utopies jamais rassasiées depuis.

Une autre « entrée » me frappa également en raison de l'utilisation d'une rhétorique finale qui n'était pas sans rappeler quelque manuel de civilité écrit au Siècle d'or :

À partir de cartes, nous avons mis en évidence les contrastes politiques, économiques, sociaux, culturels et religieux de l'Europe. Dans le domaine artistique, l'étude du baroque et du classicisme à partir de quelques exemples choisis dans la peinture et la littérature a permis de montrer que cette dichotomie avait son existence également à l'intérieur du cœur de l'homme : d'un côté, l'attirance marquée pour les formes changeantes, les passions violentes et l'inconstance ; de l'autre, le besoin impérieux d'une stabilité acquise au moyen de règles exigeantes, la volonté d'échapper à cette « puissance trompeuse » qu'est l'imagination.

À travers ce compte rendu d'activités, si anonyme et inutile qu'il ait pu paraître (il ne prenait même pas la peine de le signer), je me persuadais que c'était l'Œuvre de Capadis opposée à sa vie qu'il avait dû pressentir comme dénuée de langage propre et de signification. Il semblait avoir toujours évolué à l'intérieur de la même demeure dont il avait perçu très tôt l'exiguïté et l'absence de projets. Je songeais à ses tentatives pour la peupler d'une foule imaginaire, ses invités fantômes, toujours les mêmes, qui tournaient inlassablement dans le même salon.

Le ciel était blanc, les couleurs s'épuisaient dans la lumière saturée. Quelques nuages isolés avaient pris une teinte chromée sur les bords. Je sentis en moi monter une espérance de neige, un appétit climatique pour la blancheur et le dépouillement. Lorsque je parvins à la bretelle de sortie d'autoroute que j'empruntais régulièrement pour venir au collège, cinq véhicules de gendarmerie et de sapeurs-pompiers étaient disposés en quinconce autour d'une voiture qui avait traversé la glissière de sécurité et terminé sa course en contrebas.

Je ralentis. Une foule de gens commençait à

s'agglutiner auprès de ce qui restait d'une barrière métallique de sécurité dont le milieu formait une indentation inquiétante avec ses pointes et ses creux aigus. Les quelques badauds déjà arrivés surplombaient la scène en discutant entre eux comme s'ils étaient au balcon d'un théâtre. En laissant ma voiture au point mort, je remarquai que certains avaient apporté des jumelles et les laissaient parfois pendre sur leur ventre pour détailler le spectacle à leur voisin. Un homme cogna à ma vitre. Il avait un sourire brèche-dent qui me fit presque sursauter et me demanda d'une voix sibilante si je pouvais lui donner une cigarette. Lorsque je lui répondis que je ne fumais pas, il me regarda avec un air de surprise navrée comme s'il me plaignait sincèrement d'avoir vécu la moitié de ma vie sans m'être encrassé les poumons une seule fois.

Une bourrasque de vent amena soudain vers moi le crépitement irrégulier d'un marteau-piqueur. J'avançai la voiture pour essayer de me frayer un passage jusqu'au bas de la bretelle. L'avant du véhicule accidenté était complètement écrasé et remontait vers le pare-brise. L'ouverture côté conducteur béait comme une bouche édentée. Les pompiers venaient de forcer les portières à l'aide de vérins hydrauliques. La foule des curieux devenait de plus en plus dense au fil des minutes, il apparaissait de moins en moins probable de sauver le conducteur, tant la ferraille mutilée s'apparentait à une compression d'avant-garde plus qu'à une automobile.

Des motards surgirent des hauteurs de l'autoroute où le trafic continuait à s'écouler tranquillement et ordonnèrent à la foule, non pas de se disperser comme on aurait pu s'y attendre, mais de dégager la route en se pressant contre la barrière pour permettre à ceux qui venaient d'arriver d'assister au final.

J'arrivai au collège avec dix minutes de retard. Le portail de l'établissement me rappelait toujours l'entrée d'un crématorium. Mais au-delà des murs bas couleur crème et de leurs bordures bien soignées de géraniums, les vastes pelouses et les bouquets de peupliers donnaient l'impression d'être sur le campus d'un institut de pédagogie ou d'un collège de jésuites. La seule entorse au bon goût provenait de bouts de ferraille tordue qui s'élevaient à deux ou trois mètres de hauteur comme une sphère armillaire conçue par un Giacometti pris de boisson.

Derrière un emplacement tracé à la chaux portant le numéro 109, les élèves de quatrième F étaient sagement groupés par deux. En m'avançant vers eux dans la cour, je sentis une rumeur sourde, un champ de sensations indéfinissables qui se mit à frémir au-dessus du petit groupe, d'où émergeait une tête couleur fauve parsemée de taches de rousseur. Le garçon se tenait presque au garde-à-vous et ses yeux vairons regardaient fixement devant lui avec une intensité de horse-guard.

Une élève avec des cheveux noirs dessinés à

l'encre de Chine, un visage osseux et froid, vêtue d'une veste en faux daim, d'un pantalon jodhpur et d'un tee-shirt « Girl Power », se tenait à côté de lui, les mains sur les hanches et les épaules rejetées en arrière dans une attitude de défi silencieux. Je supposai qu'elle était la déléguée, tant sa posture m'invitait à considérer qu'elle était le leader du groupe et que toute transaction devrait passer par elle.

— Quatrième F, bonjour !

— Bonjour, répondirent-ils en écho, faiblement.

Ils se contentèrent de me dévisager, attendant un signal de ma part.

— Désolé pour le retard, lançai-je au groupe en ne quittant pas des yeux la jeune fille aux cheveux noirs.

Elle ne cilla pas.

J'avais un porte-clés qui pendait à l'un des passants de mon jean à l'aide d'un petit mousqueton, un de ces gadgets « jeunes » ayant pour vocation inavouée une connivence instantanée entre le « cœur de cible » et l'enseignant trentenaire. Je le détachai et lui tendis la clé de ma voiture, la tige crénelée en direction de son menton.

— Vous pourriez déplacer ma voiture ?... Elle est facile à reconnaître, c'est une petite voiture sans permis, rouge avec des pois blancs et un petit chien qui remue la tête sur la plage arrière.

Des rires étouffés jaillirent.

— Je ne sais pas conduire les traîne-cons...

Il y eut un silence de mort, ponctué par les voix

atones qui émergeaient des fenêtres de cours entrouvertes.

— ... mais je veux bien essayer, laissa-t-elle tomber en abattant sa main aux ongles vernis de noir sur la clé.

Son sourire formait aux commissures un arc moqueur et méprisant. Les autres élèves ne bougeaient toujours pas. Ils semblaient attendre la suite avec un vague intérêt. Elle fit un pas en avant, tournant le dos au groupe, et me tendit la paume de sa main droite pour me rendre les clés.

— Votre jeu, c'est marrant, mais si je me barre avec tout... vous allez être mal pour ouvrir la classe. Cela dit, votre humour est super !

— Merci. Vous êtes mademoiselle ?

— Botella. Sandrine Botella.

— Vous êtes la déléguée ?

— Eh, non... la déléguée, c'est la pisseuse qui se trouve derrière moi, répondit-elle sans se retourner.

Une jeune fille d'aspect chlorotique avec un carré de cheveux bruns régulier releva légèrement la tête vers moi et me regarda par-dessous sa frange avec un air de défaite. Elle était vêtue d'une veste en forme de redingote gris chiné et d'un pantalon assorti sur une chemise gris clair avec des chevrons qui barraient sa poitrine. Son apparente sophistication, qui tendait vers l'intemporalité et l'allusion, contrastait avec la présence massive, réaliste, de sa consœur.

— Vous pourriez aller me chercher le cahier

d'appel chez la conseillère d'éducation ? lui demandai-je.

Elle acquiesça avec un hochement de tête ambigu. Au moment où elle allait s'élancer pour sortir du rang, une voix de garçon sortit du groupe.

— C'est moi qui l'ai, m'sieur !

La jeune fille déléguée retomba en appui sur ses deux pieds avec un soupir de soulagement.

— Allons-y !

Ils me suivirent en ordre serré à la manière d'une troupe disciplinée. Je les sentais rompus aux mêmes usages grâce aux vertus d'une cohabitation où l'établissement de limites volontaires avait été décidé loin des codes scolaires et des décisions adultes. Ma toute première impression fut qu'ils n'étaient ni une classe, ni un groupe, mais une bande.

Arrivés devant la salle de classe, ils se rangèrent contre le mur, attendant mon invitation à pénétrer dans les lieux. J'entrai en regardant à droite et à gauche, l'air aux aguets, et posai ma sacoche sur la première table de la travée centrale dans un geste qui se voulait à la fois ample et décontracté.

Il était vital, pensai-je, de capter la petite musique du groupe et de ne donner aucun signe de nervosité. Ma technique habituelle d'adaptation à un nouvel environnement consistait à élaborer dans l'urgence un scénario de comportement précis afin de créer un espace de relations sans danger. L'inconvénient majeur de ce type de conduite était que je dépassais rarement l'idée que je m'étais faite des gens, restant accroché de toutes mes forces à ma première impression. J'avais toujours été convaincu que ma structuration personnelle dépendait de cette attitude (je crains que seules les personnes qui n'ont pas une confiance illimitée dans la vie ne me comprennent).

Je ne pus m'empêcher de lancer un coup d'œil vers la fenêtre d'où s'était jeté Capadis. C'était une fenêtre basculante avec un châssis superposé, ouvrant par rotation autour d'un axe horizontal. Il y en avait trois par classe, toutes sur ce même modèle blanc PVC standard qui donnait à n'importe quel bâtiment administratif l'aspect sain et uniforme d'une clinique de soins palliatifs. Il n'y avait aucun papier par terre et les chaises étaient inclinées, les dossiers bien en appui contre les tables, avec une harmonie parfaite. Ma corbeille avait été vidée et le tableau effacé avec une éponge et non au moyen d'un vulgaire chiffon qui aurait pu laisser des traces de calcaire. J'avais de la peine à croire qu'ils avaient passé toute la matinée dans cette salle.

Je pris mon temps pour m'installer, étendant mes jambes dans le même axe que mon corps afin que le sang ne soit pas *empêché*. Un globe terrestre lumineux était posé sur l'angle supérieur droit de mon bureau. Des transparents, destinés à un rétroprojecteur qui avait l'air délaissé dans le coin aux cartes, jonchaient le plateau du bureau comme une pellicule de gelée translucide. Il régnait dans cette classe une odeur indéfinissable, à base de produit pour le sol au carolin et de parfum bon marché avec une forte base musquée. Aucune inscription au compas ou au cutter n'avait défiguré leurs tables qui offraient l'aspect lisse et immaculé de l'ameublement d'une pièce qui aurait pu servir de lieu saisonnier à un séminaire d'analystes financiers.

On aurait pu croire à une revendication d'austérité, à une conception minimaliste du travail scolaire. Je penchais plutôt pour quelque chose de plus perturbant pour le visiteur, quelque chose qui me disait que lorsqu'ils seraient rentrés dans cette pièce, dans *leur* pièce, tout ce que j'avais pu prévoir ou imaginer les concernant s'effondrerait en même temps que de vagues significations se déroulant pour la plupart des gens en marge de l'existence normale.

Je sentis d'abord un grouillement viril lorsqu'ils franchirent le seuil de la classe, un concentré d'énergie masculine. Les sensations de féminité ne vinrent qu'ensuite, après qu'ils eurent pris position à côté de leur chaise sans broncher, en me regardant avec un visage sans expression. La dernière fois que j'avais vu des élèves attendre qu'un professeur leur donne l'autorisation de s'asseoir, c'était au collège réformé où j'étais élève et je revis clairement, l'espace d'une seconde, le portrait de Luther au-dessus du tableau. Je songeais parfois à ce garde-à-vous laïque comme à une ancienne coutume tombée en désuétude, un fragment tangible du passé n'apportant aucune consolation. Que des élèves continuent à observer cette forme de respect m'apparaissait comme l'affirmation d'une attitude sophistiquée liée à l'exercice d'un obscur pouvoir.

— Asseyez-vous !

C'est à peine si l'on entendit un raclement de chaise contre le sol. L'espace se resserra avec une brutalité soudaine et les néons qu'ils avaient allumés en entrant déplacèrent le contexte d'immobilité hivernale dans lequel je devais prendre la parole. J'évitai soigneusement de fixer un élève en particulier, et ce n'est qu'en profitant du rituel initiatique de l'appel que je pus les observer chacun avec un minimum d'intensité. Onze filles, treize garçons — apparence de respect des conventions —, origines sociales diverses *a priori.*

De ma sacoche, je sortis des fiches de renseignements et désignai Sandrine Botella pour les distribuer. À ma grande surprise, celle-ci se leva sans le moindre mouvement d'humeur et accomplit la formalité en silence, mouillant ses doigts pour bien détacher les exemplaires. Elle me tendit les fiches restantes avec un sourire-mise au point qui m'avertissait clairement que j'allais avoir affaire à deux personnalités différentes : celle à l'intérieur des murs et celle à l'extérieur. Je la remerciai avec un hochement de tête-message reçu et tentai de baisser ma voix d'une octave pour prendre le ton sérieux qui incombait à ma fonction et à mon âge. Je décidai même de changer le tempo *(andante moderato)* pour me présenter et leur expliquer la finalité des questions qui leur étaient proposées.

— Mon nom est monsieur Hoffman. Mon prénom est Pierre. Je viens d'une ville voisine dans laquelle vous vous inscrirez probablement lorsque vous serez en âge d'être scolarisés au lycée. Je suis arrivé dans la région il y a deux ans.

— Vous êtes d'où à l'origine, m'sieur ? demanda un grand blond aux cheveux rasés avec des lunettes à verres épais en levant le doigt très haut.

— De Strasbourg. Je suis alsacien.

J'entendis des rires étouffés. Avec le pouce et le majeur, un élève venait de figurer un bec en ombre chinoise censé imiter une cigogne.

— Vous avez quel âge ? demanda une fille, les mains enfoncées dans les poches d'une salopette en jean, sans lever le doigt. C'était typiquement une question de fille.

— Trente-deux ans.

— Vous êtes marié ? (La même fille. Même remarque.)

— Non.

— Des enfants ? (Une autre.)

— Aucun.

Je sentis un vent de perplexité souffler sur l'assistance. D'une manière générale, une réponse positive sur le mariage ou la paternité refermait pour l'année le champ des possibilités imaginaires, alors qu'une réponse négative encourageait un flottement fantasmatique quant à l'existence d'une vie secrète. Au hit-parade des motivations à vouloir rester seul à un âge déjà avancé, on trouvait à la première place le libertinage (solution qui plaisait aux garçons), ensuite l'homosexualité (nettement privilégiée par les filles) et enfin une impossibilité à trouver l'âme sœur (solution attendrissante et « humaine » qui plaisait aux deux).

Je poursuivis.

— Vous trouverez dans la feuille que l'on vient de vous distribuer des questions relatives non seulement à votre situation quotidienne mais aussi et surtout à vos pratiques culturelles (pause scrutatrice). Vous pourrez, et ce à juste titre, être surpris par les demandes concernant vos goûts en matière de musique, cinéma et lecture. Vous n'êtes pas obligés d'y répondre. Je tiens cependant à ce que vous formuliez une réponse cohérente et argumentée à la dernière question : qu'attendez-vous du cours d'histoire-géo ?

— On peut marquer les sports ?

— Programmes télé ?

— Défauts ? Qualités ?

— Optimiste ? Pessimiste ?

— Ouvert ? Fermé ?

— Chaud ? Froid ?

— Lourd ? Léger ?

— Debout ? Couché ?

Chaque table commençait à énoncer sa petite dichotomie avec cette jubilation un peu épuisante que procure l'énumération. Je pressentis que si je n'intervenais pas rapidement, j'allais subir la panoplie complète de la dialectique contemporaine.

— Contentez-vous de répondre aux questions.

Surpris par mon ton de voix, ils se regardèrent entre eux tout en prenant une feuille dans leur classeur. Ce n'est que lorsque j'eus la certitude d'entendre leurs stylos à plume gratter le papier et leurs pensées entièrement dirigées vers les réponses à produire que la sensation d'être en situation s'estompa. Mes muscles se relâchèrent, ma tête devint plus légère et un engourdissement d'après dîner détacha mon cerveau de l'énergie confuse du groupe.

Je me suis soudain rappelé qu'en 1976, j'avais l'âge de mes élèves de quatrième. Cette année-là émergea le mouvement « punk » qui devait marquer ma première véritable entrée dans le monde. Ma sœur, qui avait déjà quatre ans de plus que moi à cette époque, lisait *Libération* comme les « grandes » et je me rappelle avoir lu dans ce journal une phrase qui ne cessa de me hanter pendant toute cette année : « 1976 sera une année pour le rock'n' roll parce que c'est la seule musique authentique, le seul média qui réponde réellement aux aspirations des jeunes, la seule façon de réellement s'éclater. »

Avais-je des aspirations ? Je ne crois pas. Avais-je déjà éprouvé, même confusément, l'envie de « m'éclater » ? Je ne me souviens pas. Il me semble qu'avec le recul, c'était l'adjectif « authentique » accolé au terme de musique qui m'avait interloqué ; j'avais envie de connaître « la seule musique authentique » en même temps que son apparition annoncée. Enfant, j'avais toujours été frustré que les choses arrivent puis disparaissent avant d'être arrivées. Je m'étais même demandé si ça n'avait pas été lié au fait que mon enfance s'était déroulée à la charnière entre la fin des années soixante et le début des années soixante-dix. Pendant toute cette période, j'avais souhaité avec acharnement rejoindre les événements, être en phase avec eux mais j'avais l'impression qu'ils avaient à chaque fois une telle avance que je n'en saisissais que les apparences. Pour le dire autrement, leur contenu « authentique » s'évaporait en même temps que leur apparition, ce qui donna à mon existence enfantine un caractère spectral qui m'a longtemps hanté.

Le guitariste des Who, Pete Townsend, déclara un jour, comme pour venir confirmer mon impression : « Ce qui frappe immédiatement quand vous écoutez les Sex Pistols, "Anarchy In The UK", "Bodies" ou des titres comme ça, c'est que *ça se passe pour de vrai.* C'est un gars, avec la tête sur les épaules, qui est réellement en train de dire quelque chose qu'il croit *sincèrement* être en train d'arriver au monde, et qui le dit avec un vrai venin, une vraie flamme. C'est effrayant et touchant à la fois — ça vous met mal à l'aise. »

Il est vrai que 1975 n'avait pas été une année exceptionnelle pour les « aspirations des jeunes » : Gérard Lenorman chantait « La ballade des gens heureux », Michel Sardou, « Le France » et Nestor (le petit pingouin du ventriloque B. Michel), « La pêche aux moules». Côté cinéma, Claude Lelouch avait tourné *Les Bons et les Méchants* et J.D. Simon l'immortel *Il pleut toujours où c'est mouillé.* On comprendra que, devant l'urgence de la situation, des groupes se soient formés un peu partout dans l'Hexagone et qu'au bout de trois jours de répétition, sans avoir jamais touché un instrument de leur vie, ils montaient déjà sur scène avec leurs vêtements déchirés supportant toute une quincaillerie hétéroclite à base d'épingles de nourrice, de badges agressifs et de croix gammées.

Personne ne se souvient à présent à quel point les premiers punks étaient laids. Ils étaient anorexiques, avaient le visage grêlé, acnéique, bégayaient, étaient malades, couverts de cicatrices, abîmés, et ce que leurs décorations immondes soulignaient, c'était la faillite déjà gravée sur leur visage. Leurs actes eux-mêmes étaient laids. Certains fans, plus extrêmes que d'autres qui se contentaient de cracher, s'enfonçaient un doigt dans la gorge pour se faire vomir. Ils recueillaient ensuite le vomi dans leurs mains et soufflaient dessus en hurlant pour le répandre sur ceux qui étaient sur scène comme une maladie contagieuse.

Je me suis rappelé également la boutique Harry Cover en plein cœur des Halles, où l'on pouvait trouver des tee-shirts à l'effigie de ces nouveaux groupes. Cette boutique diffusait le magazine *Rock News,* condensé dogmatique de cet underground autoproclamé. Les articles étaient outrageusement agressifs et donnaient cette cocasse impression que la guerre civile était aux portes de chaque village.

Je ne peux d'ailleurs jamais me rappeler cette période sans songer à l'excitation que me procurait à l'avance l'exécution programmée des amateurs de jazz et de disco, des pêcheurs à la ligne et des psychosociologues qui devait se dérouler, selon les meneurs, le lendemain même.

De toute la multitude de groupes apparus à cette période, mes favoris étaient les Ramones. Quatre garçons en jeans, baskets et Perfecto avec des coupes de cheveux invraisemblables, fiers d'être des copains de collège encore ensemble à vingt-deux ans. Texte minimal, musique basique, deux accords calés sur une minute quarante-cinq. Ils ne faisaient que chanter leur culture : le sexe, la télévision, la violence et n'avaient probablement jamais dépassé le premier chapitre d'un livre de Dickens. Il y avait deux faux frères, Joey et Dee-Dee, deux parfaits crétins incapables d'aligner deux phrases lors d'une interview. Mais je trouvais particulièrement romantique qu'ils s'accrochent à une musique aussi répétitive que la lecture de l'annuaire des chemins de fer, dans le seul but de ne jamais quitter l'enfance. Cela représentait à mes yeux d'enfant timoré l'une des dernières formes de résistance contemporaine au monde adulte, à la manière des Beach Boys, des Carpenters ou des Everly Brothers. Les Ramones, eux, poursuivaient ce babil enfantin vociféré dès le bac à sable et refusaient la syntaxe évoluée des gens arrivés avec cette candeur colossale qui a toujours représenté à mes yeux l'essence même du rock.

À la manière des situationnistes dont on a pu

penser raisonnablement qu'ils avaient pu être les héritiers, les punks avaient détruit avec une étrange absence de méthode toutes les valeurs et les parois de fixation qui permettaient une possibilité de récit. L'anarchie qu'ils revendiquaient, c'était la destruction de l'origine et non un retour à... contrairement aux hippies dont ils furent en quelque sorte les successeurs « malins ». Il faut bien reconnaître que cette politique de la terre brûlée allait ouvrir une ère de cynisme et de paranoïa sans précédent, où chacun devint convaincu d'avoir raison *tout seul*.

La phase punk m'apparut avec le recul comme le dernier sursaut avant le plongeon dans la socialité communicationnelle. Beaucoup d'experts prétendirent, après les premières défaillances du système, que nous assistions à une mauvaise réalisation de l'utopie. Nous ne savions pas alors que nous vivions bien au contraire la réalisation de l'utopie tout court, ce moment si délicieux où elle commence à s'écraser dans le réel.

Nous habitions, fin 1976, mes parents, ma sœur et moi, à une quarantaine de kilomètres au nord de la capitale. Mon père venait d'être muté et nous avions quitté Strasbourg sans aucun regret pour le Valois, une région ultracatholique aux yeux de ma mère. En décembre, la MJC locale avait organisé un festival punk. Ce n'était pas le premier. En juillet, il y avait eu le festival de Mont-de-Marsan et celui de La Borde dans la clinique « antipsychiatrique » de Félix Guattari. L'idée fixe des organisateurs semblait être de créer des Woodstock punk un peu partout en France.

Au programme, on trouvait les Atomic Booze, Pain Face et Angelic Disease, des groupes aujourd'hui totalement inaudibles et en partie oubliés. Ma sœur, qui venait d'obtenir son permis de conduire, m'avait proposé de nous y rendre, avec son petit ami du moment, Mathias, un garçon avec un visage sain et de grands yeux bruns égarés. Ses cheveux étaient dressés en l'air de façon menaçante et il m'avoua plus tard qu'il utilisait de la colle à bois pour les faire tenir. Je présume qu'il doit être chauve à présent.

L'endroit, en raison de son idéal boy-scout et vaguement communautaire, était assez décalé par rapport à l'événement. Des affiches invitaient à des activités poterie, initiation au macramé ainsi qu'à des ateliers d'expression corporelle. Des slogans comme « La jeunesse, c'est la culture et la culture, c'est la jeunesse » côtoyaient des annonces de camps d'été en Lozère et des invitations à la solidarité avec certains pays du tiers-monde. Les couloirs qui menaient à la scène du concert avaient cette odeur indéfinissable d'after-shave et de bonne volonté.

Dans la salle, le public était nettement divisé. D'un côté, les punks qui venaient de Paris, fiers de leur visibilité vestimentaire, le costume paternel transpercé de quelques badges avec des cravates à nœud pas plus gros qu'une tête d'épingle, leurs chaussures pointues et leurs lunettes noires. De l'autre, les gens du coin qui avaient l'air paisiblement effrayés.

Quand le premier groupe débuta son set par une véritable blitzkrieg sonore, j'aperçus au fond de la salle un couple d'une cinquantaine d'années qui affichait leur incompréhension de la chose musicale en se bouchant les oreilles et en se regardant de côté avec cet air de compétence désolée qui semblait vouloir dire : « C'est normal, ça vient de Paris ! »

Les punks gesticulaient devant la scène en mimant une danse de Saint-Guy improvisée. Ils levaient leurs genoux à hauteur de leur menton en cadence, balançant leurs jambes devant eux sans la moindre crainte de blesser quelqu'un. Ils se jetaient les uns contre les autres avec des rictus qui vibraient de méchanceté et de haine. Plus tard, on allait appeler ça le *slam dancing* et le *pit diving*, une façon comme une autre de lexicaliser la brutalité. Des filles avec des cheveux multicolores, des blousons de cuir cloutés et des colliers de chien autour du cou venaient provoquer avec des gestes obscènes et des invites ouvertement sexuelles les adolescents à cheveux longs qui semblaient consternés par la technique musicale du groupe sur scène.

Lorsque les Atomic Booze montèrent sur scène, ils furent accueillis par une gerbe de crachats, un des nombreux témoignages d'amitié coutumiers chez les punks. En réponse, ils levèrent le médius bien haut en direction de leur public, geste quasi pavlovien de remerciement. Avant même qu'ils n'aient exécuté la moindre note, la guitare et la basse étaient en partie recouvertes de traînées de salive épargnant la batterie, située à une distance décourageante du bord de scène. Le guitariste, un garçon filiforme portant vieux avec une mèche qui lui barrait la moitié droite du visage, affichait un sourire méprisant lorsqu'il ne tournait pas le dos au public pour régler les boutons de volume de son ampli. L'unique orbite qu'il exhibait était d'un bleu tellement pâle qu'il avait l'air de s'être mystérieusement dilué au blanc de l'œil. La chanteuse débuta le set par un « Salut, tas de branleurs ! » qui déchaîna une clameur dionysiaque. « Ça s'appelle "Dactylo choc" ! » hurla le batteur qui se mit à marteler un roulement assourdissant sur sa caisse claire avant que la fille au micro ne lance le « Un, deux, trois ! » d'usage, tercet magique qui ouvrait en général les hostilités.

Ma sœur, Mathias et moi nous tenions près du bar avec les autochtones. Le visage de Mathias ne cessait de se décomposer au fur et à mesure du déroulement de la soirée. Il semblait avoir enfin remarqué que le flux de l'énergie négative oscillait dangereusement en fonction de l'ingestion de mauvaise bière et des regards échangés. Son effroi atteignit son comble lorsque certains punks plus éméchés que les autres claquèrent des canettes sur le sol et commencèrent à se rouler dans les éclats qui scintillaient comme des grains de quartz menaçants.

Ma sœur m'a plus tard expliqué les relations de son ami de l'époque avec le punk. Mathias, selon elle, n'avait connu ce mouvement qu'à travers des cassettes mal enregistrées et le dossier spécial qu'avait conçu à la hâte un mensuel musical soucieux de ne pas louper le nouveau phénomène naissant. Il ne semblait pas assez déterminé dans sa révolte intime pour supporter ce qu'il lui fallut bien plus tard analyser comme une forme caractéristique de haine de soi.

Au troisième morceau, qui s'appelait poétiquement « Crève ordure ! », ma sœur l'entraîna par la main et ils se jetèrent dans le tumulte avec le courage et l'abnégation des premiers chrétiens. Léonore (et je ne donne ce prénom qu'à titre indicatif car ma sœur avait une multitude de surnoms qui reléguaient son vrai nom au rang de commodité administrative) avait toujours eu le don, quelle que soit la situation dans laquelle elle se trouvait, de pratiquer un hédonisme dangereux qui la poussait parfois à des actions inconsidérées, uniquement dans le but de ne « pas perdre sa soirée ».

Tenant Mathias par la main, elle fonça au milieu de la mêlée de bras et de jambes. Les punks furent tellement surpris de voir arriver des gens du fond de la salle pour se joindre à eux que leur premier mouvement fut de se pousser des coudes pour former une sorte de ronde. Enhardis par ce qu'ils prirent pour un protocole d'accueil, ma sœur et Mathias se crurent obligés de se montrer à la hauteur du cérémonial et, après s'être trémoussés au centre de la ronde avec une authentique barbarie, ils se poussèrent l'un et l'autre contre les punks.

De mon poste d'observation, je me demandais avec inquiétude à quel moment la figure du cercle allait se transformer en tenaille (je manifestais déjà une défiance absolue envers tout ce qui ne ressemblait ni à un livre, ni à un disque). Ce manège dura à peu près une minute et demie, le temps d'un morceau. Lorsque la musique s'arrêta, les punks se figèrent sur place en attendant la prochaine mise à feu. La chanteuse regarda l'assemblée, les mains sur les hanches, avec un air de lascivité qui suscita d'abord un murmure d'incompréhension. Le temps que les punks se préparent à changer de registre, les musiciens se mirent à pousser des cris de raton laveur censés simuler le bruit d'un coït tandis que la chanteuse simulait une fellation avec l'embout en mousse du micro.

Mathias et ma sœur étaient toujours au centre de la ronde, les bras ballants, les cheveux collés par la sueur, et je lisais dans leur regard une interrogation angoissée. Un couplet répété *a cappella*, amplifié par une chambre d'écho, résonnait dans tous les recoins de la salle avec une amplitude de vibration presque douloureuse. Le larsen des instruments déchira soudain l'atmosphère déjà rendue pesante par l'attente et libéra une onde de choc assourdissante. Les musiciens se calèrent sur un tempo lent, moite, et la chanteuse se laissa tomber sur les genoux, balayant la scène de ses cheveux peroxydés avec une régularité de métronome.

Comme prévu, le cercle se referma sur Mathias et ma sœur qui roulaient des yeux affolés en voyant les visages muets se rapprocher d'eux comme de somnambuliques zombis. Il y avait un grand type qui croisait et décroisait ses bras de bas en haut, doigts tendus, comme s'il venait de se transformer en sécateur humain. Les autres l'imitèrent aussitôt et avancèrent vers le duo central en arquant les jambes à la manière de lutteurs de sumo.

Profitant d'un moment de répit dans l'avancée des barbares, Mathias parla à l'oreille de ma sœur qui lui fit un signe affirmatif en retour. Les punks progressèrent à nouveau vers le centre. La chanteuse se livra de nouveau à des hurlements de possédée en se roulant sur la scène maculée de flaques de bière et de mégots écrasés. Interloqué par cette Saint-Barthélemy musicale, je retenais ma respiration, espérant ne pas avoir à leur porter secours.

À la stupéfaction générale, ils se baissèrent tous les deux en même temps, passèrent comme des petits lutins entre les jambes des méchants punks et s'élancèrent main dans la main vers la sortie en riant. Leur légèreté, la grâce qui les anima soudain, bref cette aura que seule procure une action gratifiante aux yeux de l'aimée, me firent éprouver une honte douloureuse qui devait me poursuivre pendant toute mon adolescence. Depuis ce jour, je me suis toujours juré d'intervenir dans les situations conflictuelles mettant en cause des proches.

Je suis resté une dizaine de minutes à attendre leur retour, accoudé au bar, le regard tourné vers les diverses bouteilles de liqueur qui donnaient une coloration de lounge-bar à l'endroit. Je n'osais pas regarder vers la scène redevenue calme. Le barman, un type entre deux âges, des sourcils arqués et une barbe hirsute qui lui dévorait tout le visage, mâchonnait un crayon de papier en cherchant une définition sur une grille de mots fléchés constellée de taches de graisse.

— Fuite de gaz en trois lettres, marmonna-t-il sans relever la tête.

— Pet.

— Merci.

Quand les punks assoiffés ont commencé à converger vers le bar, je me suis esquivé vers la sortie. Une lune gibbeuse éclairait un parc arboré, parsemé de minuscules plaques de gazon. Au loin dans l'obscurité, les chênes semblaient se chevaucher dans un lacis de branches ininterrompu. Des bouteilles de Guinness gisaient par terre, des paquets de cigarettes écrasés, un jouet en plastique jaune, des lambeaux d'un journal régional et des lunettes de soleil cassées. Un nuage, puis plusieurs nuages de fumée s'élevèrent comme des bandes de gaze laiteuse au-dessus d'un buisson et je m'approchai. Des rires étouffés montaient à intervalles réguliers.

Quand je fus plus près, je vis des hippies assis en cercle en train de confectionner ou de fumer des joints gros comme des mégaphones. Après avoir habitué mes yeux à l'obscurité, je distinguai les visages de ma sœur et de Mathias que l'embrasement d'un cône voisin venait soudain d'éclairer. Ils regardaient, béats, les morceaux de lune qui ressemblaient à des petites taches de cire ocre et se tenaient serrés l'un contre l'autre, Mathias, les cheveux rabattus sur son front et ma sœur, fidèle à elle-même.

Le bruit strident de la sonnerie me tira de ma rêverie.

Les élèves étaient déjà en train de ranger leurs affaires pour rejoindre le cours suivant. Ils avaient tous posé la fiche de renseignements sur leur bureau en haut à droite, à l'endroit précis où se trouvait l'encoche pour les encriers jusque dans les années 70. Je passai leurs visages en revue une dernière fois avant qu'ils ne sortent. Aucune trace de haine de soi n'était décelable, aucun conflit intérieur, aucune entorse aux lois de la gravitation sociale. Au contraire, j'avais devant moi ce qu'il était convenu désormais d'appeler des « citoyens », des enfants conscients de leur place dans le monde, au besoin procéduriers et manipulateurs lorsque leurs intérêts étaient menacés. J'enviais leur réconciliation avec ce monde contre lequel les générations précédentes avaient jugé parfois utile de se confronter. Je plaignais les psychanalystes et autres professionnels des maladies de l'âme : une ère de chômage sans précédent allait s'ouvrir pour eux.

— Monsieur, on peut sortir ?

— Je vous en prie.

Après tout, ils étaient chez eux.

4

Sur l'écran, une jeune femme tenait dans ses bras une femme beaucoup plus âgée. En étant un peu attentif, on pouvait lire un bonheur presque incrédule sur leurs visages. La plus jeune se détachait de temps à autre et secouait la plus âgée par les épaules. Peut-être l'autre était-elle une apparition qu'il fallait maintenir au sol pour qu'elle ne s'envole pas ? Il était très difficile d'entendre leur conversation. Une musique omniprésente tenait à distance leurs paroles. Elles marchaient ensuite l'une à côté de l'autre en faisant des gestes avec les mains et les doigts. La musique s'estompait, une voix off commentait :

« Catherine et sa fille Éva se retrouvent après des années de séparation. Toutes les deux sont sourdes-muettes. À la suite d'un accident de deltaplane, Éva est devenue amnésique et sa mère, malgré de nombreux avis de recherche, avait perdu sa trace. Grâce à cette émission et à l'immense chaîne de solidarité que vous, téléspectateurs, avez contribué à créer, Catherine et Éva sont de

nouveau rassemblées. Mais écoutons plutôt ce qu'elles ont à nous dire...»

Le sous-titre apparut sur l'écran et défila avec une vitesse de prompteur. La musique reprit. La mère et la fille marchaient toujours l'une à côté de l'autre. La caméra se rapprochait d'elles de plus en plus. On les voyait maintenant de trois quarts en contre-plongée. Elles continuaient à parler avec leurs mains danseuses. Puis elles s'arrêtèrent de nouveau, se replacèrent l'une en face de l'autre. La caméra remonta sur leurs visages de profil. Les bouches semblaient émettre des sons. On aurait dit que chacune lisait sur les lèvres de l'autre mais après une observation plus attentive, le téléspectateur se rendait compte qu'elles se regardaient dans les yeux avec une étrange intensité. On ne savait pas ce qu'elles pouvaient lire.

Enfin, il y eut une sorte de débat-commentaire avec un présentateur vêtu d'un complet sombre orné d'un petit ruban rouge. Un homme très courtois et souriant que l'on sentait proche des gens. La mère et la fille étaient cette fois assises l'une à côté de l'autre et adressaient des signes à une interprète qui traduisait au public les réponses que les deux femmes produisaient.

Je pris la télécommande à ce moment-là et zappai sur *Blonde Venus* de Sternberg, un film que je connaissais par cœur comme tous les films de Sternberg avec Marlene Dietrich. On la voyait en meneuse de revue chantant « Hot Voodoo » en costume de singe et le terne clapier dans lequel j'étais persuadé de vivre depuis trois ans se transforma soudain en un lieu agréable.

Il arrivait toujours un moment où les émissions avec les vrais gens me déprimaient. Peut-être ne me sentais-je pas assez sûr de moi pour être ouvert à l'histoire de quelqu'un d'autre pendant très longtemps ? Je trouvais admirable que des personnes aillent sur un plateau de télévision pour raconter leur histoire, ou un moment particulier de leur existence. Cette dimension romanesque de la vie réelle ne manquait jamais de m'attendrir et me donnait l'impression d'une connexion avec les autres, illusion importante lorsqu'on vit seul depuis longtemps et que l'idée même d'une rencontre devient une virtualité de plus en plus incertaine. C'était une véritable pulsion scopique qui m'animait dès le générique, la sensation que j'allais pouvoir enfin toucher un peu de vécu. C'est sans doute pourquoi je ne loupais jamais ces émissions que la solide pertinence de la langue française traduisait efficacement par « Spectacles de réalité ».

Cette tentative de raccordement aux autres, aux voisins, aux parents pour reconstruire une vie, cette extériorisation sur un plateau pour se délivrer de soi dans une sorte de présence pure délivrée de toute honte, tout cela exerçait une grande fascination sur moi. Il m'arrivait souvent de me demander pourquoi je passais plus de temps à justifier l'existence de ces émissions qu'à les regarder. Il y avait là une contradiction, une sorte d'absurdité que j'essayais de comprendre avec des mots tristement inadéquats.

Le générique de fin s'afficha sur l'écran. De crainte de me laisser séduire par le prochain programme — une émission sur la greffe d'organes animaux sur l'homme — j'appuyai sur le bouton stop de la télécommande avec ma main trempée par la condensation d'une canette de Tonic.

Je restai une dizaine de minutes dans le noir à écouter les bruits de la rue, les gargouillis dans les canalisations. C'était une pause que je m'accordais chaque soir avant d'aller me coucher, une manière de creuser des traverses dans l'espace du bloc d'habitations dont j'étais le discret résident. Les immeubles possèdent leur sonothèque de craquements et de cliquètements, causés le plus souvent par des variations de température. J'étais comme un chercheur assis dans un petit cubicule au cœur d'une vaste bibliothèque Gopher, cliquant sur différents champs de sensation en les séparant mentalement par une stimulation préméditée. C'est ainsi que les intensités conjugales se développaient généralement vers vingt-deux heures trente pour se dégrader une demi-heure plus tard et se transformer en une convivialité nasale que les cloisons de Placoplâtre tentaient tant bien que mal d'absorber. À vingt-trois heures, on n'entendait plus aucun bruit. Les télévisions, les radios puis les humains s'évanouissaient lentement dans le silence de la nuit.

L'immeuble était habité majoritairement par une population fantomatique de salariés, un vaste ensemble de gens dont la solidarité avec le système de valeurs dominant exigeait qu'ils se levassent tôt. Pendant les périodes de chaleur favorable à l'ouverture des fenêtres, le ronronnement feutré des magnétoscopes témoignait malgré tout d'un intérêt développé pour les programmes tardifs « en semaine ».

La violence était rare. En deux ans, si l'on exceptait quelques actes de vandalisme commis dans les caves et sur les voitures stationnées devant l'immeuble, le bloc avait toujours été un havre de paix communautaire. Seul un chômeur de quarante-cinq ans avait suscité un grand émoi en se pendant dans son salon à un crochet qu'il avait installé lui-même malgré l'interdiction du syndic de copropriété de percer des trous dans le mur.

L'homme était divorcé depuis une dizaine d'années et n'avait pas d'enfants. C'était un locataire calme, sans histoire ; personne ne lui rendait jamais visite et lui-même ne sortait jamais. Il était décédé depuis un mois lorsque la concierge, alertée par une odeur de bête morte, eut l'idée de téléphoner aux pompiers. Il avait juste griffonné un mot, laissé en évidence sur la table du salon à côté d'un magazine relatant la vie de gens connus : « Je donne tout ce qui me reste à mon ex-femme. » Cette histoire m'avait ramené à ma propre solitude (tous les prétextes sont bons, n'est-ce pas ?) : si je mourais maintenant, qui s'en apercevrait ? Qui retrouverait mon cadavre ?

Le désespéré n'avait pratiquement plus rien à l'exception d'un ensemble télé-magnétoscope, d'un canapé années 70 avec des motifs orangés, d'une table de salon décorée avec des cartons de bière collés et d'un mur de cassettes vidéo à caractère pornographique, son musée imaginaire. J'avais alors imaginé la tête de sa femme convoquée chez un notaire pour y recevoir le legs de son ex-mari.

Avec mes voisins du cinquième étage, nous formions une sorte de clan respecté par les autres locataires de l'immeuble. Non seulement nous représentions le milieu de l'édifice qui en comprenait neuf (l'idée que mon corps était le point de rencontre des lignes de force de l'immeuble n'arrangeait pas mes angoisses résidentielles) mais nous étions les seuls habitants à entretenir une solidarité minimale de proximité.

Mon voisin de gauche était un paisible retraité de quatre-vingt-cinq ans dont la seule ambition était de continuer à vivre le plus longtemps possible pour « emmerder sa descendance », selon ses propres termes. Il était, d'après ma voisine de droite, une coiffeuse de quarante-cinq ans avec un épais accent méridional, « bourré de pognon ». La plupart de ses petits-enfants attendaient l'héritage pour terminer de payer leurs résidences secondaires. Il était devenu avec l'âge fanatiquement négatif. Je n'avais jamais rencontré quelqu'un avant lui qui fût avec autant d'acharnement « contre la vie ». J'étais persuadé que la seule chose qui le maintenait en vie était le plaisir qu'il tirait de la visite de ses héritiers, venus estimer les travaux du temps. J'imaginais son œil polygonal se poser sur eux, cet œil qui voyait en une seconde les mille facettes d'une question ou d'un objet.

Il m'avait raconté un jour avec son humour pince-sans-rire habituel que lorsqu'il avait eu soixante-dix ans, il avait décidé de ne plus garder qu'une chaise dans sa cuisine pour être sûr que personne n'oserait s'inviter chez lui. Puis il m'avait regardé en coin avec cet air entendu, cet élégant *understatement* qui était sa marque de fabrique, son poinçon personnel. Je ne sais pas pourquoi mais quand je l'observais à l'improviste, il me faisait toujours penser à un gros singe en peluche.

Comme beaucoup de vieux, il était parfois exténuant mais une inexplicable culpabilité à l'égard du troisième âge faisait que je pouvais lui servir d'oreille pendant des soirées entières. À chaque fois, en partant, il tenait à ce que j'accepte un ou deux billets comme s'il devait me dédommager du temps que j'avais perdu en sa compagnie. Je crois qu'il devait savoir que j'étais aussi seul que lui mais qu'à mon âge, ça n'avait pas d'importance. Il me rappelait de temps en temps avec une insistance polie qu'à trente-cinq ans, il était marié, avait trois enfants mais que ça n'avait rien changé et qu'on se retrouvait toujours seul à un moment ou à un autre.

Un ciel sans nuages, aussi figé que l'air dans une chambre froide, dominait les blocs de béton situés en face du mien. Il était sept heures et demie, le ciel blanc paraissait perdre de sa réalité à mesure que je le regardais. Il ressemblait au plafond factice d'un décor de film. Dès l'aube, après une nuit de demi-sommeil, je m'étais mis au balcon pour contempler l'étendue silencieuse de la cité. Enveloppé dans une robe de chambre bordeaux qui recouvrait un pyjama avec des petits ours brodés, je pensais aux fiches de renseignements que j'avais parcourues avant de me coucher.

Au rayon des pratiques culturelles, les élèves avaient lu les mêmes livres (souvent donnés par l'école), vu les mêmes films, et ils écoutaient la même musique. J'avais songé à Adorno, l'amusant moraliste allemand qui avait prévu à court terme la standardisation massive des produits de l'industrie culturelle. Mes fiches l'auraient peut-être intéressé. On se moque volontiers des gens qui parlent du déclin de la culture, l'éternel froncement de sourcils douloureux, le rictus amer et les mains derrière le dos. On les écoute, un peu las des questions et des défis, en dodelinant de la tête près des machines à café en attendant que le gobelet veuille bien tomber.

J'aime les fiches pour cela. Leur mission principale n'est pas d'être informatives sur des détails connus à l'avance mais de me rappeler que l'univers intellectuellement cossu dans lequel j'ai toujours eu l'habitude d'évoluer me cachait en fait l'essentiel. Pour beaucoup d'êtres humains, Céline est et restera à jamais la fille du garagiste qui habite le lotissement à côté, Mahler est le nom du type qui a écrit une musique pour des pâtes au fromage et John Ford doit certainement être une marque de voiture.

Que cet état de chose ne parvienne même plus à me scandaliser m'inquiétait parfois au seuil du deuxième âge. Il m'arrivait de voir dans ce relâchement un aveu implicite de manque de fermeté comme ces anciens militants d'extrême gauche qui se retrouvent au bout de vingt ans et avouent en baissant la tête qu'ils ont peut-être un peu exagéré.

Sur le chapitre des loisirs, ils pratiquaient un ou plusieurs sports. Des sports violents en majorité, aux vertus désinhibitrices, propédeutique à une bonne entrée dans la vie (à n'en pas douter, l'opinion même de leurs propres parents). Quelques originaux aimaient les échecs ou les jeux de société. Les filles pratiquaient la danse, le VTT, la Nintendo et aimaient discuter avec leurs copines. Les garçons aimaient la pêche et la chasse, les animaux, regarder la télé, jouer au baby-foot et sortir après leurs devoirs.

J'avais compliqué le questionnaire en leur demandant de choisir, après un rapide sondage de leur intériorité, trois adjectifs qui les caractérisaient le mieux. Sans vouloir jouer au jésuite cultivant un intérêt maniaque pour la direction de conscience, j'étais curieux de connaître leur degré d'introspection.

Ils se dénonçaient comme bavards, distraits, paresseux, têtus, rancuniers, « rouspéteurs », parfois injustes envers leurs camarades. Tous ces petits défauts étaient énoncés avec une telle absence de spectacle dans la formulation que j'en vins à soupçonner un désintérêt pour la question. Ce que me confirma l'énoncé de leurs qualités. Ils se jugeaient attentifs, concentrés, travailleurs, « cool », faciles à vivre et très ouverts avec les autres. J'étais au moins rassuré sur un point : ils connaissaient le bon usage des antonymes.

Enfin je leur demandais vers quelle formation ils souhaitaient se diriger, la question de la motivation étant subsidiaire. La plupart, filles et garçons confondus, voulait s'orienter vers une carrière commerciale qu'ils exprimaient par de mystérieuses circonlocutions comme « représentant en marketing » ou « directeur de la société ». Un dénommé Maxime Horveneau avait même parlé de « pédégé des autres ».

Je repensai à mes deux classes de sixième dont j'avais la charge depuis le début de l'année. À l'évidence, si je voulais bien me souvenir de leurs réponses à un questionnaire similaire, je devais bien m'avouer qu'entre la onzième et la quatorzième année, il se passait un bouleversement que la simple appellation de puberté ne suffisait pas à circonscrire.

Mille explications me venaient à l'esprit. Aucune ne me satisfaisait vraiment. Car comment expliquer qu'en un intervalle de temps aussi bref, les aspirations d'une frange aussi importante de la population avaient pu se métamorphoser d'une manière aussi radicale ? Comment se représenter, en tant que professionnel de l'éducation, qu'un échantillon représentatif des élèves de ce pays était passé d'une vocation d'éleveur de dauphins ou d'« explorateur de cavernes secrètes » à celle, plus agressive, de « directeur de la société » ?

Quelque chose m'échappait.

La levée du corps était prévue à quatorze heures à l'église de la ville proche de l'endroit où les parents Capadis habitaient. Il me restait quatre heures pour me préparer. Je pris une douche, m'habillai puis repris un café en réfléchissant à ce que je croyais être la vision du monde dominante. Le matin m'était plus favorable que d'autres moments de la journée pour ce genre de pensée stylisée, mais je n'arrivais pas à détacher mon esprit de Capadis, imaginant avec scepticisme sa grande silhouette dégingandée devant les élèves, à peine soutenue par le timbre de sa voix précaire. Cela ressemblait à ce jeu adolescent qui consistait à essayer de se représenter, les samedis soir quand personne ne vous avait appelé pour sortir, les couples les plus improbables en train de faire l'amour. J'avais mes duos favoris qui, lorsque j'y repense à présent, sont une illustration assez justifiée de l'adolescence vécue comme un naufrage mental. Je ne parvenais pas, dans le même ordre d'idées, à concevoir avec clarté la relation pédagogique entre Capadis et les élèves de quatrième F.

Un arpège west-coast interrompit mes réflexions. La radio diffusait « California Dreamin' » des Mamas and the Papas, un morceau qui, inexplicablement après autant d'années, me faisait encore éprouver un pincement de terreur mélancolique chaque fois que j'en entendais les premières mesures. Je me suis levé pour l'éteindre avant le solo de flûtiau qui avait toujours eu le même effet sur moi : je fondais en larmes et je voulais mourir.

Cet air me rappelait la flûte de « Bonne nuit les petits » qui venait achever de sa tristesse poignante chaque soirée de ma petite enfance vers huit heures. J'allais me coucher — accompagné de milliers d'enfants de ma génération, je le sus bien plus tard — après que le débonnaire Nounours m'avait jeté une poignée de sable pour que je m'endorme. Longtemps après avoir définitivement quitté les berges tranquilles de l'âge préverbal, je refusais de m'endormir sans avoir entendu le pipeau de Nounours. Mes parents m'achetèrent le disque de « Bonne nuit les petits » et à huit heures pile, la céleste musique nounoursienne alourdissait mes paupières et me plongeait dans une béatitude narcotique. Cette habitude, au grand regret de mon père, dura plus longtemps que prévu. Elle prit fin d'une manière étrange pour mon entourage, mais psychanalytiquement évocatrice.

Un soir, alors que j'avais déjà atteint l'âge avancé de treize ans, je me suis levé d'un seul coup de mon lit alors que le disque était en train de tourner. J'ai pris le baffle-couvercle du tourne-disque et me suis mis à taper sur le plateau avec une intensité de plus en plus violente, comme si des médecins venaient de me soumettre au traitement Ludovico et que j'avais dû pulvériser la rondelle de vinyle noir afin de faire cesser les voix dangereuses de l'enfance. Ensuite, à chaque fois que je regardais les informations télévisées de vingt heures, je ne pouvais m'empêcher de penser aux paillettes de sable qui zébraient jadis l'écran, accompagnées d'une chanson qui susurrait : « Que n'étais-je fougère ? » avec une mélancolie de paysage océanique après le passage d'un cyclone.

On dit souvent que le culte des objets s'enracine dès l'enfance et qu'ils enchâssent les périodes marquantes de l'existence, comme une sorte de métaphore personnelle. Un jour, il faudrait que quelqu'un retrace l'importance anthropologique des airs musicaux et la place qu'ils occupent dans les biographies familiales. Récemment, j'ai entendu parler par hasard du joueur de pipeau de « Bonne nuit les petits ». Il s'appelle Antoine Berge et a soixante et onze ans. Il avait demandé sur le tard 150 000 francs de droits d'auteur au tribunal de grande instance de Paris. Il ne lui avait finalement été accordé que 632,50 francs.

Toutes les voitures, sauf la mienne, avaient une bande de tulle noire accrochée à l'antenne. Des nuages s'étiraient en longues traînées obliques laissant pendre leurs franges grises au-dessus de l'église. Une pluie drue tombait par intermittence, comme si quelqu'un ouvrait et fermait des robinets. Les gouttelettes translucides saupoudraient les arbres noirs qui bordaient l'avenue ; une timide coulée de lumière persistait à fouiller l'air saturé d'humidité. Une fois encore, la nature avait proclamé qu'il n'y aurait pas de cérémonie funèbre sans régime pluvial.

J'étais arrivé un peu avant trois heures moins le quart. La perspective d'assister à la messe d'enterrement m'était apparue de plus en plus incertaine au fil de la matinée. Non seulement les édifices papistes me procuraient toujours un sentiment de collaboration avec les forces du Mal mais l'humidité des lieux saints affectait durablement ma charnière cervico-dorsale.

Le village était un prodige de baroque maigre avec ses avenues rayonnantes et ses places centrifuges. Un art dosé de la promesse et de l'imminence, une utilisation systématique de virtualités qui semblaient régulièrement rattrapées par la décence. Peut-être qu'un séjour ici suffirait à un Américain ou à un Eskimo pour connaître la France ? J'imaginais une connaissance surgie de journées sans importance, de nuits insignifiantes passées à arpenter ces rues.

Je me suis soudain senti las au point d'incliner mon siège vers la banquette arrière pour me reposer un bref quart d'heure, le temps que la cérémonie s'achève. Je n'arrivais pas à fermer les yeux. Mon attention était attirée en permanence par les bruits minuscules qui venaient tambouriner contre l'entonnoir de mon cortex. Je laissais mon regard flotter à travers la vitre parsemée de gouttes de pluie. Dans la position renversée où je me trouvais, l'alignement des maisons situées en face de l'église avait une apparence étrange et immatérielle. Les façades écrues, luisantes après les averses successives, la masse imposante du bâti et la crénelure des cheminées surmontées d'antennes arachnéennes semblaient glisser au-dessus du ciel. Les nuages pommelés en arrière-plan ne bougeaient pas, laissant le soin à l'ensemble des maisons de dériver, semblables à des crèmes au caramel ruisselantes.

Un bruit de cloche me tira de ma somnolence. Je me redressai sur mon siège avec la sensation pénible de m'être endormi quelques heures. Les battants de la porte de l'église venaient de s'ouvrir sur les deux premiers porteurs funéraires. Le cercueil sur l'épaule, ils se dirigeaient à un rythme lent vers le cimetière, situé à quelque cinq cents mètres en amont de l'édifice religieux.

Comme ma voiture était garée en face de l'entrée, je ne pouvais apercevoir la suite du cortège. Je me glissai vers le fauteuil passager et ouvris la portière parallèle au trottoir. Accroupi sur mes talons, je tentais de me déplacer en crabe le long des voitures en stationnement afin d'avoir un panorama plus complet de la situation. Je voulais également trouver un angle approprié pour rejoindre le cortège en cours de route de façon à ne pas me faire remarquer.

— On dirait que vous êtes là incognito... vous êtes une connaissance du mort ?

Je me dévissai la tête de trois quarts pour me retourner vers la voix. Une femme qui ressemblait à une ancienne star boostée de l'aérobic me regardait en mâchant un chewing-gum, l'épaule droite appuyée contre le montant de la porte de ce qui m'apparut par la suite être un salon de coiffure.

— Pas vraiment, non.

— Vous êtes journaliste ?

— Non, j'enquête pour mon compte.

— O.K., Sherlock Holmes. Rentrez à l'intérieur, vous serez mieux pour repérer des indices.

Je me relevai péniblement en prenant appui sur une poignée de voiture. Un soutien-gorge à forte armature positionnait les seins de mon interlocutrice comme des V2 menaçants, ce qui m'obligea à me lover contre le montant opposé de la porte pour pénétrer dans une pièce qui sentait l'ammoniaque et la térébenthine. Mon hôtesse était une femme d'une quarantaine d'années, habillée avec ce goût caractéristique des anciennes reines de beauté sur le retour qui n'ont pas totalement abdiqué un destin de séductrice. Les profondes salières à la base du cou laissaient deviner un régime alimentaire drastique. Sur un cou crème de noisette était posé un visage mat dissimulé par une épaisse couche d'enduit caramélisé. Ses lourdes paupières étaient violacées, ses faux cils gluants de mascara, ses lèvres purpurines et un grain de beauté en forme de rhizome formait un point trigonométrique sur la surface étale de ses joues. Elle referma la porte sans me quitter des yeux. C'était la première fois que j'entrais dans un salon de coiffure pour femmes et le fait qu'il fût vide accentua mon malaise. J'avais l'impression d'avoir été poussé dans un sex-shop.

— Ils sont tous à l'église. Sale truc, hein ?

— Comment ça ?

— À votre avis, de quoi je parle ?... du pseudo-suicide du fils Capadis, pardi !

La curiosité malsaine de prédateur qui animait son regard semblait en contradiction avec sa voix alanguie et son accent particulièrement traînant sur les fins de syllabe. Sa syntaxe pseudo-populaire semblait devoir témoigner d'une franchise sans détour. Elle se laissa tomber dans un des fauteuils pivotants. Quand elle se pencha légèrement en avant pour me faire face, j'eus le droit d'entrevoir la vallée parsemée de grains de beauté de son décolleté ainsi que l'ourlet de son soutien-gorge qui dépassait de son débardeur en lurex.

— Il ne s'est pas suicidé ?

— Écoutez, c'est moi qui l'ai dépucelé (un temps). Il ne faut pas me raconter d'histoires... je le connaissais un peu, si vous voyez ce que je veux dire ! Les seules personnes que je coiffais en dehors des bonnes femmes, c'étaient les gosses... c'est comme ça que je l'ai connu, il avait à peine quatorze ans quand il est venu ici pour la première fois, et il a continué à venir jusqu'à ce qu'il aille à l'université...

— Et après, vous ne l'avez plus revu ?

— Non, il revenait jamais par ici. Quand on voit le trou, on peut pas vraiment lui donner tort !

— Comment avez-vous appris son décès ?

— Par les journaux. Comme quoi il se serait foutu par la fenêtre avant que ses mômes rentrent dans la classe. Foutaises !... Si vous êtes assez naïf pour croire ça, je vais vous donner un conseil et soyez assez intelligent pour le suivre : rentrez dans une secte ou inscrivez-vous à un parti, vous êtes le client idéal, le gars qui pose pas trop de questions, à qui on va pouvoir raconter un peu n'importe quoi et le pire, c'est que vous continuerez à croire que vous êtes très malin.

Je tentais tant bien que mal de m'adapter à cette nouvelle vision de Capadis en jeune puceau déniaisé par la coiffeuse libertine du village. Un nouveau couple improbable, avais-je pensé, la part toujours fluctuante et incompréhensible du désordre éternel de la nature. Elle attendait ma réaction, croisant et décroisant les jambes, tapotant avec ses ongles résineux le bord des accoudoirs.

La file serpentine du cortège commençait à s'étioler. Les enfants précédaient immédiatement les porteurs suivis de l'ensemble des professeurs. Je n'avais aperçu aucune famille du défunt, je me demandais si les parents Capadis s'étaient rendus à l'église. Il n'y avait pour l'instant aucune trace de leur présence dans les dernières personnes clôturant la procession.

— Je dois y aller, dis-je en me dirigeant sans la regarder vers la sortie.

Elle se leva brusquement et vint me tenir la porte. Son visage était à quelques centimètres du mien. À la manière des Orientaux, il m'avait toujours été insupportable que les gens se tiennent à moins d'un mètre de moi. J'avais adopté cette mesure prophylactique depuis qu'une vague connaissance de lycée, croisée dans une fête de fin d'année près des toilettes, en avait profité pour me coincer contre le mur et m'enfoncer sa langue dans la bouche comme un furet de plombier.

— Je ferme à sept heures et demie. Vous pouvez passer... on discutera.

— Je verrais après la cérémonie.

— Je suis certaine que vous viendrez.

— Pourquoi ?

— Parce que vous êtes quelqu'un de curieux... ce que j'ai à vous dire va forcément vous intéresser.

Je la quittai sur cette note d'espoir.

Le prêtre était en train de prononcer un discours impassible sur l'entrée au paradis et le repos éternel. Son haleine formait de petits nuages blancs. Il avait un visage de rapace, un de ces faciès durs dont l'ossature affleure sous la peau. En l'observant, je me suis rappelé les obsèques d'un ami de la famille et la cérémonie dans un crématorium de la banlieue ouest de Paris, du cercueil basculant sur ses glissières, des rideaux télécommandés et du hoquet ému de ma mère lorsque les vantaux en teck s'étaient rouverts brièvement avant de se refermer pour la dernière fois.

Nous étions une petite quarantaine de personnes attendant l'autorisation ecclésiastique pour défiler devant le cercueil et y semer notre poignée de terre rituelle comme si la possibilité que le mort repousse était envisageable. Les têtes étaient baissées, les yeux évitaient la bière et la fosse vorace qui allait bientôt l'engloutir. Seule Christine Cazin regardait la boîte disparaître par saccades, livrée au sol par les sangles des porteurs. Les parents de Capadis ne s'étaient pas déplacés, juste retour des choses. Les enfants, les cheveux mouillés par la pluie, formaient à droite du cercueil une double rangée bigarrée — les petits devant, les grands derrière —, respectant l'alignement d'une photo de classe. Les adultes caparaçonnés de vêtements noirs paraissaient ankylosés avec leurs mains crispées autour du bec de leur parapluie. Les fossoyeurs, appuyés sur l'étançon que figurait leur pelle, fumaient une cigarette à l'écart, la casquette sur l'arrière de la tête, la visière pointant vers le ciel de plus en plus blanc.

Placé entre Poncin et Butel, je pouvais profiter de leur parapluie et observer mes élèves à la dérobée. Leurs regards étaient concentrés sur la fosse. Ils semblaient transis de froid mais ne bougeaient pas d'un centimètre. Leur immobilité avait quelque chose de vaguement menaçant. Lorsque le prêtre acheva son discours, ils relevèrent les yeux vers nous avec un air ennuyé, comme s'il existait une certaine modalité, un bon et un mauvais moyen d'envisager la situation. Poncin choisit ce moment de flottement pour sortir un papier plié en quatre de sa poche et ne le déplia que lorsqu'il se fut avancé devant la tombe. Il m'avait au préalable tendu le bec de son parapluie d'un mouvement sec et saccadé.

Il prononça le discours d'une voix accablée, presque confidentielle, comme s'il avait poursuivi avec Capadis une conversation arrêtée la veille. Je ne portai à son allocution qu'une attention distraite, les yeux fixés sur l'empeigne teintée de calcaire de mes mocassins noirs. Je ne relevai les yeux qu'au moment où il se mit à psalmodier qu'il regrettait que le mort eût choisi cette issue car la vie, avait-il ajouté en haussant légèrement le ton sur ce mot, avait cet immense pouvoir de ramener les plus désespérés d'entre nous vers la solidaire lumière des hommes. Il termina en parlant en notre nom à tous, sollicitant par des regards appuyés la sourde approbation de nos rangs clairsemés.

Un calme de sanatorium s'éleva dans le cimetière. Chacun s'efforçait de rentrer au maximum la tête dans les épaules afin d'éviter les regards alentour. La pluie s'était arrêtée, laissant les nuages blancs poser sur toute chose une froide lumière de néon scialytique. Des cris d'enfants en récréation montèrent d'une cour proche. Je surpris chez les élèves un sourire de contentement en entendant cette clameur chaude qui contrastait avec l'atmosphère expiatoire du lieu. Le prêtre tendit à Poncin le goupillon. Ce dernier fit le signe de croix en direction du cercueil et le passa au suivant avec un geste si brusque qu'il pouvait laisser à penser qu'il souhaitait s'en débarrasser au plus vite. Chacun se livra au rituel avec une insultante absence d'emphase. Cette froideur semblait signifier que le mort n'avait pas eu le temps de « faire son trou » au collège, pour employer une expression déplacée en la circonstance. Il n'avait pas laissé la moindre trace de sympathie dans les esprits, une poignée de main un peu appuyée, une tape dans le dos, un éclat de rire participatif. La teneur des rapports qui avaient uni les vivants au mort s'exprimait avec une telle fonctionnalité que j'éprouvai presque de la déception pour l'enseveli.

Les enfants regardaient droit devant eux, poliment, vers la lumière tamisée qui montait en brillant de ce cercueil trop neuf. Ils avaient l'air vidés, avec ce zeste d'extase que l'on ne trouve que chez ceux qui rentrent d'une solitude montagnarde. Lorsque le prêtre s'approcha d'eux pour leur tendre l'aspergès, un des garçons, pré-adolescent filiforme habillé avec une distinction un peu molle, secoua la tête négativement et lui fit comprendre en désignant le sol que le groupe préférait jeter une poignée de terre sur le cercueil. Le prêtre parut tellement décontenancé par ce projet qu'il pencha la tête de côté, remisa l'ustensile dans sa soutane puis tourna les talons. Un par un, ils se succédèrent devant la tombe. Sous le regard interrogateur des fossoyeurs qui s'étaient rapprochés, la pelle sous le bras comme une baguette de pain, chaque enfant se baissa à tour de rôle et lança sur le cercueil un peu de terre épaisse, détrempée par la pluie.

Et ce fut tout.

Je fus tenté en repassant par le centre-ville de pousser la porte du salon de coiffure. Mais un curieux événement, insignifiant en apparence, me détourna d'une soirée dans une pizzeria vide avec une inconnue dont le tour de poitrine et la vie affective avaient quelque chose d'un peu contraignant pour ma complexion sentimentale. De plus, je n'étais pas sûr que la réduction de notre soirée à un banal échange d'informations sur Capadis — informations dont le contenu m'était largement prévisible — ne produirait pas sur moi un effet de *feedback* psychologique quelques jours plus tard, préjudiciable au bon déroulement des vacances de février pour lesquelles je n'avais toujours rien prévu.

Alors que je m'apprêtais à remonter dans ma voiture à la sortie du cimetière, Clara Sorman, une des élèves les plus brillantes de quatrième F, m'intercepta avec une autorité qui me surprit. Je l'avais déjà remarquée pendant la cérémonie. Elle portait des lunettes noires et se mordillait sans cesse le pouce, autour de l'ongle. Elle avait pris la liberté de s'arracher au groupe pour venir me parler seul à seul. Le bus, si j'en jugeais par les filaments de fumée qui s'échappaient de l'arrière, n'attendait plus qu'elle pour partir. Les élèves l'observaient derrière les vitres embuées avec une vague contrariété. De loin, je les voyais hocher la tête avec un air soupçonneux et murmurer des paroles incompréhensibles.

L'histoire de Clara Sorman était déconcertante et connue de tout le personnel de Clerval. Alors qu'elle était élève de cinquième, elle avait entretenu pendant toute l'année des relations illicites avec un surveillant d'une trentaine d'années qui, depuis, avait été rayé des listes de l'Éducation nationale. L'histoire avait été étouffée par le conseil de l'établissement sous la pression des parents eux-mêmes. Un psychologue consulté avait diagnostiqué une sexualité compulsive avec absence de corrélation entre la pensée de l'acte et sa réalisation dans la vie quotidienne. Les rumeurs prétendaient qu'elle avait perdu sa virginité à neuf ans avec un ami quinquagénaire de la famille et qu'elle avait régulièrement des rapports avec son cousin de dix-huit ans. On avait même retrouvé des photos d'elle prises dans des soirées « spéciales ». Dans l'entourage des Sorman, les adultes convaincus de l'innocence des enfants s'offusquèrent jusqu'au moment où Clara leur confia qu'elle avait elle-même organisé ces orgies en l'absence de l'autorité parentale. Elle faisait depuis l'objet d'une surveillance particulière. Poncin m'avait mis au courant de ces histoires à la fin de l'année dernière et lorsque Clara me demanda si je pouvais lui accorder un moment, j'avais pensé qu'elle aussi, peut-être, n'avait rien à faire pendant ces vacances et que mon visage d'homme seul offrait une si évidente disponibilité qu'une pré-adolescente nymphomane aurait pu être tentée d'y projeter un vague espoir d'aventure. Mais il ne s'agissait pas de cela. Elle était là, debout devant moi, le visage tendu, les muscles de sa mâchoire en mouvement.

— Je dois vous parler. C'est important. Faites comme si vous ne me regardiez pas. Les autres nous observent.

— Je vous écoute.

— Refusez de reprendre la classe après les vacances.

— Je ne sais pas de quoi vous parlez !

— Ils vous détruiront.

— Quand ?

— Dans un moment de confiance, quand la tension et la rivalité seront au plus bas.

— Je ne comprends toujours pas.

— J'ai très peu de temps.

— On dirait que vous parlez sérieusement.

— Je suis très sérieuse. Je les connais très bien. Nous avons grandi ensemble. Partez avant qu'il ne soit trop tard. Ils rentreront dans votre solitude comme ils l'ont fait avec M. Capadis.

— Je ne sais pas quoi vous répondre. Pourquoi devraient-ils rentrer dans ma solitude comme vous dites ?

— Partez !

— Il faut vous calmer... nous pourrions reprendre cette conversation plus tard. Après les vacances, par exemple.

Elle secoua la tête, sans un mot. Puis elle leva le menton, passa un doigt le long de ses tempes jusqu'à ses cheveux et jeta un coup d'œil rapide vers le bus comme si elle avait senti venir quelqu'un derrière elle. Son expression se figea, deux yeux acérés prirent possession de son visage charnu, les méplats diffus s'aiguisèrent d'un coup.

— Après les vacances, il sera trop tard.

— Pourquoi serait-il trop tard ?

— Vous ne voulez pas comprendre... bonnes vacances.

— Bonnes vacances.

Elle se retourna brusquement et courut vers le bus.

5

La période des vacances scolaires avait souvent représenté depuis que j'avais commencé à enseigner une occasion d'établir des bilans, des rapports objectifs en termes de destin personnel. C'était aussi un bloc de temps au-delà de l'ennui, comme un espace-temps abandonné.

La première semaine, j'étais resté *totalement* chez moi, me faisant livrer ma nourriture par des jeunes gens casqués en combinaison fluorescente, le doigt en attente sur l'interrupteur-minute. Je me levais tard, traînant à moitié nu, une tasse de café à la main que je remplissais régulièrement jusqu'à ce que mes terminaisons nerveuses partent en capilotade. Je passais le reste de la journée à lire ce qui me tombait sous la main. Des revues d'armes à feu, d'aviation ou des vieux journaux de cinéma avec des starlettes tombées dans l'oubli, ainsi que des best-sellers des années 80 que j'avais achetés au kilo dans un vide-greniers dominical.

Parfois, j'ouvrais une biographie relatant la success story d'une célébrité quelconque, à la recherche d'un paragraphe discret, d'une remarque isolée qui arriverait au bon moment pour me donner la force de changer de vie, toutes ces phrases élégantes qui murmuraient « moi ». J'évitais la télévision comme j'évitais toute attraction thématique avec des contenus trop anciens. Je me devais d'innover, d'être moins évasif, de retrouver un sens réel de destination.

Ma sœur m'appela le vendredi soir alors que je commençais à éprouver l'envie saugrenue de partir quelques jours. Allongé sur un tapis pseudo-persan que j'avais acheté à un soudeur au chômage pour m'en débarrasser, je cochais des destinations peu onéreuses (Liechtenstein, Andorre, Valenciennes) sur un catalogue Fram. Ce n'était pas le mépris de la populace qui m'encourageait à éviter les plages ensoleillées — il est vrai que quand on bronze, on a toujours un peu l'air con — mais la peur de me sentir encore plus seul sous un climat propice aux relations.

(J'aimerais à ce stade du récit lever une équivoque en précisant que mon sentiment concernant la solitude n'avait jamais flirté avec le misérabilisme postmoderne souvent associé à ce mot. Cette condition ne représentait pas à mes yeux un état douloureux dans la mesure où elle m'avait souvent amené à être moins distant envers les souffrances d'autrui. Certes, j'aurais pu rester dans ma chambre jusqu'à ce que je meure mais dans la mesure du possible, j'avais toujours évité ce genre de pensée négative à base d'échec, d'effondrement et de perdition. Il m'arrivait parfois de flancher, d'imaginer une existence solitaire dans l'âge mûr, de repas pris sur un plateau-télé dans une salle à manger empestant la vieille chaussette et les torchons raidis par le sperme séché. Mais je souhaitais encore parler à des gens.)

J'avais reçu la veille par la poste une brochure envoyée par l'Association des femmes célibataires d'Indre-et-Loire qui m'invitait à venir à une de leurs soirées où je pourrais retrouver « le pays de l'harmonie perdue et des valeurs authentiques », selon leurs propres termes. La lettre jointe à l'envoi précisait que j'avais été choisi en raison de critères socioculturels très stricts et de mon niveau de moralité. Je me suis demandé pendant quelques minutes qui avait bien pu leur fournir ces renseignements. Ma mère, peut-être.

Il y avait une vingtaine de pages accompagnées de photos présentant des trentenaires souriantes, épanouies, investies dans leur travail et n'ayant en apparence aucun grief contre la vie en général. Leur profession était mise en avant dans la majorité des annonces. Elles étaient profs, consultantes, informaticiennes bac plus 4, responsables de produits, ingénieurs Software, avocates et condescendaient parfois au statut de secrétaire.

C'étaient le plus souvent des femmes de communication, d'une grande rigueur technique, rompues à l'art de la satisfaction-client, exerçant un métier des plus novateurs dans les secteurs clés de l'économie. Elles recherchaient un alter ego, un compagnon d'armes pour observer les premiers lueurs du jour, une épaule pour éponger les offenses, une protection dans la foule, toutes choses pour lesquelles je ne me sentais pas vraiment apte. Le grain un peu flou de la photo offrait une ressemblance troublante avec les clichés de jeunes femmes disparues que l'on voyait en général à la devanture des stations-service. Par acquit de conscience, j'avais entouré trois annonces paraissant répondre à mes aspirations. Je n'avais, bien entendu, pas donné suite.

Ma sœur était à l'aéroport de Nice. J'entendais les pièces tomber dans l'appareil avec une morne cadence. Elle m'expliqua qu'elle vivait depuis une semaine dans un hôtel deux étoiles face à la baie dans le seul but de rencontrer un ex-prix Nobel de physique qui avait écrit selon elle un premier roman d'une « honnêteté dévastatrice », un mélange de Lovecraft, de Bellow et d'Andersen.

— Et ton travail ? demandai-je.

— Je n'en peux plus. J'ai besoin de nouveaux slogans. Être institutrice et ne pas vouloir d'enfants, c'est parfaitement immoral.

— C'est un bon slogan. Tu te lances dans le journalisme ? Beaucoup de journées en réunion, des piges refusées, une dévotion totale à une ligne rédactionnelle, des registres à tenir...

— Ton soutien m'est précieux.

— Il te faudra cultiver une apparence agréable mais imprécise, une variété sophistiquée de fausseté pour obtenir ce que tu veux.

— Tu penses que ce genre de truc me menace vraiment ?

— Le danger, c'est l'accoutumance aux narrations vulgaires.

— Tu sais que j'ai toujours adoré ça.

— Tes yeux brillent, je le sens.

— Tu fais quoi, là ?

— Je suis avec des amis.

— Je n'entends rien. Ils sont plutôt silencieux tes amis !

— Ils sont en train de nager.

Elle rit. Un rire impassible, sans humour, presque spécieux. J'imaginais sa main relâchant peu à peu la pression sur l'arc de bakélite noir, le regard posé ailleurs que sur le boîtier oblong, son doigt fourré dans une oreille pour mieux entendre de l'autre. J'imaginais également les sourires distribués à des hommes en costume avec des attachés-cases comme s'il s'agissait de récompenser leur patience, de leur promettre le respect des règles devant déboucher sur une interruption proche.

— Tu peux venir me chercher dans deux heures à Orly, porte 12 ?

— Ton mari ne peut pas ?

— Il faut que je te parle. Je porterai des lunettes noires, un chapeau de corsaire et une valise avec des autocollants de pays froids. Est-ce que je peux dormir chez toi ?

— Je vais mettre des draps propres.

— À tout à l'heure. Je t'embrasse.

Deux heures plus tard, j'étais à l'aéroport, assis

dans la salle d'attente à côté d'un ancien présentateur sportif qui avait disparu de l'écran après mes quinze ans. Il y avait vingt ans que je n'avais plus pensé à lui. Il était à présent près de moi comme un fantôme surgi du passé. J'étais assez proche de lui pour remarquer que ses cheveux blonds et son bronzage artificiel ne parvenaient pas à masquer une impression de ratage latent qu'un récent lifting ne pourrait jamais déguiser. La graisse avait été réséquée sous les pommettes et sa mâchoire anguleuse paraissait ligaturée par les muscles faciaux. Avec un sourire mélancolique, il jetait des regards autour de lui au cas où quelqu'un se souviendrait de lui. Lorsque ses yeux revenaient vers la porte d'embarquement avec une fixité douloureuse, son visage semblait mourir un peu.

Un mouvement de foule, une énergie diffuse compressée par l'attente, se précisa. Une voix avec un accent étranger annonça l'arrivée du Nice-Paris et les premiers voyageurs sortirent d'une porte à battants de verre pour se diriger vers le tapis roulant et prendre leurs bagages. Léonore surgit, vêtue d'un élégant trench-coat resserré à la taille par une large ceinture destinée à faire ressortir sa taille de guêpe. Elle portait effectivement des lunettes de soleil, son habituel chignon penché comme une gangue de chrysalide et des gants de chevreau. Marchant comme une paire de ciseaux en action, elle s'arrêta tout à coup et jeta un regard circulaire pour détecter ma présence.

— Salut !

Elle ne m'avait pas vu contourner le cercle de gens qui attendaient. J'avais eu soudain envie, en la voyant arriver en tête du cortège des passagers, de déprogrammer par la surprise son petit scénario de supériorité sœur-frère. Ma main se referma sur son coude droit, pinçant délibérément le nerf cubital.

Elle sursauta.

— Tu me fais mal, sale bête.

Elle adressa un petit signe de sa main gantée à un homme d'une trentaine d'années, le regard doux, grassouillet dans un complet neuf, qui nous dépassait en jetant des coups d'œil furtifs vers nous.

— Une rencontre aérienne ? demandai-je.

— Exact. Mon voisin de siège. Un type intéressant, doctorant au centre de recherche en gestion de l'École polytechnique.

— Qu'est-ce qu'il étudie ?

— Le contrôle aérien. En Espagne et en France. Il m'a parlé pendant tout le trajet de l'explosion prochaine du trafic, de la saturation du ciel et des limites du système. J'ai bien essayé de lui faire comprendre que j'étais quelqu'un d'angoissé, qu'il avait mal choisi son moment mais il a tenu à continuer. Je crois que ça lui tenait à cœur.

— Quelle est son obsession ?

— Comme chaque année, le trafic atteint en moyenne 7 %, nous allons bientôt nous heurter à une limite absolue, ce qu'il appelle le mur de la capacité. Pas de quoi en faire un fromage.

— Et alors ?

— Trois scénarios possibles, trop longs à présenter *in extenso*. Tu choisis lequel : la mort, le chaos ou le pourrissement ?

— La mort.

— Je m'en doutais. Tu as toujours opté pour des solutions extrêmes. Je suis très inquiète pour toi, Pierre. Tu as baisé dernièrement ?

— Non.

Elle étira sa bouche vers les pommettes en mimant une grimace ennuyée.

— Il faudrait que je te présente Élizabeth. Tu la connais, je crois... à la soirée chez Lambert. Tu te souviens d'elle ?

— Une grande fille rousse aux cheveux courts, avec un piercing dans le nez ?

— Quelle mémoire !

— Hors de question. Tu ne connaîtrais pas une fille normale ?

Elle sourit étrangement. Elle avait toujours son regard en coin destiné à vous faire savoir qu'elle vous avait percé à jour. En se tournant de trois quarts, elle me montra du doigt le tapis roulant et je suivis son long pas élastique. Au terme d'une minute d'attente pendant laquelle nous n'avions pas prononcé une parole, elle souleva une immense valise grenat avec des sangles si serrées que je fus presque surpris de ne pas entendre le cuir pousser des hurlements de douleur.

Le poids de son bagage faillit l'emporter en arrière. Elle vacilla quelques instants, la valise contre elle, donnant l'impression comique qu'elle était en train de faire quelques pas de danse avec un obèse un peu gris. Je finis par lui venir en aide. Tenant chacun une poignée de la valise, nous nous dirigeâmes vers le parking extérieur où je m'étais garé sur un emplacement pour handicapés, par simple curiosité. Tout en marchant, elle m'expliqua avec des gestes amples de la main droite le scénario de la mort.

— Disons pour résumer que c'est une vision catastrophique de l'atteinte du mur de la capacité. Selon les spécialistes, la croissance du trafic aérien créerait une avalanche d'accidents. La saturation serait telle que le nombre de collisions entre avions finirait par dissuader les passagers et entraînerait la mort de l'industrie du transport aérien. Les contrôleurs parlent d'accidents tellement graves qu'ils mettraient en péril l'existence même du trafic. Tu comprends ?

— Tu as réussi à rencontrer ton romancier à Nice ?

— Non. À chaque fois que j'appelais pour lui proposer une rencontre, c'était toujours son fils qui me répondait. Un jour, son père était parti pour aider un metteur en scène australien qui adaptait son bouquin, le lendemain, il était à une conférence au Canada. J'ai fini par laisser tomber.

À bout de forces elle s'arrêta soudain, laissant tomber la valise de mon côté. Elle ôta ses lunettes noires et souffla sur les verres, la bouche en ellipse, puis elle passa un chiffon nettoyant sur la surface embuée et les leva vers la lueur d'un néon. Elle avait les traits toujours aussi fins, le nez acéré, le menton anguleux et les pommettes hautes.

— C'était peut-être lui en personne qui prenait une voix jeune pour filtrer, suggérai-je. Il a peut-être déjà eu des ennuis. Le réalisme des lectrices, l'hystérie des lecteurs. C'est bien connu.

Elle rangea ses lunettes dans son sac, souleva à nouveau la seconde poignée de sa valise puis me lança un regard de reproche. Nous reprîmes notre marche.

— C'est ce que j'ai fini par penser.

Sur le parking de l'aéroport, il y avait une odeur d'ordures brûlées que je n'avais pas remarquée lorsque j'étais arrivé. Une déchetterie à proximité, sans doute. Il faisait presque nuit. La quasi-obscurité nous enveloppait de sa présence compacte, assurant une distance discrète avec les contours périlleux des automobiles en stationnement. Toutes les trente secondes, la barrière d'accès se levait avec un bruit métallique de pont-levis pour libérer des hommes au front plissé par l'effort cérébral, les deux doigts pinçant leur lèvre inférieure avant de lancer leur voiture vers des tonalités plus familières, un univers de souffrances intérieures domestiquées.

Ma sœur voulut conduire. Je refusai. Je déteste qu'une personne autre que moi prenne le volant. *A fortiori* Léonore, qui conduit avec les mains agrippées à l'arc supérieur du volant, les doigts alternativement crispés et détendus, une conduite trop émotive, sans assurance vraisemblable. Elle se vengea en ne desserrant pas les lèvres pendant tout le trajet, sachant par expérience que je devrais accomplir un effort prodigieux pour remplir le vide que créait sa présence muette.

Je la sentais contractée. Ses doigts tapotaient nerveusement son cadran de montre. Elle fixait le ciel comme si elle s'attendait à ce qu'il recule sous la pression de son regard. Enfant, elle pouvait tenir pendant des jours sans dire un mot. Elle maintenait sa vie indépendante de mes parents, de moi, de la chienne, la bouche renfrognée dans une moue épaisse, infranchissable. Je posai une main sur son bras et la sentis s'adoucir. Elle me regarda, surprise, les yeux globuleux sans ses lunettes de soleil, congestionnés à force de fixer les choses.

— Tu as bientôt trente-six ans ? Dans trois semaines, je crois ?

— Dans un mois, il faut te calmer, Pierre.

— Excuse-moi, c'est impardonnable.

— Tu veux m'offrir une échappatoire ?

— Non. J'avais juste envie de t'offrir des pantoufles. J'étais justement en train de me demander si tu aimais les pantoufles. Avec des carreaux écossais et de la laine d'agneau à l'intérieur.

Elle réfléchit un moment, puis alluma une cigarette qu'elle écrasa tout de suite dans le cendrier avec une grimace de dégoût.

— Tu crois que ça m'ôterait mes complexes ?

— Tu as des complexes, toi ? Je ne crois pas que tu aies beaucoup de complexes. Tu es la personne la moins inhibée que je connaisse.

— Ce sont les autres qui ont des inhibitions avec moi.

— Tu t'en moques des autres. Y a-t-il sur terre quelqu'un qui s'intéresse moins aux autres que toi ?

Elle garda le silence.

Une minute plus tard, elle somnolait.

Il y avait toujours cette odeur d'humidité lorsque j'éteignais les convecteurs deux ou trois heures en hiver. Léonore leva son verre de vin dans ma direction en guise de remerciement pour lui avoir préparé un repas rapide. Un peu avant, elle avait envoyé valser ses chaussures avec une désinvolture adolescente et replié ses jambes sous elle. Elle était à présent en face de moi, lovée sur le canapé, les genoux entre les bras qu'elle remontait parfois jusqu'au menton. Elle portait un pull en cachemire vert émeraude à col en V, un pantalon corsaire et fumait sans arrêt depuis un quart d'heure. Elle reposa son verre tout en restant dans la même position et se mit à lisser la Cellophane de son paquet de cigarettes. Calée entre ses dents, sa Chesterfield lui faisait plisser les yeux dans la fumée. Je me suis demandé si elle avait mis un soutien-gorge.

Elle se redressa brusquement et dégagea quelques mèches de cheveux de son visage. Je l'entendis remplir d'air ses poumons, puis souffler lentement. Elle tenait son verre par sa base ronde et lisse ; sa lèvre inférieure y avait imprimé un croissant rose de rouge à lèvres. Une curiosité soudaine fit briller ses iris d'un gris moucheté.

— Tu écris en ce moment ? demanda-t-elle.

— Non. Rien depuis six mois, à part des listes de courses...

— Blocage ?

— Je ne sais pas.

— Et tes élèves ? Ça va ?

— Est-ce que ça compte ? Disons, oui.

Je mentis.

Je n'avais pas envie de lui raconter toute l'histoire avec Capadis, les tenants, les aboutissants, rentrer dans des imprégnations professionnelles trop profondes. C'était elle, après tout, qui avait demandé le contact. La tête bien droite, la bouche pincée dans une expression moqueuse, elle cherchait un moyen d'aborder un sujet précis afin de donner à ses traits une ligne et un contour. La cigarette qu'elle écrasa sur le bord de l'assiette émit un petit sifflement en rentrant en contact avec la vinaigrette.

Je me suis levé pour aller aux toilettes, respirer un peu d'intimité et pallier le désordre de la table du salon jonchée de nourriture, de bouteilles et d'ustensiles de cuisine. La salle de bains avait un côté lisse et désinvolte, une identité propre. Des fleurs séchées sur le réservoir de la chasse d'eau, des petits cadres avec des stars de cinéma et un rideau de douche avec des petits schtroumpfs. Je me laissai aller contre la porte en inspirant par le ventre. J'avais de la fièvre. Le loquet sauta soudain de son logement, arrachant le mentonnet au bois spongieux et je me retrouvai par terre, jambes et mains en direction du plafond, comme une figurine de cycliste que l'on aurait détachée de son vélo en plastique.

Je n'arrivai pas à me relever. Ma sœur accourut du salon, submergée de béatitude en voyant ma posture. Elle s'assit sur les talons et me toisa avec cette même hypertonie de la musculature faciale que l'on trouve chez les dictateurs et les dompteurs de lions. Un début de migraine commençait à me lacérer l'arrière du crâne.

— Prends ma main.

Elle m'accompagna jusqu'au canapé en me tenant par la taille. Je m'appuyais sur elle avec une sorte d'abandon que je n'avais plus connu depuis qu'elle m'avait récupéré un soir, dans le principal bar de la ville où j'épongeais ma première lamentable histoire sentimentale. J'avais dix-huit ans. Elle en avait déjà quatre de plus.

Pendant qu'elle plaçait un coussin sous ma tête, j'eus une fois de plus la vue sur l'échancrure de son pull. J'étais certain à présent qu'elle n'avait pas de soutien-gorge. Elle s'installa à mon côté, alluma sa dixième cigarette de la soirée, souffla la fumée par le nez en imitant des défenses d'éléphant puis me caressa les cheveux de sa main célibataire. Je m'aperçus fugitivement du sang qui affluait sous la peau de son visage comme un filet rosé, un réseau secret de micro-culpabilité. Elle eut un moment de panique, perceptible à la manière incontrôlée dont sa voix se tordait au coin de la bouche en sortant. Une séduction légère teintée d'effroi.

— Tu fais très parisienne.

— C'était mon ambition dès le départ, souviens-toi ! répondit-elle avec une espèce de sourire pincé.

— Comment vont les parents ?

— C'est pour t'en parler que je suis là.

— Je croyais que tu venais pour moi.

— Pas précisément. Maman a une liaison avec quelqu'un de plus jeune. Un type à l'université, un intellectuel. Les costumes en tweed, la pipe, les œuvres reliées en cuir, les excursions culturelles, etc.

— Maman a toujours eu besoin de ça.

— Elle est partie depuis une semaine, dit-elle au bout d'une minute, levant les yeux vers le plafond, la fumée montant cette fois en volutes de ses narines. Difficile d'imaginer si c'est une lubie passagère ou une sortie définitive. Avec maman, on n'a jamais vraiment su.

— Et papa ?

— Très négatif. Impossible de parler avec lui. C'est une salope, une roulure, une ingrate. Il est plutôt abattu. Et très nerveux aussi.

Elle écrasa sa cigarette avec un soupir et chercha des yeux la bouteille. Elle se leva. Le temps qu'elle la cherche, le creux laissé par son corps à l'extrémité du canapé s'effaça peu à peu. Elle finit par la trouver près du porte-revues.

— Un verre ?

— Merci. Que sommes-nous censés faire dans ces cas-là ?

— Rien. Je voulais t'en parler, c'est tout.

— Tu as un projet ?

— Aucun.

Couché sur le dos, les mains repliées sous la nuque, je ne cessais de regarder le plafond en train d'osciller. Toutes les surfaces semblaient se creuser et s'enfler sous mes yeux, comme sous l'effet d'un ressac océanique.

Léonore lançait dans une direction indéterminée des sourires nerveux, la mâchoire molle, le regard brouillé par l'épuisement et l'idée d'une défaite qu'elle semblait seule à connaître. Elle était belle dans ces moments-là, d'une beauté étrange et taciturne, comme un tableau de Modigliani. J'eus l'impression un instant qu'un peu de brouillard s'échappait au-delà de ses épaules. Sa lèvre inférieure tremblait. J'ai cru qu'elle allait se mettre à pleurer.

— Tu te souviens, reprit-elle, quand nous étions petits, nous avions un cahier où nous notions toutes les stupidités que les parents disaient. On en remplissait un tous les six mois. Velin surfin, 96 pages, une couverture verte moirée avec une bande rouge. Notre journée préférée était le dimanche. Papa s'emmerdait tellement qu'il arpentait le salon toute la matinée en nous livrant ses anecdotes de boulot, ses conseils sur la vie. Maman était à l'église, sa sortie de la semaine. Papa, soixante heures de gestion du personnel par semaine à maintenir une discipline de stalag. Il devait attendre toute la semaine que sa femme lui laisse la baraque pour ordonner ces petites confrontations mythiques père-enfants...

— Tu exagères.

— Non, à peine, je t'assure. Tu veux que je

ferme la porte pour que tes voisins n'entendent pas ?

— Continue.

— Souviens-toi de lui, l'enfer caractérisé des classes moyennes, prêtre dans sa propre église qui, avec altruisme et désintéressement, nous jouait la tragédie de la sagacité et de la générosité brisée par la méchanceté des hommes. Avec quelle hypocrisie nous nous prêtions au jeu, contenant notre hilarité, prêts à tout pour obtenir notre argent de poche. Nous étions déjà des petits fumiers.

— Après, nous partions dans notre chambre le billet à la main pour consigner les bons mots dans notre cahier.

— Maman revenait du village et trouvait papa rayonnant, si heureux que ça lui faisait plaisir à voir. Les repas du dimanche étaient merveilleux. Je crois que ça me manque encore, trente ans plus tard.

Je l'ai attirée vers moi. J'ai glissé une main derrière sa tête, fermé les yeux en attendant que ses lèvres trouvent les miennes. J'ai eu envie d'être avalé par sa bouche, serré contre son cœur.

Ma main s'est glissée sous son pull. Avec douceur, elle a immobilisé ma main. Je l'ai scrutée. Ses yeux s'étaient creusés, ses narines s'étaient pincées comme une fleur mourante photographiée à grande vitesse.

— Du calme.

Sa voix était tranquille, apaisante. Ma main s'est avancée à nouveau, immédiatement bloquée dans sa progression. J'ai essayé de l'embrasser mais elle m'a maintenu à distance.

— Non, ce n'est pas ce que tu veux.

J'ai posé ma tête sur ses genoux. Elle m'a caressé les cheveux. Lentement, avec une patience infinie. J'ai senti une larme chaude tomber sur mon front.

— Il faudrait que l'on retrouve ce cahier, dit-elle.

Léonore repartit le lendemain matin, très tôt. Je n'eus aucune nouvelle d'elle pendant les trois jours suivants et je n'osais pas appeler chez elle, craignant de tomber sur son mari.

Un soir, vers vingt-trois heures, alors que je m'apprêtais à planter mes dents dans un caramel mou, celui-ci m'appela. Je reconnus sa voix immédiatement même si elle paraissait lointaine en raison de la friture sur la ligne. Elle avait conservé cette force incroyable que donne l'absence totale d'intérêt envers les autres.

Il m'apprit que ma sœur faisait une dépression nerveuse depuis quelques mois, couchait sans vigilance avec des hommes et buvait comme un trou. Elle avait quitté son emploi d'institutrice pour un travail de traductrice à domicile, ce qui lui laissait assez de temps libre dans la journée pour se consacrer à des activités déplaisantes. Jean-Patrick Beaumont voulait me parler seul à seul pour la première fois depuis cinq ans (« entre hommes », ajouta-t-il, ignorant sans doute que j'abhorrais cette expression qui sentait son club de sport collectif et les virées masculines en Ford XR3).

Je me souvenais de lui comme de quelqu'un de jeune avec des pattes-d'oie, un mental grisonnant, des rides et une peau qui semblait avoir essuyé tous les coups de vent d'une existence vécue sans discernement. Ayant dix ans de plus que moi, il appartenait à cette génération qui, la première, avait tourné la bonté et la gentillesse en dérision, et dont l'heure de gloire se situait au milieu des années quatre-vingt.

Pour résumer le mobile de son appel, il voulait avoir certains renseignements à caractère psychobiographiques sur sa femme qu'il croyait (à tort !) en ma possession. Je protestai poliment que je ne connaissais pas aussi bien Léonore qu'il l'avait supputé.

— Vous êtes son frère tout de même.

— Elle a trente-six ans. À quatorze ans, elle n'était déjà plus à la maison. Elle s'est mariée à vingt ans avec vous. Faites le calcul, vous avez davantage de vie commune avec elle que moi.

— Vous ne voulez pas m'aider ?

— C'est une question terrible : d'une certaine façon, non !

— Vous parlez comme quelqu'un qui tient une vengeance.

— Je parle comme quelqu'un de surpris.

— J'aurais dû garder le contact. C'est un reproche.

— Non, je voulais parler du téléphone. Il est tard.

— Je suis désolé.

— Ce n'est pas grave. Je suis debout, de toute façon.

En fond musical, j'entendais une musique métallique rythmée avec une haine féroce, comme un désir de frapper des objets creux. Je balançais entre hardcore et speed metal. Jean-Patrick semblait concentré et déprimé à la fois. Sa voix avait au fil de la conversation une inflexion de fébrilité émoussée. Je me suis demandé s'il n'avait pas bu.

— Je suis disponible quand on veut me voir, dis-je. Il faut manifester de la bonne volonté, c'est tout. Vous semblez abattu émotionnellement suite à la mauvaise conduite de votre femme. Tôt ou tard dans un mariage, on s'aperçoit que quelque chose ne va pas, c'est parfaitement banal... et si vous croyez que je pourrais vous éclairer sur ce sujet, vous faites fausse route. N'étant pas marié, j'ai un niveau d'expérience plutôt réduit dans ce domaine. Quant à ma sœur, elle a toujours eu ce charme de l'indirect, il faut beaucoup de patience pour maîtriser ce type de personnalité.

— Étonnant, répondit Jean-Patrick Beaumont, étirant le mot pour tenter de lui donner une expression de saisissement. Vous ne pouvez donc pas m'aider ?

— Non, J.-P., je suis désolé.

— Je peux vous confier un secret ?

— À qui voulez-vous que j'en parle ?

— Vous avez une fausse idée de moi.

— Pardon ?

— Parfois je voudrais redevenir quelqu'un d'altruiste, de dévoué. Mais je ne sais plus comment on s'y prend.

— C'est un art qui s'est perdu. Il existe peut-être encore un traité ou un manuel là-dessus.

— Racontez-moi tout de même quelque chose pour m'aider à m'endormir. J'ai des insomnies en ce moment. Je me réveille et je me sens humilié.

— Moi aussi, quelquefois, j'ai peur en me réveillant au milieu de la nuit. J'ai des visions sans queue ni tête. Un Librium et je me rendors. Tout passe avec un Librium, un quart d'heure avant de se coucher.

Je me sentis soudain exténué, ne pensant plus qu'à m'étendre sur mon lit et dormir. J'imaginais Jean-Patrick, les yeux perdus dans l'obscurité, hochant la tête au rythme de ma voix à l'autre bout du fil. Il y eut un bref silence, comme une attente de consolation avant de raccrocher.

— Merci pour le conseil, Pierre. Je suppose que vous ne pouvez pas m'en dire davantage sur votre sœur. J'aime Léonore, vous savez.

— Nous l'aimons tous les deux. Je sens que votre attachement est sincère. Une concentration passionnée est une base solide dans la vie. Je vous envie presque.

— ...

— Depuis combien de temps a-t-elle découvert la réalité ?

— Depuis un ou deux ans. Ça s'est empiré récemment. Qu'appelez-vous la réalité ?

— Une certaine façon d'accepter des choses, de

laisser les plaintes envahir son corps, de ne plus rien nier.

— En quoi ce que vous dites a-t-il le moindre rapport avec Léonore ?

— Léonore n'a jamais voulu négocier, apprendre les règles du jeu. De n'importe quel jeu, d'ailleurs. Comme elle a toujours refusé de se faire plus petite, de se fondre, de se décolorer, elle a dû subir plus que la plupart d'entre nous des rivalités intérieures en retour. Elle s'est dissimulée derrière une attitude bruyante. Et maintenant que le bruit s'est évanoui, le jeu la broie de plus en plus. Indiscutablement, nous ne sommes plus des enfants.

Je poussai un soupir. Un large ruban de poussière s'éleva et retomba lentement dans le rai de lumière projeté par la lampe à halogène.

— Vous parlez comme un prof... vous ne voudriez pas tenter d'être clair pour une fois ?

— Comment voulez-vous que je parle ?

— Normalement.

— C'est-à-dire ?

— Employez des mots usuels.

— D'accord. Il y a parfois des trous noirs, des moments d'incertitude d'une grande intensité. Lors de ces périodes, il n'y a que les espaces abstraits couverts de neige qui peuvent encore apporter un réconfort, des images de réserve animale à l'automne, de canyons ocreux ou de fjords escarpés. Il faut intervenir pour aider ces personnes à retrouver un environnement chaleureux dans lequel elles puissent se projeter sans arrière-pensées angoissantes.

— Quelle est la solution pour la tirer de ce faux pas ?

— Si le sujet ne devient pas psychotique pour mieux se suicider à terme, il emprunte diverses voies telles que l'alcoolisme, le sexe déviant, le travail acharné, les bouffes entre amis, etc. Ce que nous appelons dans l'Éducation nationale des « processus de remédiation ». Vous ne dormez pas, Jean-Patrick ?

— Non, je vous écoute.

— J'ai vu Léonore, il y a quelques jours à son retour de Nice. Elle a passé la soirée ici, à l'appartement...

— ... je sais, Pierre, je sais.

— Nous avons parlé des parents. Elle ne va pas bien, je m'en suis aperçu, mais Léonore n'a jamais été un modèle de perfection vitaliste. À quatre ans déjà, elle ne croyait plus au Père Noël. Nous sommes très différents. J'ai une crédulité illimitée en matière d'histoires, y compris les plus invraisemblables, alors que le verbe « croire » n'a jamais fait partie de son vocabulaire. Il faut vous en occuper, Jean-Patrick, c'est très sérieux. Je ne peux rien vous dire de plus.

— Merci, en tout cas. Venez manger un soir. Léonore sera contente de vous voir. Et moi, aussi.

Il raccrocha.

6

La semaine de vacances qui suivit mon entrevue avec ma sœur fut totalement dénuée d'anecdotes présentables à l'exception de deux étranges événements.

Le mardi matin, un individu coiffé d'une casquette à parements jaunes, le visage ornementé d'une moustache en guidon de vélo, sonna à la porte de mon appartement. Il me tendit un paquet recouvert d'un papier-emballage d'une couleur dont le spectre oscillait entre le vert et l'orangé. J'étais si peu habitué à ce qu'un facteur vienne se présenter à ma porte que je crus avoir affaire aux Témoins de Jéhovah qui sévissaient dans le quartier ces derniers temps, et dont j'avais déjà dû subir la compagnie des heures entières (je suis incapable de fermer ma porte à des gens qui marchent des kilomètres par tous les temps pour annoncer l'apocalypse et le sauvetage des justes à des civils innocents).

Je signai le reçu et propulsai l'envoi jusqu'à la table du salon. Il n'y avait aucune mention au verso du nom de l'expéditeur. La seule indication était l'endroit où avait été posté le colis, Brevigny, village situé à cinq kilomètres du collège. Je savais que de nombreux élèves y résidaient. J'enlevai le papier pour découvrir une boîte à chaussures portant une marque de brodequins pour teenagers, qui tenaient à la fois de la snow-boot spatiale et du cothurne. Une épaisseur significative de coton matelassait la boîte, imprégnée d'une odeur lourde, énurétique. À l'évidence, quelqu'un avait jugé amusant de pisser dessus. L'ouate était pourtant immaculée ; aucune trace suspecte n'était visible mais je préférai par hygiène employer une pince à sucre pour soulever la bande neigeuse.

À la manière d'un chirurgien enlevant le pansement d'un grand brûlé, je soulevai délicatement le coton et trouvai un objet emballé dans du papier d'aluminium. Sa configuration évoquait une silhouette à échelle réduite, un mannequin de bois dont les parties seraient jointoyées avec du fil de fer, une peluche miniature, une figurine rigolote ou un fœtus sortant d'un stage chez des Indiens Jivaros. Je n'avais que l'embarras du choix.

Agenouillé en surplomb par rapport à la table du salon, les épaules voûtées en direction de la boîte, je devais avoir l'air d'un démineur sur une plage normande. Plusieurs minutes s'écoulèrent ainsi. À mesure que mes yeux persistaient à fouiller l'aluminium, j'étais presque arrivé, par la seule intensité de la vision, à créer un espace étroit où le rectangle et la bande de coton réussissaient à projeter dans la pièce une impression d'étroite intimité. Je croisai mes bras sur ma poitrine. Un filet de sueur me coulait sur les tempes. Ma main droite tressautait légèrement. Mon cerveau exerçait une pression douloureuse sur l'os frontal. J'avais le cou contracté et une sensation de gonflement des tissus dans le haut du thorax comme s'il me fallait roter, avoir un haut-le-cœur, ou m'ouvrir de haut en bas pour éprouver un soulagement temporaire.

Une vie corticale primitive semblait papilloter sous la carapace argentée. Mon impulsion intérieure se relâchait au fil des secondes, mes décisions de passage à l'acte devenaient espacées. Sans le savoir, j'étais en train de construire un suspense, une attente qui s'avérait de plus en plus frustrante. Je montais la garde autour d'un événement qu'à l'avance je pressentais considérable.

Les minutes passant, l'objet semblait prendre des forces. Que j'aille me servir un verre d'eau dans la cuisine ou que j'allume ma première cigarette depuis six mois, la boîte revendiquait à chaque fois une liberté nouvelle. Je me sentis tout à coup faible, déprimé. Au comble de la confusion, je croisai mes mains au-dessus de ma tête en les faisant avancer et reculer, juste pour le plaisir immédiat d'une sensation apaisante.

Après quelques minutes de ce petit jeu, sans que rien ne laisse prévoir mon geste, sans même mettre une main sur ma bouche pour réprimer une possibilité de terreur, je dépliai la pellicule de papier d'aluminium. Ce que je vis provoqua en moi un grand soulagement auquel succéda un moment d'incrédulité. Même si je n'avais pas souhaité assister à l'inimaginable (et ce qui se présentait sous mes yeux était loin de l'être), je manquais en général de souffle pour toutes les choses qui s'imposaient au-delà d'une frontière de sens définie.

Le mystère de la boîte était un petit singe en peluche qui gisait, une tétine en plastique dans la bouche, avec un air de félicité anxieuse. C'était une réplique trait pour trait d'un chimpanzé hirsute que m'avaient offert mes parents pour mon sixième anniversaire et que j'avais appelé Kikipinpon. Cette peluche devait périr dans les pires souffrances après un accès d'hystérie créatrice de ma sœur qui n'avait pas trouvé mieux que de lui peindre une moustache à la peinture noire et un bandeau sur l'œil de la même couleur. Léonore ignorait les propriétés corrosives de sa peinture sur le plastique et le visage du pauvre Kiki fondit avec la même inexorabilité qu'un visage humain sous l'effet du napalm.

Je pris Kiki *bis* dans le creux de la main et décidai de l'observer de plus près. La fourrure pelucheuse recouvrait son corps à l'exception des pattes et du visage. À l'endroit du ventre, des poils mouillés formaient un carré régulier, comme une trappe minuscule qu'il suffisait de soulever pour accéder à l'intérieur. Un tel tracé n'avait pas été effectué au hasard. Cela ressemblait à une coupe exécutée avec un cutter. En approchant le petit singe de mon nez, je me rendis compte que l'odeur nauséabonde que j'avais identifiée au départ comme de l'urine ressemblait davantage à celle de la vase ou de la tourbe. Un faisceau olfactif compris entre la décomposition végétale et l'écoulement menstruel. Insoupçonnable au regard, la puanteur trahissait une vie souterraine se déroulant à l'abri de la pellicule de poils qui voilait la surface du ventre de Kiki.

Je reposai la peluche et, avec la pince à sucre, je tentai de soulever le mystérieux carré de poils humides. À mesure que le pelage artificiel se décollait, un liquide écumeux comme une sécrétion de limaçon menaçait de déborder de la suture. Au même moment, la pièce se remplit d'une lumière crue, couleur d'amande, et la chasse d'eau des voisins à l'étage au-dessus se mit à glouglouter avec un mélange de réalisme impitoyable et de lyrisme mélancolique. Au son net et arrondi d'un gobelet que l'on replace sur une tablette de verre succéda le claquement sec d'un verrou suivi de bruits de pas s'éloignant de la salle de bains. Lorsque j'eus la certitude que tout était enfin silencieux, je tirai d'un coup sec. Le carré de poils bruns se détacha et resta collé à la pince.

Une barre glacée me zébra l'estomac. Tétanisé par la panique, je restai la bouche ouverte, le visage hagard devant la dépouille de Kiki qui persistait à tendre vers moi son inutile tétine. En lieu et place du kapok, des petits vers de vase grouillaient à l'intérieur de la peluche dans un magma écœurant de liquide poisseux dont la ressemblance avec la surface blanchâtre du riz au lait me fit rejeter la tête en arrière. Au bout de quelques secondes, je détournai les yeux vers la lumière du dehors. Une mouche escaladait le carreau de la porte-fenêtre du balcon ; elle descendit à moitié en volant, comme si elle secouait un fardeau léger, et elle se remit à voler. Elle atterrit après un vol en spirale autour de la pièce sur la tête de Kiki, à la hauteur d'un de ses longs cils dessinés sur le caoutchouc.

C'est à ce moment-là que je dus m'évanouir.

Trois jours plus tard, le téléphone sonna à onze heures du matin alors que j'étais en train de prendre mon petit déjeuner. J'avais tout de suite pensé à une erreur. J'étais sur liste rouge et à l'exception de ma famille et de quelques connaissances avec qui je n'entretenais plus que des relations sporadiques, personne ne possédait mon numéro.

Je laissai aller le répondeur, attendant que la personne raccroche après le défilement de la bande. Lorsque le bip se déclencha, il y eut pendant trente secondes un silence ponctué par une respiration un peu sèche. Je me levai d'un bond et tournai autour de l'appareil, suspendu à la suite des événements. La respiration devenait de plus en plus forte et saccadée, à la limite du halètement. Elle cessa pour laisser place à des hoquets presque parodiques suivis d'un rire fêlé qui se voulait déstabilisant, à la manière d'un ronflement nasal un peu forcé.

Un morceau de silence succéda à ces gémissements catarrheux, un silence pâle et doux, de ceux qui dans les conversations de groupe préfigurent une attaque personnelle. En pleine expectative, je m'immobilisai, les talons légèrement décollés des flip-flops de caoutchouc que j'avais aux pieds, apercevant à l'improviste mon reflet en pied dans une psyché. Ne portant pour seul vêtement qu'un short écrase-quéquette informe, j'observai avec insistance ma silhouette aux épaules affaissées qui semblait exprimer physiquement ma réprobation à l'égard de ce que j'entendais. Des bruits de mastication primitive imitant à la perfection une dizaine d'adolescents en train d'enfourner un demi-sachet de pop-corn venaient de s'inscrire sur la bande d'enregistrement.

Je devenais de plus en plus curieux, essayant entre les espaces délimités par des séquences en creux de deviner la nature de l'objet qui interceptait et renvoyait les sons. Je ne pouvais m'accrocher à aucune parole, aucune voix, même à un vague marmonnement susceptible de personnaliser le message. Aucune piste signifiant des traits, une forme, un contour, des parties distinctes dans ce sable de silence blanc. Ce jeu dura une bonne minute jusqu'à son extinction brutale. Je ressentis des frissons humides dans la poitrine et dans le dos. Je résolus d'analyser ce silence, de l'examiner systématiquement. Je songeais à l'isolement dans lequel je vivais, un type de solitude que pouvait faire tressaillir n'importe quel rire dans la nuit. La personne ou les personnes qui appelaient ne l'ignoraient sans doute pas. Tout cela était concerté.

Je fus presque soulagé lorsqu'un fracas bruitiste digne du *Revolution 9* des Beatles fit vibrer le répondeur comme une grille de ventilation mal fixée. C'était cette fois une bande enregistrée, aucun doute n'était possible. Cela ressemblait à la musique d'un de ces groupes de musique industrielle du début des années 80 qui produisaient des disques anxieux et crispés, véritables chemins de croix sonores qu'ils étiraient jusqu'à la nausée. Lorsque je décrochai le combiné, la musique cessa.

Mon chef d'orchestre téléphonique avait raccroché. Une faiblesse générale m'envahit comme si toutes les parties de mon corps manquaient subitement d'air. Un goût de métal acide et de poussière sèche envahit ma bouche et ma gorge. Je me laissai tomber sur le divan, m'exhortant au calme, mais la malveillance de l'événement ne cessait de luire dans un recoin. Je me relevai péniblement et m'aventurai jusqu'à la cuisine. Un jour bleu découpait le Formica blanc parsemé de reliefs graisseux. J'ouvris les placards, les tiroirs, le débarras pour y trouver un flacon de café soluble. Ayant fini par le découvrir dans le frigo (toujours ce grand mystère chez moi de la répartition des denrées alimentaires), je me préparai l'équivalent de plusieurs tasses dans le bol de chocolat.

En attendant que l'eau bouille, je jetai un œil sur un hebdo auquel je m'étais abonné par simple envie de recevoir du courrier. Après avoir mollement feuilleté un dossier sur le financement des partis politiques, je tombai sur une rubrique intitulée « Notre époque » qui présentait un entrefilet surmonté d'un adolescent braquant une arme dans la direction du lecteur potentiel. Dans cet entrefilet, il était dit qu'une semaine seulement après le meurtre d'une enseignante par un de ses élèves de quinze ans, en classe et devant tous ses camarades, l'Allemagne venait d'éviter de justesse un nouvel épisode sanglant à l'école. Moi qui tenais ce pays (et je n'étais pas le seul parmi mes collègues !) pour celui qui possédait les mœurs les plus policées d'Europe, pourvu d'un système éducatif d'avant-garde, je me sentis presque purifié de la honte personnelle que j'avais toujours éprouvée à travailler dans l'Éducation nationale.

Trois élèves de quatorze ans (un an de plus que les miens, pensai-je) qui préparaient une tuerie avaient été arrêtés en plein cours, à Metten, une petite ville de Bavière. Ils souhaitaient tuer une enseignante qui avait un peu trop critiqué leur comportement en classe. « Les élèves voulaient lui tirer dans les jambes pour la voir se vider lentement de son sang », avait précisé le procureur de Daggendorf. Ils prévoyaient également le meurtre de la directrice de l'école, arrivée trois mois plus tôt. La journaliste avait cru bon d'ajouter que les bambins étaient fans de vidéos ultraviolentes et pornographiques, collectionneurs de croix gammées et d'autres bagatelles destinées à culpabiliser le corps social.

Le trio voulait plus tard attaquer une banque et acheter, avec le butin, des grenades et des mines. Les adolescents terrorisaient leurs camarades de classe depuis la rentrée. Quelques semaines auparavant, l'un des trois avait tiré en direction d'une élève, sans la blesser, mais l'adolescente n'avait raconté l'incident à la police qu'après l'arrestation de son agresseur. Comme elle, une dizaine de leurs camarades étaient au courant du projet de meurtre. Mais, par peur des représailles, tous s'étaient gardés d'en parler à leurs parents et aux professeurs.

Je repensai à une autre affaire qui s'était déroulée une semaine auparavant dans un collège sensible de la banlieue rouennaise. Une jeune fille de quatorze ans, accompagnée d'une de ses amies, avait fait irruption dans le bureau du principal pour lui demander un certificat de radiation, car elle souhaitait quitter son collège situé dans une zone défavorisée. Comme ce dernier lui avait expliqué qu'il lui était impossible de lui délivrer ce document avant la fin de l'année, elle avait alors sorti un revolver à grenaille de son sac et l'avait mis en joue. Le chef d'établissement s'était exécuté sous la menace et avait remis le certificat à la jeune fille.

Alertés par un des surveillants qui avait dû être le premier dépositaire de l'angoisse du malheureux principal, les policiers avaient interpellé l'adolescente, toujours porteuse du revolver. Elle avait affirmé aux enquêteurs qu'elle se promenait constamment avec cette arme car elle se sentait menacée dans le collège. Mise en examen pour « extorsion d'une signature officielle », elle risquait une peine pouvant aller jusqu'à trente ans de prison.

7

La lumière couleur de vin blanc annonçait une journée froide et claire. La forte gelée de la nuit précédente collait encore à la terre et aux haies. Il n'y avait pas de vent et les arbres, ormeaux et hêtres, se dressaient, compacts et immobiles de chaque côté de la route. Derrière les vitres de la voiture défilaient des bois de feuillus, dont le givre encore intact éclairait la géométrie hivernale. Nous étions pourtant le 14 mars et, dans une semaine, nous allions entrer dans le printemps. Les champs, recouverts de gelée blanche, étaient ponctués çà et là de boqueteaux sinistres, de clôtures de branchages affaissées par l'hiver ainsi que par de gigantesques appareils d'arrosage roulants qui ressemblaient aux vertèbres d'une créature préhistorique.

Depuis mon départ de l'appartement, comme à chaque rentrée de vacances scolaires, j'avais du mal à me concentrer sur la route. Je me sentais épuisé alors que je n'avais cessé de somnoler durant ces deux derniers jours. J'avais pensé à une anomalie sanguine, une maladie tropicale, une intoxication provenant de miasmes alimentaires ou d'un quelconque ennemi domestique qui se serait attaqué à mon système nerveux.

Poussée au maximum pour désembuer les vitres, la soufflerie du chauffage s'ébrouait avec un sifflement grinçant. L'éclairage du tableau de bord dans la pénombre me renvoya à la vision la veille de *747 en péril* à la télé, avec ses scènes d'hystérie dans le cockpit que j'adorais, uniquement parce qu'elles me parlaient de ces années 1971-1973, symbole de la fin d'une période de croissance qui devait marquer le retour du chômage et de la récession. Je devais avoir une dizaine d'années; c'était un chiffre rond en tout cas. Je me souviens encore de la sourde excitation qui m'étreignait à la seule mention des titres de ce que l'on appela par la suite des films-catastrophes : *La Tour infernale, Tremblement de terre* (ah! l'effet de centrifugeuse dans certains cinémas équipés de fauteuils qui bougeaient en même temps que les images!), *L'Aventure du Poséidon, Soleil vert, Crash en plein ciel.* Ce que je ne pouvais m'imaginer à l'époque, c'était à quel point ces fictions apocalyptiques anticipaient avec un réalisme allégorique, l'entrée des sociétés industrielles dans une nouvelle ère d'angoisse sociale.

J'allumai machinalement la radio. La simple rotation du pouce et de l'index vers la gauche me procurait toujours la satisfaction archaïque de posséder un de ces vieux autoradios à boutons. Une voix hostile, revendicatrice, s'éleva pour protester contre un projet de loi qu'elle jugeait inique, plaidant même l'irresponsabilité de celui qui l'avait promulgué. Les inflexions ressemblaient à un aboiement de circonstance, le colportage habituel dans les nouvelles du matin d'une indignation sélective pourvue d'une durée de vie limitée. Je finis par tomber sur une station qui diffusait de la musique classique.

Je commençais la semaine avec les quatrièmes F et, bizarrement, je ne ressentais pas la moindre appréhension à l'idée de les retrouver. Malgré les coups de fil anonymes qui avaient ponctué ces deux derniers jours, j'avais la sensation qu'un face-à-face direct éliminerait ce voile inquiétant produit par la distance entre eux et moi pendant ces quinze jours. Peut-être que cet anonymat à travers lequel ils avaient agi me signifiait avec justesse la manière dont ils vivaient, un moyen d'expression délibérément choisi, une sorte de vérité personnelle.

Ces vacances de février étaient l'occasion pour la plupart des familles d'emmener leurs enfants au ski. Je les imaginais à l'avance le teint hâlé, les poumons gorgés d'air alpin, leurs regards bien disposés, vibrant d'une vitalité nouvelle. Dès le premier jour de leur rentrée, ils allaient retrouver une conscience aiguë de l'instant. Ils devraient à nouveau laisser ce moment scolaire se remettre en place, se reconstruire pour présenter quelque chose qu'ils reconnaîtraient tous à la fin, comme un retour aux mercredis pluvieux passés à faire leurs devoirs.

J'arrivai sur le parking en même temps qu'Isabelle Gidoin, une collègue de français. Grande et hautaine, elle présentait toujours ce genre de visage impénétrable qui semblait couvrir quelque chose d'hilarant. Je l'appréciais beaucoup, et je crois que cette estime était réciproque. Nous avions à peu près le même âge et une forme de respect scrupuleux l'un envers l'autre. Elle vivait avec une femme plus âgée qui écrivait à la fois des livres pour enfants et des recettes de cuisine végétariennes. Outre ces deux activités, Élisa Berelowski militait dans une formation d'extrême gauche qui soutenait certaines luttes armées dans le tiers-monde. C'était probablement le couple le plus sain que j'avais jamais rencontré.

Isabelle portait toujours la même veste en jean d'où dépassait en permanence d'une poche rafistolée l'antenne d'un téléphone portable, donnant à tout moment l'impression d'une connexion intime et illimitée avec l'objet de son affection. Ses cheveux coupés court, presque rasés, suggéraient un certain scepticisme à l'encontre des accessoires de la féminité. Elle ne se maquillait jamais et aimait à exhiber ses ongles rongés avec cette impudeur naturelle de ceux qui sont trop absorbés par des tâches fondamentales pour se soucier de leur apparence extérieure.

Je coupai la radio, éteignis les phares et me précipitai à sa rencontre, impulsion que je fis mine de masquer en ouvrant sa portière avec une inclination de buste exagérée.

— Madame, je vous en prie !

— Monsieur, qui êtes-vous ? Présentez-vous ! De grâce, je suis effrayée, êtes-vous employé par cet établissement ?

— Absolument pas, chère madame. J'erre sur le parking le jour, la nuit et, en guise d'occupation, il m'arrive d'ouvrir quelques portières pour soulager les mortels. J'ai vu votre affliction dès que vous avez franchi la grille d'entrée. J'en ai déduit que les cours avaient repris ; votre visage exprimait l'essence même d'une mélancolie indicible.

— Ne vous méprenez pas, ami inconnu, ce que vous avez pris pour de l'affliction n'était qu'un instant de regret pour ces voluptés fugaces qui endeuillent les choses terrestres. Mais au cœur enthousiaste, il est donné d'espérer en leur renouvellement et de ne pas ternir l'instant présent par quelques tristes pensées.

Elle essayait avec difficulté de maîtriser les traits de son visage. Je sentis qu'elle désirait continuer le jeu tout en sachant (et c'était là tout le sel de nos conventions passées !) que le premier qui rirait avait perdu. Isabelle adorait jouer avec moi ces scènes de roman psychologique à travers lesquelles elle pouvait se laisser aller à sa nostalgie des grands récits pleins de dignité, avec ses adjectifs et son passé simple protecteurs.

Cela renforçait le souvenir vibrant de son ancienne identité, cette personnalité qui s'était détachée d'elle au fur et à mesure qu'elle apprenait l'ironie. Son goût pour ce type de jeu verbal avait essentiellement une visée attestatrice.

— Alors, tes vacances, c'était comment ?

demanda-t-elle avec ce regard flou qui était chez elle le prolongement des questions rituelles.

— Je me suis barricadé chez moi avec un fusil et des grenades. Rien de bien extraordinaire.

— Je me disais aussi que tu avais l'air plutôt pâle. On dirait que tu viens de passer quinze jours dans une champignonnière. Tu manges à ta faim, au moins ?

— Conserves, aliments en sachets, quelques soupes, plats préparés sous vide, une alimentation de célibataire.

— Pourquoi tu ne cherches pas une colocataire, c'est très à la mode en ce moment. Une fille avec des gros seins, amusante, chaleureuse, une étudiante en sociologie ou en sciences de l'éducation.

— Si j'ai bien compris, tu voudrais que je me trouve une raison de vivre avec des gros nibards ?

Elle éclata de rire.

— En gros, oui.

Isabelle, comme quelques personnes bien intentionnées dans mon entourage, ne pouvait m'imaginer qu'avec une personne dominée par l'intellectualité, portant des lunettes rondes et des pulls à col roulé en mohair. Mon idéal sentimental était exactement à l'opposé et se portait davantage vers la secrétaire, ou plutôt ce qu'il est convenu d'appeler maintenant une assistante de direction. Cette profession, cultivant la discrétion jusqu'au secret, représentait à mes yeux les caractéristiques les plus fécondes de la relation homme-femme. C'était l'image parfaite de la dévotion, l'icône absolue de l'éternel féminin déguisée en travailleuse de l'ombre pourvue d'une merveilleuse faculté d'adaptation. Bardées de traitements de textes et de téléphones ultrasophistiqués, leurs compétences juridiques et comptables me fascinaient. Situées au cœur du système, elles personnifiaient des Mata Hari bac plus 2 souvent associées à des rôles de confidente de tragédie classique.

— Et tes vacances à toi ?

— Sans commentaire.

— Tu me rends très curieux d'un seul coup.

— Élisa aime les bords de mer hors saison, surtout les plages du Nord. C'est sa perversion favorite. Nous sommes allées à Merlimont. Les autorités locales ont permis l'installation d'une clinique pour handicapés moteurs. Élisa l'ignorait au moment de sa réservation.

— C'est sûr que, d'un point de vue touristique... les handicapés ne sont pas un argument de premier plan. Je me demande pourquoi les autorités municipales s'obstinent à les concentrer sur les lieux de vacances les plus agréables.

— Il paraît que c'est parce qu'ils font rire les touristes avec leurs petits gestes mal coordonnés.

— D'accord, mais c'est comme une blague racontée trop souvent, elle finit par ennuyer.

— Je hais les handicapés. Ils bougent sans arrêt... ils sont tout petits, ils veulent aller à la mer. C'est trop facile, il suffit de naître handicapé et voilà qu'on t'envoie à la mer.

— Comment va Élisa ?

— Elle tricote des bonnets tibétains pour

Amnesty International et passe ses nuits sur Internet à essayer de rentrer en contact avec le sous-commandant Marcos.

— Et ça marche ?

— J'essaie de lui expliquer que le nombre d'ordinateurs personnels en usage dans le monde est d'environ 180 millions pour une population globale de 6 milliards d'individus et donc que la possibilité d'accéder à Internet est limitée à 3 % de personnes. Je lui fais part de mon scepticisme quant à l'existence de connectés au Chiapas, l'une des régions les plus pauvres du Mexique.

— Comment réagit-elle à ton scepticisme ?

— Elle me trouve trop négative. Elle dit que ce n'est pas avec ce genre de pragmatisme réducteur que la lutte peut déboucher sur quelque chose de positif pour les masses opprimées.

Sa voix avait pris soudain des sonorités indignées, avec des notes plaintives et prolongées. On aurait dit que c'était très important pour elle de marquer sa différence au niveau de la conception qu'elle avait de l'engagement au sein de son couple.

Au même moment, Goliaguine, le prof d'arts plastiques, sortit de sa voiture avec l'air gêné de celui qui vient d'écouter une conversation qui ne lui était pas destinée. Il portait une veste droite gris chiné avec un col hirondelle sur un pull en shetland, des derbies vert-de-grisées à bout carré dont l'usure manifeste lui donnait une aura vaguement sinistrée. On aurait dit qu'il s'était habillé pour être photographié. Une barbe de trois jours ombrait ses joues et donnait à son visage un aspect moins anguleux. Son pantalon était luisant à l'endroit des genoux.

— Je suis tout courbaturé, dit-il en s'extrayant de sa voiture avec un sourire plein de sous-entendus.

— Le lumbago est la maladie professionnelle du séducteur, lança Isabelle.

— Ce n'est pas ce que tu crois. Je viens de passer la nuit dans ma voiture, histoire d'être d'attaque pour reprendre ce matin.

— Si tu veux, j'ai une paire de chaussettes propres dans ma voiture, lui proposai-je.

— C'est plutôt de chaleur humaine dont j'ai besoin. Imaginez, un parking désert, la nuit, le silence total dans la voiture et le froid qui tombe davantage d'heure en heure.

Comme la plupart des professeurs au collège étaient transparents et d'un conformisme inquiétant pour des gens censés transmettre les vertus de l'esprit critique, Goliaguine suscitait l'admiration autour de lui. Il avait compris que l'excentricité était une aussi bonne façon de dissimuler ses sentiments que le respect des conventions. Isabelle s'avança vers lui et le serra dans ses bras en esquissant quelques pas de danse.

— Je me sens nettement mieux.

La sonnerie provoqua un retour au réel. Goliaguine se détacha d'Isabelle avec un sourire tendu et me regarda tragiquement.

— Les vacances sont vraiment terminées, dit-il en faisant un effort pour parvenir à cette idée.

Isabelle se plaça entre lui et moi. Elle nous entraîna vers la cour en remorquant ses bras aux nôtres comme dans *Jules et Jim*.

— Je vous invite à dîner tous les deux samedi en huit, dit-elle. Vous pouvez attendre un peu pour confirmer.

— Nous viendrons, répondit Goliaguine sans m'avoir jeté le moindre regard.

Un peu plus tard, alors que j'escaladais la volée de marches métalliques menant à la salle des profs, j'étais déjà en train de préméditer une excuse pour ne pas y aller.

Ils étaient assis à leurs tables, pratiquement au complet. Seule Clara Sorman était absente. Depuis cinq minutes, son pupitre vide ne cessait de me mettre mal à l'aise. Le crayon suspendu au-dessus du cahier d'appel, j'attendis quelques secondes comme pour me convaincre qu'elle allait apparaître d'une seconde à l'autre. En ce début de journée, vingt-trois visages regardaient dans ma direction, le dos droit, les pieds serrés, l'air impatient comme s'ils attendaient que je commence à narrer des anecdotes sexuelles concernant mes vacances.

Il y avait dans la classe une lumière froide, étincelante, qui faisait briller les objets. C'était un matin d'école ordinaire. La brosse en feutre était pleine de poussière. C'était la responsabilité de Marianne, une femme de service avec des cheveux rouges retenus derrière les oreilles par des bouffettes de ruban noir, de frapper les brosses tous les vendredis soir en fermant les yeux pour éviter la poussière de craie. À chaque veille de vacances, c'était toujours la même désaffection à l'égard des tâches simples, usuelles. Les divers personnels s'enfuyaient comme s'ils ne devaient jamais revenir. Un véritable feu de brousse.

Mes présupposés concernant leurs activités pendant ces quinze derniers jours semblaient exacts. La plupart arborait un visage boucané, tirant sur l'auburn, avec cette vitalité un peu vulgaire que procurent les séjours saisonniers de masse. Leur personnalité provinciale, anodine, à la limite de l'effacement, semblait avoir acquis davantage de fermeté. Elle se manifestait dans les choses les plus ordinaires tels la façon de dévisser le capuchon de leur stylo-plume ou le pliage consciencieux des pages utilisées de leur cahier de textes, qui évoquait un empilement d'origamis.

Je finis par inscrire le nom de Clara Sorman dans le cahier d'absences. Sandrine Botella avait posé ses mains pâles croisées devant elle comme une paire de gants oubliée. Il se dégageait de sa personne, à cette occasion, une intensité un peu étrange et terrifiante. À part elle, chaque élève avait disposé devant lui un bristol qui portait la mention de son nom. Ils semblaient avoir fait cela de leur propre initiative, pour me faciliter la mémorisation de leur nom. Je me levai et me mis à arpenter l'espace entre mon bureau et le tableau noir, me déplaçant dans le bruissement de popeline de ma surveste que je n'avais pas encore retirée.

— Prenez vos cahiers de géographie et inscrivez à la date du lundi 3 mars, le titre de notre première leçon : *Les minorités aux États-Unis ; échec du melting-pot ou avenir du « salad bowl » ?*

Ils se penchèrent vers leur cartable pour en sortir leur cahier, qui s'avérait être en fait un classeur séparé en trois parties : histoire, géographie et instruction civique. Personne ne jugea bon de rectifier. L'assistance semblait s'abandonner à une confiance raisonnable en mes facultés d'observation.

Les États-Unis étaient au programme du premier trimestre de troisième. Une de mes lubies d'enseignant consistait à construire systématiquement des notions qui anticipaient d'un an les progressions habituelles. Ensuite, juste après l'évaluation finale, je les informais en leur rendant leur copie qu'ils venaient d'accomplir un programme au-dessus de leur niveau. Lorsqu'ils avaient obtenu de bonnes notes, cela renforçait leur estime d'eux-mêmes pour le restant de l'année. Cette méthode n'était pas très orthodoxe mais elle fonctionnait. À part moi, je lui connaissais peu de partisans.

Tout cours sur les États-Unis comportait nécessairement une leçon sur la population américaine où le professeur se devait d'évoquer la notion classique de melting-pot, ce creuset où étaient venus se fondre des peuples de toutes origines pour donner naissance à l'*homo americanus.* Le but était de montrer, au moyen d'une dramatisation habile de la contre-argumentation, que ce modèle d'intégration optimiste était de plus en plus contesté aux États-Unis mêmes, où les représentants des différentes minorités ethniques ou sexuelles revendiquaient de plus en plus le droit à la reconnaissance de leur spécificité, à tel point que l'idée d'une société multiculturelle (appelée le *salad bowl*) s'imposait de plus en plus.

Au carrefour de l'instruction civique, de l'histoire et de la (géo)-démographie, Christine Cazin m'avait expliqué sur un coin de table en salle des profs, parlant de ses cours de troisième, qu'il était possible de construire une leçon que les élèves suivraient d'autant mieux que ces questions faisaient écho aux difficultés du modèle français, jacobin et assimilationniste. J'avais pris ses conseils très au sérieux, travaillant pendant les vacances sur des revues pédagogiques qui dispensaient un éventail impressionnant de graphiques et de tableaux.

Je leur distribuai un texte de Jean de Crèvecœur datant de 1785, les *Lettres d'un cultivateur américain*, où il décrivait la multiplicité des appartenances religieuses dans le comté d'Orange, où il résidait. Je parcourais les allées, distribuais mes feuilles polycopiées en me penchant pour lire chaque nom. Une odeur de savon de Marseille parfumé à la vanille ainsi que celle d'une eau de toilette au cèdre flottaient au-dessus des têtes féminines. Dans le sillage des garçons, c'était une étrange mixité de sciure de bois humide et de pneu brûlé.

Durosoy Guillaume, Da Costa Richard, Bodart Estelle, Menessier Franck, Durand Kevin, Ginzburger Sylvain, Naudin Mathieu, Montalembert Cécile (rangée de droite par rapport à mon bureau), Leborgne Raphaël, Lamérand Pierre, Grancher Julie, Brossard Apolline, Villovitch Élodie, Baroui Rislane, Corto Dimitri, Amblard Sébastien (rangée centrale), Horvenneau Maxime, Marottin Isabelle, Chaïb Karim, Guiblin Laurence, Toutain Brice, Vandevoorde Mathilde, Clara Sorman, Sandrine Botella (rangée de gauche).

Vingt-quatre élèves au total. Treize garçons, onze filles. Leur placement semblait fluctuant d'un cours à l'autre. Cette géographie aléatoire ne m'apparaissait pas de leur part comme une volonté d'intrigue. Cela participait plutôt d'un « mélangisme » pourvu de significations sans importance. D'une manière générale, les classes qui intervertissaient volontiers les binômes pendant l'année, s'entendaient assez bien. Même si je ne prenais jamais au sérieux ce type d'observation, je leur accordais une valeur informative qui se vérifiait souvent au cours de l'année.

Au tout début de la rangée de gauche, il manquait le nom de Sandrine Botella qui devait se sentir suffisamment « repérée » pour s'affranchir de cette obligation et Clara Sorman qui n'avait toujours pas fait son apparition. La prof de SVT avait tenu à m'informer qu'elles étaient toujours placées l'une à côté de l'autre. Elle les avait surnommées « Les inséparables », un grand classique de la dénomination scolaire.

— J'espère que les vacances se sont bien passées !

Ils hochèrent la tête silencieusement en guise d'approbation.

— ... Vous pouvez répondre avec les mains.

Je marquai un temps d'arrêt en regardant au plafond, marque spécifique de cabotinage professoral.

— Et vous ? demanda Maxime Horvenneau.

— Je n'ai fait qu'attendre votre retour.

Élodie Villovitch portait au poignet droit un lourd bracelet métallique dont les reflets gorge-de-pigeon m'aveuglaient à intervalles réguliers. Je lui demandai de lire le texte avec le secret espoir qu'elle redresse son buste avachi et croise les mains sur ses genoux. Peine perdue, elle enserra la feuille entre ses avant-bras et commença la lecture d'une voix morne. Au bout du premier paragraphe, elle me regarda avec ses grands yeux de lémurien pour savoir si elle devait continuer ou non. Elle poursuivit docilement après mon hochement de tête. Son visage avait cette expression de résignation maussade qu'ont les caissières obligées de travailler le dimanche.

Mon dos épousait l'angle de la salle, une épaule contre chaque mur. J'avais enroulé les photocopies restantes comme une longue-vue, ce qui me fit penser sur-le-champ à l'infirmière maghrébine, à sa silhouette menue, s'éloignant avec sa feuille de température. La ressemblance de Nora avec la voisine d'Élodie, Rislane Baroui, accentuait l'analogie. Je songeai à un vague air de famille. Une sœur plus jeune ? Une cousine peut-être ? Je trouvais que Nora

Baroui sonnait bien, comme une adéquation incontestable entre une personne et sa désignation.

— Rislane, continuez, s'il vous plaît !

Ses sourcils s'élevèrent presque jusqu'à toucher ses cheveux pour vérifier si ma voix s'adressait vraiment à elle, s'il n'y avait pas eu erreur sur la personne. Rassurée par mon signe de tête et par le coup de coude discret de sa voisine, elle commença à lire.

— « Il croit à la consubstantion... »

— Consubstantiation, Rislane, reprenez.

— « Il croit à la consubstantiation : son culte, quoique différent du premier, ne scandalise cependant pas le catholique, qui est un homme très charitable... »

Je souris involontairement, non seulement de cette différenciation naïve entre un luthérien et un catholique, mais surtout de cette rhétorique en sucre énoncée sur un ton angélique par une jeune fille musulmane en vêtements de jogging. Pendant qu'elle lisait, je me rendis compte qu'Apolline Brossard m'observait avec curiosité. Il y avait chez cette élève quelque chose qui m'avait dérangé dès le premier cours, comme une lubricité froide alliée à de l'espièglerie qui n'attendait qu'une occasion pour se manifester.

— Continuez, Apolline !

Le premier élan de surprise passé, elle se racla la gorge avec un rictus sardonique.

— Je suis vraiment obligée de lire ? me demanda-t-elle sur le même ton de familiarité qu'elle aurait employé pour me demander si je voulais bien l'emmener au cinéma samedi soir.

Je l'ai regardée avec insistance, pour lui montrer que je la tenais personnellement responsable de cette question idiote. Elle resta d'une immobilité granitique, manifestant par son absence de mouvement l'attente d'une réponse qu'elle était en droit d'obtenir. À l'évidence, elle était en train de me jouer une scène bien rodée de son répertoire de la contestation. La façon hargneuse dont Sandrine Botella l'observait indiquait sans ambiguïté une rivalité féminine concernant la maîtrise de l'agit-prop au sein de la classe de quatrième F.

— Je n'en sais rien. Franchement, répondis-je.

Déconcertée par ma réponse, elle rougit sans cesser de me fixer.

— Y a-t-il quelque chose qui vous en empêche ?

— Je n'aime pas lire en public.

— Vous êtes timide ?

— C'est ça. Je suis timide.

— Dans ce cas... qui veut lire ?

Pendant que la question était en train de flotter au-dessus de leur tête, je me sentis étrangement détaché, solitaire. Les traits de mon visage commençaient à prendre un petit air satisfait, reflétant de mauvaises pensées.

— Puisque personne ne veut se dévouer, allons-y ! dit Sandrine Botella en jetant un regard méprisant à sa consœur. « Plus loin est le moulin d'un quaker : c'est le pacificateur du canton ; ses bons avis et ses lumières ont été infiniment utiles à ses voisins... »

Elle déclama le texte d'un ton cassant, belliqueux, en détachant les syllabes, comme si elle les catapultait hors de sa bouche afin de blesser quelqu'un. Sa voix s'éteignit sur les derniers mots du texte à la manière d'un effet de *fading* à la fin d'un morceau de musique. Elle leva les yeux vers moi et chercha pendant quelques secondes sur mon visage quelques signes qui lui assureraient une sympathie provisoire qu'elle aurait tout loisir de rejeter ensuite.

On frappa à la porte. Brice Toutain, qui était le plus près de la porte, se leva pour ouvrir. D'un signe de la main, je lui signifiai de se rasseoir. Un voile d'inquiétude passa sur les visages. Tous se tassèrent dans leurs sièges. Maxime Horvenneau interrogea du regard Sylvain Ginzburger qui haussa les épaules en retour. Cécile Montalembert s'agitait nerveusement sur sa chaise alors que son voisin arborait un sourire figé proche de l'imbécillité. Son regard était braqué sur les branches du marronnier dont les reflets faisaient des taches sur son visage.

Je restai debout les bras croisés, essayant de donner l'image d'un homme impassible, réticent envers toute marque d'impulsion hasardeuse. Tous les regards convergeaient vers moi. Je pris appui sur un coin du bureau et détachai ma montre de mon poignet. Une voix qui paraissait sortir de ma poitrine prononça : « Entrez ! »

Clara Sorman apparut, tout du moins l'idée que j'avais eue de Clara Sorman avant les vacances, suivie de Poncin qui la poussait devant lui, la main sur son épaule droite.

8

— Une dizaine de coups de cutter portés au visage. Une chance, les yeux n'ont pas été atteints, dit Poncin. Avez-vous remarqué qu'elle portait une écharpe ?

Il parlait à voix basse, mais d'un ton assuré. J'observais ses lèvres qui s'entrouvraient lorsqu'il parlait et qui se rejoignaient pour former une ligne molle entre chaque mot. Je remarquai également l'iris vert de ses yeux pour la première fois. Il était piqueté d'un cercle de minuscules taches jaunes sur un fond cireux. Le cholestérol, sans doute.

— Je ne m'en souviens plus, ai-je répondu en respirant avec difficulté. Ce sont les pansements sur son visage qui m'ont tout de suite frappé. Je ne m'attendais pas à ça.

— Je comprends... elle porte une écharpe à cause des traces de doigts autour du cou. On lui a maintenu le cou par-derrière... mais ce n'était pas un étranglement avec l'intention de tuer... c'est ce que m'a expliqué la police. Clara est muette depuis l'agression. Elle est restée prostrée dans le commissariat. Elle ne donne aucun nom, elle ne veut reconnaître personne et ne se souvient de rien. Il paraît que c'est tout à fait normal après ce genre d'événement. À cause de la drogue surtout... un narcotique très puissant.

Il se mit à tripoter un épais dossier de carton jaune qu'il tenait dans ses mains et qu'il ne cessait de retourner nerveusement sur ses genoux. La transpiration fonçait la racine de ses cheveux et trempait le pourtour du col de sa chemise. La lumière d'un soleil printanier filtrait au travers des persiennes à peine entrouvertes et éclairait une galaxie de particules de poussières qui flottaient dans l'air. Il m'avait convoqué à la récréation de dix heures et quart pour m'expliquer ce qui était arrivé à Clara le vendredi soir de la première semaine des vacances scolaires. La police lui avait téléphoné le lendemain matin à la première heure et l'avait gardé dans ses locaux jusqu'à midi.

Clara rentrait à pied d'une soirée chez des amies d'enfance, vers vingt-trois heures, lorsqu'elle avait été agressée. Trois individus de sa taille qui portaient des masques de carnaval. Elle n'avait pu indiquer ni la taille approximative, ni le sexe, ni la tenue vestimentaire des agresseurs. Elle avait été retrouvée en état de choc deux heures plus tard par un groupe d'étudiants revenant d'une boîte de nuit. Ces derniers l'avaient aussitôt amenée à la gendarmerie. Elle tenait entre ses mains son visage profondément entaillé comme si elle avait voulu empêcher une hémorragie. Elle poussait des petits cris de douleur étouffés. À cause du froid, des caillots de sang avaient commencé à se former entre ses doigts.

— A-t-elle été droguée ?

— Le rapport des médecins qui l'ont pris en charge mentionne une absorption de GHB, une nouvelle drogue sur le marché depuis peu de temps, appelée également « la drogue des violeurs ». Vous en avez peut-être entendu parler ?

— Mes connaissances concernant les drogues sont très limitées.

On entendait des cris d'élèves et des bruits de poursuite dans les escaliers. Poncin poussa un soupir de connaisseur. Il me regarda comme si je ne vivais pas dans le même espace-temps que lui, comme si j'étais détenteur d'un savoir poussiéreux totalement inadapté aux froides exigences de ce monde dont il avait compris, lui, l'insondable complexité.

— On l'appelle également « liquid ecstasy ». C'est une substance utilisée pour les anesthésies. Le nom scientifique est « gammahydroxybutyrate de sodium ».

Il marqua un court temps d'arrêt, posa sa main gauche au sommet d'une rame de papier-machine, son pouce décrivant une curieuse ligne droite, comme s'il voulait tâter la qualité du papier et découvrir un défaut sur la surface lisse.

— J'adore connaître le nom scientifique des choses, ajouta-t-il.

Ses traits, qui semblaient s'être dirigés vers le centre de son visage sous l'effet de la concentration, lui donnaient un air narquois et vaguement hostile. Un cauchemar vivant d'intégrité et de suffisance.

— Le produit existe en poudre ou en granulés, poursuivit-il, destiné à être versé dans une boisson. Son effet est très rapide. Il a la propriété de faire oublier à la victime ce qu'elle a été « chimiquement » contrainte de faire à l'instigation de ses agresseurs. Un peu comme le Rohypnol il y a quelques années. Il paraît que dans certains bars américains, des affiches incitent les consommateurs à toujours garder leur verre à la main. En Colombie, c'est un véritable fléau national. Le produit peut être injecté par le fond des canettes de n'importe quelle bouteille de soda de telle façon que celles-ci semblent intactes quand la victime les décapsule. Ce sont souvent des femmes ou des couples de touristes qui sont drogués à leur insu afin d'obtenir, avec leur accord apparent, soit de l'argent, soit des rapports sexuels, vous pouvez imaginer ce que vous voulez...

— Une modification testamentaire, par exemple.

— Vous commencez à comprendre. Il est probable que Clara, après avoir bu quelques verres avec du GHB, ait été entraînée quelque part où certaines personnes l'attendaient.

— La police a-t-elle interrogé les personnes présentes avec elles ?

— Toutes sans exception.

— Il n'y avait pas un seul garçon ?

— Uniquement des filles.

— Des amies d'enfance ? Aucune amie... récente ?

— Si. Trois filles de quatrième F qui ne sont arrivées, d'après les témoignages, qu'à la fin de la soirée. Un témoin a même spécifié qu'elles étaient légèrement ivres et ont tenu des propos plus ou moins incohérents.

Nous sommes restés silencieux quelques secondes. Poncin attendait *la* question, guettant son énonciation avec une pose au raffinement exagéré, le doigt tendu sous le nez en forme de moustache et le bras gauche axé perpendiculairement à son bras de fauteuil. Je fis un effort considérable pour conserver une voix placide et paraître à l'aise.

Le téléphone sonna. Poncin le regarda avec une expression de dédain directorial, insinuant que les véritables gens de pouvoir ne se rabaissaient pas à répondre au téléphone. Il finit par le décrocher la mort dans l'âme en donnant l'impression de le protéger de son corps. Il parla pendant une demi-minute par monosyllabes en effectuant des quarts de tour rageurs sur son fauteuil amovible. Il raccrocha le combiné puis joignit ses doigts en forme de pagode.

— J'ai l'impression que les voix me parviennent dans un crachouillis de plus en plus affreux, dit-il. C'est très désagréable. La région est réputée pour héberger un nombre excessif de téléphones portables...

— Quelles étaient les trois filles de quatrième F à cette soirée ?

Il me regarda, bouche ouverte, comme s'il

venait de se rendre soudain compte de ma présence.

— Estelle Bodart, Apolline Brossard et Mathilde Vandevoorde.

— Y avait-il quelqu'un avec Clara lorsqu'elle a quitté la soirée ?

— Elles sont reparties toutes les quatre ensemble.

Le collège n'était pas un endroit qui favorisait les relations mais il y avait un collègue en particulier avec qui j'avais eu, depuis mon arrivée, une vague relation d'amitié. Jean-Paul Accetto était prof de maths depuis trente ans dans l'établissement et, à cinq ans de la retraite, il avait cette particularité d'être le seul parmi les anciens à ne pas évoquer les élèves en employant des termes péjoratifs. La négation des enfants représentait l'un des symptômes de la mentalité professorale à mesure que l'ancienneté et la routine prenaient le pas sur la remise en question. Ces hommes et femmes étaient pourtant parvenus à une parfaite maîtrise didactique. C'étaient des gens équilibrés, pondérés, raisonnables, respectés de tous. Les traces d'impulsivité et d'instabilité avaient peu à peu disparu au fil des années. Mais les élèves restaient un problème, ces petits salauds qui ne respectaient rien et surtout pas ces gens vieillissants en face d'eux qui avaient l'impression que plus ils prenaient de l'âge, plus le monde entrait dans un processus de décadence irréversible.

Lorsque Jean-Paul Accetto parlait d'un cas difficile, il répandait autour de lui cette magnanimité de père supérieur que son apparence désordonnée récusait. Ce n'était pas seulement que ses vêtements lui allaient mal mais certains éléments semblaient déplacés par rapport à certains autres, ou bien ils juraient entre eux. Le bas d'une jambe de pantalon était rentré dans sa chaussette par exemple ou alors sa chemise était fermée de travers à partir du haut, avec le bouton A dans la boutonnière B et ainsi de suite jusqu'à sa boucle de ceinture. Il compensait une maigreur de chimiothérapie par une barbe luxuriante qu'il ne taillait jamais, reliée à une chevelure bouclée étonnamment juvénile. Rien n'indiquait pourtant dans cette bonhomie d'animateur socio-culturel une ascèse particulière ou une quelconque rectitude éthique.

Jean-Paul passait ses week-ends à étudier la sociologie politique et avait été l'auteur une quinzaine d'années auparavant d'un ouvrage consacré à l'histoire des génocides. Le livre avait fait beaucoup de bruit à l'époque dans les milieux universitaires. Il expliquait notamment que la notion de génocide ne s'appliquait qu'aux groupes nationaux, ethniques, raciaux et religieux et qu'il était difficile de l'utiliser pour certains crimes de guerre où ces vecteurs n'apparaissaient pas. Il avait employé les termes de *politicide* pour qualifier les génocides à base politique et de *sociocide* pour ceux à base sociale en citant à l'appui l'exemple des communistes chinois et des Khmers rouges. Traité alors d'antisémite par les groupes d'étude sur l'Holocauste et de déviationniste par des agrégés d'histoire marxistes, il s'était depuis abstenu de toute publication.

Après l'entretien avec Poncin, il me restait cinq minutes avant que la deuxième partie de la matinée ne reprenne. J'avais une classe de sixième qui n'offrait aucun motif d'inquiétude, une de ces classes vers laquelle on se dirigeait sans arrière-pensée. En arrivant dans la salle des profs, Jean-Paul était en grande conversation avec Annick Spoerri, la directrice adjointe. Ils étaient assis à la table centrale, l'un en face de l'autre à la manière d'un patient attendant que l'infirmière lui prenne sa tension, un mélange d'abandon et de défiance.

La main de Jean-Paul reposait sur une grosse balle de plastique avec des bandes de couleur. Il donnait une impression de faiblesse, une faiblesse intentionnelle, pareille à certaines maladies défensives. Le visage incolore d'Annick Spoerri se leva vers moi avec un sourire forcé. Ses yeux derrière les verres épais de ses lunettes étaient fatigués. Elle me tendit une main molle que je pressai doucement de crainte de la broyer.

— C'est terrible ce qui est arrivé à cette pauvre Clara Sorman, dit-elle bouleversée. Nous étions justement en train d'en parler avec M. Accetto qui a eu les quatrièmes F l'année dernière.

Jean-Paul se redressa et acquiesça d'un signe de tête. Il se tourna vers moi et me regarda avec cet air de profonde lassitude indiquant sans ambiguïté que l'écouter parler serait fastidieux : de longues, d'énormes ponctuations de silence entre les phrases.

— Comment se comportaient-ils à l'époque ? demandai-je.

— Comme maintenant... je suppose. (Silence.) Ils avaient l'air tranquille, soumis. Personne n'a jamais su ce qu'ils avaient dans la tête... (silence), personne n'a jamais vraiment cherché à savoir non plus. C'était vraiment le genre... comment dire... (il réfléchit, un doigt posé sur la lèvre inférieure)... énigmatique.

— Ils sont sympathiques, dis-je.

— C'est vrai.

— Ils ont des qualités qu'on aime du premier coup. Ponctualité, calme, ordre, attention, vivacité. Ils n'ont pas l'ostentation désagréable que l'on peut trouver chez la plupart des pré-adolescents de nos jours.

— Je ne peux pas dire le contraire.

— Ils peuvent être aussi bizarres, déconcertants. J'ai l'impression qu'ils portent beaucoup de choses en eux.

— Que voulez-vous dire ? Quelles choses ? demanda brusquement Annick Spoerri en essayant de donner à ses questions l'apparence du détachement.

Je mis un certain temps à répondre. La phrase m'avait échappé. J'essayai de lui trouver un sens précis, incontestable. Annick, comme beaucoup de gens à l'esprit administratif, n'aimait pas tout ce qui entretenait des relations avec l'indétermination, le flou, le vaporeux.

— Je veux parler de choses collectives qui n'ont rien à voir avec un monde intérieur individualisé. Ils donnent l'impression de n'exister qu'ensemble, en groupe. C'est très troublant.

— Comme si la vie de chacun recevait sa lumière de celle des autres, poursuivit Jean-Paul avec un sourire de connivence. C'est de l'héliotropisme communautaire.

Annick Spoerri regarda ses ongles recouverts d'un vernis rouge vif. On aurait dit qu'ils lui racontaient quelque chose. Au bout d'une minute, elle m'apprit que la police les avait convoqués cet après-midi au commissariat chacun leur tour pour connaître leur emploi du temps pendant les vacances.

— Vous serez interrogé aussi, je suis désolée, je n'ai pas encore de date. Ils vous poseront des questions sur leur comportement, leur personnalité, etc. J'espère que vous vous montrerez moins... hermétique.

— J'ai du mal à parler d'eux autrement, m'excusai-je en levant la main droite. Après deux séances, je n'ai pas d'autres mots. Je sens des affects rigides, des énergies contradictoires, mais rien de vraiment précis.

Elle se mit debout en se dépliant avec lenteur puis traversa la salle à toute vitesse. Jean-Paul se leva également et me prit par le bras pour m'entraîner à l'écart. Son sourire se figea.

— Ces gosses sont bizarres, Pierre. Personne depuis la sixième n'a réussi à trouver pourquoi. Si tu interroges les profs qui ont eu affaire à eux, tu te rendras compte qu'ils baissent la tête, commencent à être évasifs et te font bien comprendre que c'est toi qui es tordu. Ils ont peur ! ils sont terrorisés ! J'ai eu peur moi aussi, j'avais tout le temps l'impression qu'ils cherchaient à me prévenir de quelque chose !

— De quoi ?

— On ne peut pas savoir ! C'est ça qui était très perturbant, pour moi, de ne pas savoir, cet air chargé de menaces en permanence, cette sensation d'être toujours à mon désavantage dès que je leur faisais face, dès que je leur demandais d'exprimer une simple opinion.

Il s'arrêta et jeta un regard de côté pour vérifier que personne ne nous avait écoutés.

— Ne lâche rien, surtout, chuchota-t-il tout doucement en se penchant vers moi.

Son haleine sentait légèrement mauvais.

Je fus convoqué le mercredi au commissariat. L'inspecteur qui m'interrogea était très jeune, avec un visage impassible, un vrai visage de fanatique. Son bureau était rangé de manière si méticuleuse qu'on aurait dit une pièce témoin dans un magasin de meubles à prix réduits. Un éclairage d'une phosphorescence laiteuse balayait obliquement les planches disjointes du parquet. Des classeurs métalliques projetaient des ombres monotones dans les coins.

Il buvait un espresso tous les quarts d'heure auquel il ajoutait trois cuillerées de sucre tout en s'écoutant parler. Comme tous les intoxiqués du monologue, il semblait totalement dépourvu de curiosité à l'égard d'autrui en dehors d'un strict intérêt professionnel. On sentait chez lui une vie solide, bien construite, peut-être pas très heureuse mais agréable. J'étais persuadé qu'il achetait ses livres dans des marchés d'occasion. À côté de l'énergie qu'il déployait en m'interrogeant, je me fis l'effet de quelqu'un qui sort d'une longue dépression.

Depuis trois quarts d'heure, il me parlait de mes élèves avec une sorte d'exaltation inquiétante. J'avais l'impression qu'il tenait à me prouver qu'il les connaissait mieux que moi. Il ne me regardait presque jamais, comme s'il n'avait pas le temps. Depuis deux jours, il avait recoupé leur emploi du temps, appelé les familles pour confirmation et établi un organigramme précis où apparaissaient déjà des suspects. Des dizaines de Post-it étaient collés sur son bureau avec des noms qui m'étaient familiers.

— Et vous, que faisiez-vous ce vendredi ?

— Je suis allé chercher ma sœur à l'aéroport. Nous avons passé la soirée ensemble puis elle est restée dormir chez moi. Elle est repartie à huit heures du matin.

— Elle a passé la nuit chez vous ?

— Oui, pourquoi ?

Il abaissa brusquement les coins de sa bouche en une mimique de fausse consternation puis but une gorgée de café.

— C'est vérifiable ?

— Vous pouvez l'appeler, si vous voulez.

— Son nom ?

— Léonore Beaumont.

— Elle ne s'appelle pas Hoffman, comme vous ?

— Disons qu'entre-temps, depuis qu'on se connaît, elle s'est mariée. Je vous note son téléphone ?

Il avança vers moi un bloc avec un stylo.

— Je vous fais confiance. C'est plutôt rare un type qui passe une soirée avec sa sœur. Surtout à votre âge, on a une famille, des enfants.

— Ni ma sœur ni moi n'avons d'enfants. De plus, nous sommes très liés.

Sa voix perdit sa neutralité de fonctionnaire au profit d'un ton interrogatif, presque sincère. Je crus déceler une trace d'accent belge.

— Ça ne vous manque pas ?

— Qu'est-ce qui ne me manque pas ?

— D'avoir des enfants.

— C'est très exaltant d'être sans descendance.

Il se tut pour la première fois. Il avait cette hébétude caractéristique des gens qui viennent de se rendre compte qu'une vie était possible en dehors du sens commun avec lequel ils avaient pris l'habitude de considérer la leur. Il parut connaître un de ces moments de panique où l'on récapitule les chemins que l'on a suivis sans s'être jamais posé la moindre question. J'eus presque envie de m'excuser. Le fait de vivre seul donne parfois une puissance perverse, une espèce de joie païenne dans les rapports avec autrui.

Ses yeux se posèrent alors sur la photo d'une

jeune femme blonde avec des tresses qui tenait un yorkshire dans ses bras. Il baissa la tête en un geste de profonde satisfaction. Des bulles de salive se formèrent aux coins de ses lèvres. Puis il toussa pour s'éclaircir la voix et tendit vers le bureau sa poitrine dissymétrique où les côtes formaient des nodosités sous la chemise. Une artère battait doucement entre les tendons de son cou.

— Résumons les premiers éléments de l'enquête, si vous le voulez bien.

— Je vous en prie.

— La plupart des élèves sont partis à la neige la deuxième semaine des vacances à part cinq que nous pouvons d'ores et déjà mettre hors du coup : Pierre Lamérand, Maxime Horvenneau, Guillaume Durosoy, Raphaël Leborgne et Sandrine Botella...

— Sandrine Botella, vous avez dit ?

— Oui, pourquoi ? Il y a un problème ?

— Non, aucun, continuez.

Je m'avachis sur mon siège, regardant le pouce de l'inspecteur feuilleter une liasse de bristols, ses cheveux bruns irrégulièrement coupés comme ceux d'un guitariste des sixties, ses yeux clairs enfoncés dans un visage étroit et ferme.

— Vingt-trois fiches au total. Moins cinq, donc... dix-huit suspects dont il faut retirer Richard Da Costa, Isabelle Marottin, Franck Menessier, Sylvain Ginzburger, Sébastien Amblard et Laurence Guiblin qui regardaient tous la télé avec leur famille... Rislane Baroui partie danser à *La Grange* et formellement reconnue par trois témoins oculaires, Brice Toutain et Karim Chaïb tous les deux à Paris chez des copains (confirmés par les amis et parents). Neuf personnes en tout. Il reste neuf personnes parmi lesquelles Estelle Bodart, Apolline Brossard et Mathilde Vandevoorde qui raccompagnaient la victime et qui prétendent l'avoir quittée cinq minutes plus tard, près du monument aux morts... J'ai convoqué les parents hier qui m'ont tous dit avoir entendu leur fille rentrer vers onze heures et demie. Celles présentes à la soirée ont déclaré qu'elles avaient quitté les lieux avec Clara vers onze heures moins dix. Mais... évidemment, de onze heures moins dix à onze heures trente, on a le temps d'agresser quelqu'un.

— Évidemment.

— Vous avez une objection ?

— Du tout. Où habitent-elles ?

— À environ trente minutes à pied de l'endroit où elles ont passé la soirée... en traînant un peu.

— Et les six autres personnes ?

— Kevin Durand et Mathieu Naudin disent qu'ils ont été au *Loch Ness*, une sorte de salle de jeux où ils sont restés jusqu'à la fermeture, à une heure du matin. Le patron ne se souvient pas les avoir vus. Il paraît que le vendredi soir, la salle est toujours bourrée à craquer et qu'il n'est pas évident de se souvenir de gamins en particulier.

— Et les quatre autres ?

— Les quatre autres : Cécile Montalembert, Julie Grancher, Dimitri Corto et Élodie Villovitch sont en fait... deux couples.

— Qui est avec qui ?

Il marqua une pause et poussa un soupir. Sa main se porta à son visage moite puis il s'empara d'un verre sur son bureau et l'appliqua sur son front à la manière d'une compresse.

— Cécile Montalembert et Julie Grancher, murmura-t-il presque, comme s'il me livrait un secret compromettant. Dimitri Corto et Élodie Villovitch.

Il prit ensuite une bouteille d'eau minérale parfumée au citron qui traînait sur son bureau et en but lentement le contenu. Sa pomme d'Adam avait un mouvement presque angoissé. J'attendis ses explications. Il déglutit, les doigts entrelacés sur la table, tellement serrés que ses jointures étaient blanches.

— Cécile Montalembert a passé la soirée chez Julie Grancher, reprit-il. Ses parents étaient sortis manger chez des amis et ils ne sont revenus que vers deux heures du matin. Ils m'ont dit que lorsqu'ils sont rentrés... (pause) Cécile et Julie dormaient. Il n'y a malheureusement aucun moyen de vérifier ce qu'elles ont fait pendant cette soirée puisqu'elles ont déclaré être restées toutes les deux à la maison.

Il se tut et resta la tête droite, le regard perdu au-dessus de mon épaule droite.

— L'homosexualité n'est plus un délit puni par la loi ? demandai-je.

Il me dévisagea comme si je venais de perdre la raison.

— Bien sûr que non, bien qu'elles soient mineures. Mais le problème n'est pas là... vous laisseriez, vous, votre fille dormir chez vous avec une autre fille... dans son lit ? Répondez-moi, franchement.

— Bien sûr que non.

— Vous voyez.

Il accueillit ma réponse avec un sourire que je ne sus comment interpréter. Je me comportais comme toutes les personnes un peu paranoïaques lorsqu'on me posait une question qui impliquait un certain engagement moral : j'avais tendance à répondre dans le sens que la personne attendait.

— Il y a un aspect de l'affaire que nous n'avons pas encore abordé, dis-je.

— Ah, oui ! Lequel ?

Il se leva et se mit à arpenter la pièce, les mains dans les poches, les yeux au sol, puis il les leva au plafond comme s'il cherchait mentalement l'endroit précis du dossier qui lui aurait échappé.

— Pourquoi le coupable serait-il quelqu'un de la classe ? Clara est peut-être tout simplement tombée sur un sadique. La région n'en produit pas une quantité industrielle mais on ne peut écarter cette hypothèse. Vous n'êtes pas sans savoir que Clara n'est pas précisément sainte Thérèse de Lisieux ?

— Je suis au courant. J'ai reçu les parents.

— Alors ?

Ses doigts minces se sont mis à tambouriner sur le dessus de son bureau avec un phrasé exaspérant. Il se renversa en arrière sur son siège, prit une profonde inspiration et, plongeant d'un seul coup la main sans regarder dans un tiroir de son bureau, il en sortit une enveloppe en papier kraft qu'il me tendit. Je la pris et l'ouvris sur mes genoux. Elle contenait uniquement un cliché, une photo de classe avec son grain si particulier. Au verso de la photo, on avait griffonné quelques lignes au crayon, d'une écriture haute et précipitée : Mme Recollet — CM2 — 15 septembre 19... (le chiffre des dizaines était effacé) — École Maurice-Nadeau — Jaillan-la-Forêt — BODART ESTELLE (le nom en capitales était souligné trois fois à traits brusques) ; puis la signature : Françoise Recollet.

Je retournai deux fois la photo entre mes mains, puis relevai les yeux vers l'inspecteur qui me regardait d'un air faussement candide, comme si le cliché avait été pris dans un night-club échangiste et que j'y figurais en tenue exotique. J'ai ensuite jeté l'enveloppe et le cliché sur le bureau. Il a pris la photo entre ses doigts en la faisant pivoter comme on fait miroiter un billet de cent francs à un clochard. Il est resté silencieux un instant, puis a demandé d'un ton neutre.

— Vous les connaissez, je suppose ?

— Je suppose qu'il y a un message.

Il se leva violemment. Sa chaise bascula derrière lui. Debout, appuyé sur le bureau de ses doigts écartés, il eut un sourire de psychopathe en conflit avec lui-même. Il me tendit la photo à nouveau avec un geste insistant.

— Vous commencez à me faire chier, Hoffman, avec votre air supérieur de petit prof de province. Regardez simplement cette photo et dites-moi ce que vous voyez !

Des petites rides de tension saillirent autour de

sa bouche et de ses yeux, le battement de ses tempes annonçait un rapport de forces dans lequel je n'étais pas du tout sûr d'avoir l'avantage. Je lui repris la photo des mains.

— Je dirais que cette photo représente la quatrième F presque au complet à un âge d'avant le collège. Elle a été prise un an avant que j'arrive dans la région.

— En effet.

— Je suppose que je dois me montrer surpris par le fait que de la CM2 à la quatrième, ils soient toujours restés ensemble.

— Il n'y a aucune explication. Les parents que j'ai rencontrés m'ont affirmé que pour eux, il y avait quelque chose de naturel là-dedans, que leur enfant serait profondément déséquilibré s'il en était autrement.

— Quels sont les représentants des parents d'élèves ?

— La mère de Dimitri Corto et le père d'Apolline Brossard.

— Je suppose qu'ils ont toujours fait pression sur le directeur pour qu'il en soit ainsi.

— C'est ce que M. Poncin m'a répondu quand je lui ai posé la question.

— Comment a-t-il réagi à ce moment-là ?

— Je l'ai senti mal à l'aise.

— C'est tout ?

— C'est tout, oui... il a juste ajouté que le public extrascolaire ne s'imaginait pas à quel point les parents d'élèves exerçaient une véritable dictature au sein des établissements du premier cycle.

D'après lui, ça se calmait un peu au lycée... les parents devaient estimer que leurs gosses étaient presque adultes. Donc, s'ils avaient décidé d'une chose et qu'ils n'étaient pas satisfaits, ils allaient directement au rectorat qui la leur accordait dans 90 % des cas. Il m'a bien fait comprendre que s'opposer au fait que les parents souhaitent que leurs enfants soient toujours dans la même classe depuis le CP ne servait à rien. Ils auraient de toute façon eu gain de cause. Une sorte de république bananière, si vous voulez, avec ses codes et ses lois qui ne supportent aucun interventionnisme... vous ne remarquez rien d'autre ?

J'avais évidemment remarqué le contraste saisissant entre cette photo et celle de la rentrée scolaire de quatrième. La confiance, la crédulité, la quiétude sur la première ; l'angoisse, l'effondrement du regard, la disparition d'une aura énigmatique sur la seconde. En quatre ans, ils étaient devenus terriblement *réels*.

L'inspecteur ramassa sa chaise, la tira vers moi et l'enfourcha comme une chanteuse de beuglant dans le Berlin des années 20. La proximité soudaine de sa présence dirigea sur la photo une lumière de salle d'opération. Il se gratta l'arrière du crâne. C'était un geste qu'il avait l'habitude de faire depuis le début de l'entretien lorsqu'il voulait m'adresser des signes d'impatience. Il se dégagea soudain de lui une impression de tranquille aptitude à la torture mentale. Je le sentais très excité. Ce n'était pas la banale pulsion homosexuelle née du rapprochement de nos deux transpirations ; non, c'était plutôt l'excitation ordinaire du praticien de l'ordre que j'associais au refoulement procuré par les nombreuses soirées sédatives passées en famille. Je n'étais pas très tranquille.

— Pourquoi y a-t-il une croix blanche au-dessus de la tête de l'institutrice ainsi que sur celle de l'enfant avec des lunettes rondes au centre ? demandai-je pour faire diversion.

— Ils sont morts.

— Quand ?

— L'année suivante. L'institutrice s'est suicidée en se jetant sous un train. Rien n'a jamais pu expliquer son geste. Aucune lettre, aucun antécédent en matière de déséquilibre psychique ; elle venait de se marier et d'acheter une maison. Quant à l'enfant, il a disparu pendant deux mois et la thèse de la fugue a été retenue jusqu'à ce que des vacanciers retrouvent son corps dans un bunker de la côte normande. Un inspecteur du commissariat d'Arromanches vient de m'envoyer le rapport de l'époque. La bouche était fermée avec du sparadrap. Près du corps était posée une scie égoïne. Le rapport d'autopsie précise que l'enfant a mis beaucoup de temps avant de mourir.

— C'est horrible.

— C'est ce que j'ai pensé quand je l'ai lu dans le détail. Le coupable n'a jamais été retrouvé. L'affaire a été classée sans suite. Il y a cependant des similitudes frappantes entre cette double disparition et le suicide de leur prof d'histoire-géo suivi de l'agression de la petite Sorman... je suis persuadé que c'était un avertissement ; elle serait déjà morte sans ça... mais je ne peux rien prouver. Pour répondre à votre objection initiale, je ne crois pas que les agresseurs de Clara Sorman soient extérieurs à l'histoire de cette classe.

9

En sortant du commissariat, je me suis rendu au parc municipal qui le jouxtait pour reprendre mes esprits. J'avais terriblement mal dans la poitrine quand je respirais. Un banc était libre. Je tentai de trouver une place entre les fientes d'oiseaux pour mieux réfléchir aux événements qui s'étaient déroulés depuis deux jours. À cette heure de l'après-midi, la température commençait à baisser, le ciel était blanc et opaque avec une brume nuageuse. La lumière était uniforme, sans jeux d'ombre.

Un jeune type avec un catogan et un bouc taillé en pointe s'arrêta pour me demander l'heure. Je la lui donnai, non sans lui avoir au préalable désigné de la main l'énorme pendule, sur le mur de la mairie en face. Il me demanda si j'allais parfois au *Marino*, un bar gay situé un peu à l'extérieur de la ville. Je lui répondis que non, que je sortais assez peu et surtout pas dans des bars homosexuels. Il continua son chemin en levant les yeux au ciel. Je me suis laissé basculer en arrière, les bras en croix.

En regardant jouer des enfants accompagnés par leurs parents, je revis nettement la scène de l'apparition de Clara avec son visage bandé et sa démarche hésitante. Poncin, en la poussant devant lui avec un petit mot d'encouragement à l'oreille, m'avait adressé un signe de tête dont la signification n'était toujours pas claire dans mon esprit. J'eus l'impression, sans en être certain, qu'en la faisant avancer vers moi et en se reculant à proportion qu'elle s'éloignait de lui, il souhaitait se débarrasser d'un problème de conscience.

Elle tenait un billet de retard qu'elle m'avait tendu après s'être excusée d'une voix sans timbre. Elle était allée s'asseoir à côté de Sandrine Botella dont le teint livide m'avait fait craindre un instant qu'elle ne s'évanouisse. Elle était comme gelée sur sa chaise. Ses mains restaient figées sur la table, son intensité habituelle s'était assombrie en une émotion attristée qui avait nimbé, un bref instant, son visage. Elle restait le buste bien droit, le regard fixé sur un point du mur au-dessus du tableau.

Les autres attendaient la suite du cours dans un silence de cathédrale. Apolline Brossard tirait sur son chewing-gum et l'enroulait autour de son index. Je ne me sentais pas la force de lui dire de le jeter dans la poubelle. Je lus dans ses yeux qu'elle le savait, ce qui donnait à sa provocation un aspect pénible. Mathilde Vandevoorde, qui était placée juste derrière Clara, avait frissonné un peu trop théâtralement pour parvenir à vraiment donner cette impression de réussite qui est au centre de toute opération de camouflage rigoureuse. Les grands yeux sombres d'Estelle Bodart exprimaient une dimension intérieure particulière, quelque chose de contrit, mais sans trace de remords. Elle avait un visage dur avec au centre une bouche en extension, large et sensuelle, un peu vulgaire selon la lumière. Elle ressemblait à une enfant qui a tout le temps peur d'être punie.

Clara avait sorti ses affaires sans me regarder. Lorsqu'elle a levé les yeux vers moi, son visage parsemé de pansements était empreint d'une insoutenable émotion tragique. J'avais détourné les yeux vers mon bureau, pris une photocopie et la lui avais donnée sans rien dire.

— Où en étions-nous ? avais-je demandé à la ronde sans espérer de réponse.

— Je venais de terminer de lire le texte, avait répondu Sandrine Botella, le regard toujours fixé devant elle.

— J'aimerais que vous preniez votre cahier de brouillon et que vous releviez dans le texte les expressions qui illustrent l'esprit de tolérance sur lequel insiste l'auteur. Je vous laisse dix minutes. Quelqu'un viendra ensuite au tableau.

Ils avaient sorti leur cahier de mauvaise grâce. Je m'étais mis au fond de la classe, près de la fenêtre. Pendant ces dix minutes, je ne pouvais m'empêcher de regarder les dos inclinés de Clara et de sa voisine. Sandrine Botella s'était rapprochée de Clara en avançant son coude gauche et lui parlait avec des mouvements renfrognés tout en jetant parfois des petits coups d'œil dans ma direction. Je pouvais l'entendre gronder dans sa gorge, mais rien n'apparaissait sur son visage qui puisse ressembler à de la compassion. À ce moment-là, il m'aurait été difficile de concevoir que pareille opacité dans le comportement général des élèves n'était que le prolongement prévisible de rituels auxquels je n'aurais jamais accès.

Cette fois-ci, avais-je pensé pendant que l'ensemble des élèves étaient penchés sur leur cahier, je me trouvais devant un vrai problème qui se résumait au degré d'implication morale que ma vie allait devoir intégrer.

Situé par indifférence à la périphérie de l'Éducation nationale, comme de la vie humaine en général, comme finalement de tout, je n'avais été que superficiellement atteint par les petites perversions locales qui s'étaient exercées à l'intérieur des établissements dans lesquels j'avais enseigné depuis le début de ma carrière. Au bout de dix ans d'ancienneté, je ne comptais plus les affaires de pédophilie passive (masturbation sous le bureau pendant les cours, emploi de langage douteux avec des enfants) et active (pelotages dans les couloirs obscurs assortis de propositions suggestives), de sadisme déguisé en pédagogie du rendement; tout cela entériné dans une salle des profs que l'on pouvait situer à mi-chemin entre le club de rencontres et la boîte échangiste.

Je m'étais toujours comporté comme ce que l'on appelait sous le nazisme les « émigrés de l'intérieur », ces gens qui travaillaient à l'intérieur du système mais qui ne se gênaient pas pour le critiquer avec la connivence de certains de ses collaborateurs les plus serviles. Désormais, je me retrouvais à l'épicentre d'une affaire que tout le monde connaissait depuis des années, sauf moi. Je pouvais continuer de simuler un intérêt pour la collectivité enseignante, ignorer les ombres, mais je ne pouvais plus m'empêcher de me demander ce que Capadis, l'institutrice et l'enfant à lunettes rondes avaient fait pour mériter ce qu'il leur était arrivé.

Les médecins avaient le secret médical, nous avions le secret professoral, l'un des mieux gardés de France. Sans ce secret, plus personne n'aurait voulu confier ses enfants à des adultes qui, fait remarquable et rarement mentionné, étaient en général beaucoup plus déséquilibrés que dans la plupart des autres professions. En comparaison, les pré-adolescents que j'avais devant moi me paraissaient presque sains. Ils avaient cependant une particularité très troublante : la plupart des enfants supportaient le monde que les adultes avaient construit pour eux, ils essayaient de s'y adapter de leur mieux; par la suite, en général, ils le reproduisaient. On devinait en observant la quatrième F qu'ils n'avaient pas l'intention de suivre cette voie. Ils avaient choisi quelque chose de beaucoup plus catastrophique que je n'arrivais toujours pas à formaliser. Quelque chose qui avait à voir avec le secret, la jalousie territoriale de l'enfance et l'expulsion sommaire de toute altérité.

Lorsque les dix minutes furent écoulées, j'avais demandé à Dimitri Corto d'aller au tableau. Il avait levé lentement sa silhouette maigre et avachie, et emporté son cahier. Au moment où il avait frôlé la table de Clara Sorman, celle-ci avait haussé la tête vers lui. Son visage exprimait un mélange de rancune et de contrainte gênée.

Avec son éternelle marinière, ses jeans extralarges, sa houppette et sa décontraction de mannequin californien, Dimitri plaisait énormément aux filles. Son statut de mâle dominant n'était contesté par personne au sein de la meute. Il était le porteur de la voix collective, le héros de la horde, contrôlant à la perfection les mécanismes de chaque événement. Son apparition sur la scène scolaire provoquait toujours une exultation assourdie dans l'assistance.

— Eh bien, euh, dans le texte on lit que le catholique ne se scandalise pas et qu'au besoin le quaker joue le rôle de pacificateur... le terme de « lumières » est associé à la personnalité du quaker...

La sonnerie vint interrompre le début de son exposé. Il s'inclina ironiquement comme un artiste de music-hall puis regagna sa place en gardant les yeux baissés. Au moment où tous s'apprêtaient à quitter la classe, je tentai de rattraper Clara qui était sortie avant tout le monde. Je courus presque jusqu'au bureau du conseiller d'éducation situé dans l'aile opposée à mon bâtiment. M'étant arrêté à bout de souffle, je l'avais soudain vue parmi un petit groupe de sixième qui marchait à grandes enjambées droit devant elle, les épaules ployées, la tête baissée. Je repris ma course. Lorsque je fus presque à sa hauteur, elle se retourna brusquement. Ses yeux étaient mouillés.

— Cessez de me suivre, dit-elle dans un murmure. (Ses yeux se plantèrent dans les miens.) Laissez-moi tranquille. Je n'aurais jamais dû m'adresser à vous.

— Je ne pense pas que vous vous soyez trompée.

— Je peux parfaitement m'être trompée.

— Au cimetière, vous paraissiez absolument certaine du danger. Qu'avez-vous cru ?

— C'est vous qui m'avez mise en danger. Ça fait partie de votre système, de fragiliser les gens pour qu'ils volent à votre secours. Trouvez quelqu'un d'autre !

Elle leva son petit poing à hauteur d'épaule, le bras replié, les yeux soudain écarquillés, et s'élança vers moi. Je reculai d'un pas. Elle laissa retomber son bras et baissa la tête un instant.

— Je suis désolée, je ne peux rien vous dire... c'est insupportable de penser à tout ça.

— Qui vous a fait ça ? Dites-le-moi... on vous protégera, l'inspecteur me l'a promis (je mentis). Vous n'irez jamais jusqu'au lycée si vous restez ici.

— Quel est l'objet de cette rencontre ? Il n'y en a pas. Cette conversation est idiote et... inutile, répondit-elle. Souvenez-vous de ce que je vous ai dit au cimetière : partez, démissionnez... vous êtes en danger.

Elle s'était éloignée en protégeant instinctivement son visage avec ses mains. Je restai pétrifié. J'entendis battre mon cœur, un staccato profond dans la poitrine, comme le bruit du sang qui afflue par l'aorte. Je me sentais affreusement coupable. Pour la première fois depuis des années, j'eus envie de pleurer. Je me répétais que rien ne pourrait réparer cette vie passée à éviter les miroirs et les apparitions en public.

Une femme s'est assise à côté de moi. Elle n'avait pas de jouet qui aurait pu laisser croire qu'elle était la mère d'un des enfants. Ses vêtements étaient négligés sans être sales. Elle avait des cheveux blond décoloré en torsades qui dissimulaient ses yeux, des joues creuses et des dents jaunes en partie recouvertes par les gencives. Souriant avec une béatitude de mystique, elle se tenait le dos droit penché en avant, les avant-bras posés sur les genoux et les paumes des mains vers le sol. Ses pieds, sanglés dans des chaussures de plage malgré le temps humide, indiquaient dix heures dix.

J'ignorais pourquoi mais cette femme me paraissait extrêmement heureuse. Elle était assise là comme quelqu'un qui ne voulait parler à personne, mais que la vue des enfants intéressait. Parfois, l'un d'entre eux tirait des cheveux, jetait du sable dans les yeux d'un autre ou hurlait en tournoyant autour du massif floral. La femme adressait alors un sourire très étrange à la mère comme si ce n'était ni à cette femme en particulier, ni à son enfant qu'elle songeait mais à une existence lointaine qu'elle avait menée ou qu'elle aurait voulu mener.

Après dix minutes de ce manège, elle a tourné les yeux vers moi sans se départir de son sourire. Je me suis levé brutalement comme si je venais d'émerger d'un rêve. J'avais envie de rentrer chez moi. C'était l'heure de la sortie des bureaux. Les gens par leur attitude plus décontractée créaient une sorte de topographie détendue, brisant les angles durs des rues et des façades. En traversant les rues, quelle que soit l'heure, je me méfiais toujours des voitures qui arrivaient par-derrière et qui semblaient être là uniquement pour me signifier que la ville fonctionnait suivant le principe de la provocation.

Il faisait un peu plus frais à présent. Je marchais en ligne droite en essayant d'oublier ma destination lorsqu'un groupe de garçons et de filles traversa la route à vingt mètres devant moi. Ils se dirigeaient vers le parc. Les passants qui les croisaient ne leur accordaient qu'un coup d'œil superficiel comme s'ils n'étaient qu'un spectacle transitoire et familier, celui d'une jeunesse tranquille qui ne leur volerait ni leur autoradio, ni leur sac à l'arraché dans un moment de désœuvrement. Je les suivis encore une centaine de mètres, sans essayer de les rattraper.

La circulation enflait de minute en minute. Le bruit d'un pot d'échappement éclata, un peu en retrait de leur groupe. Un des garçons ainsi que l'une des filles se retournèrent presque en même temps. Je m'arrêtai sur place en détournant la tête. Je venais de reconnaître Dimitri Corto et les joues blanchies par la gaze de Clara Sorman.

10

Le groupe ne m'avait accordé aucune attention. C'était pour moi une question d'habitude. Je connaissais peu de monde depuis que j'étais arrivé dans le coin. L'anonymat dans lequel je vivais hors du collège avait établi malgré moi une relation particulière avec la région. À quelques exceptions près, les élèves que j'avais eus au cours des années précédentes feignaient de m'ignorer quand je tombais sur l'un d'eux, comme s'ils venaient de se rendre compte que leur prof pouvait exister en chair et en os. Pour les élèves en général, il est difficile d'admettre qu'un enseignant possède une existence propre en dehors de sa salle de classe, d'où la difficulté d'habiter sur le lieu même de l'établissement.

Je m'éloignai du petit groupe dans une rue en sens opposé gardant toujours à l'esprit la certitude qu'ils ne pouvaient se diriger que vers le parc. Je sortis à l'autre bout de la rue, à l'endroit précis où les phares des voitures qui avançaient à peine, bloquées à l'arrêt avec leurs projections de lumière safranée, marquaient ma progression. J'accélérai le pas, de peur de les perdre. La lumière du jour finissant était de plus en plus orageuse. Depuis cinq heures, le ciel était compact comme de l'ardoise. Les oiseaux volaient si bas qu'il fallait faire attention de ne pas les heurter.

Je relevai le col de ma veste et passai devant une foule de gens immobiles près de la bibliothèque municipale. C'était un arrêt d'autobus avec une cinquantaine de personnes agglutinées plus ou moins en ordre, massées le long du trottoir presque sur les marches du bâtiment, indifférentes aux rafales de vent qui commençaient à balayer le boulevard.

Je n'avais pas de manteau. Il était resté dans ma voiture. Je me recroquevillai dans ma veste et aperçus à nouveau mes élèves passer à une cinquantaine de mètres devant moi. Ils marchaient de front à présent comme le déploiement d'une escadrille à l'approche de l'objectif. Ils étaient vêtus légèrement, jeans et sweats à capuche, mais ils ne semblaient pas ressentir la morsure du vent. Ils marchaient droit devant eux, les bras se balançant le long du corps avec une régularité d'exercice d'ordre serré. Ils donnaient l'impression que personne n'aurait pu les arrêter.

Le parc était maintenant plongé dans la pénombre. Il n'y avait personne à l'exception d'un retraité qui laissait déféquer son bichon dans un massif de fleurs. Il rappela son chien lorsqu'il aperçut les adolescents se diriger dans sa direction. Il les croisa en tenant l'animal fermement en laisse et les dévisagea avec un mouvement craintif de la tête. Sa silhouette, un instant confinée dans le halo précis d'un réverbère, vint à ma rencontre avec un étonnement sans âge, comme si l'idée qu'un homme d'âge mûr puisse suivre un groupe d'adolescents dans la lumière mourante d'un parc était une vision singulière devant laquelle il convenait de s'étonner. C'était un vieil homme au visage violacé avec de petits vaisseaux éclatés et un gros nez. Je ne pus m'empêcher de penser au sens tragique que j'associais toujours aux existences des personnes qui avaient de gros nez.

Les élèves parcoururent l'allée centrale jusqu'au bout. Je croisai deux femmes qui marchaient en mangeant des pêches, la tête penchée à l'oblique, le corps curieusement contorsionné pour éviter que le jus ne dégouline selon une trajectoire hasardeuse. Elles s'adressaient l'une à l'autre avec un chuintement liquide, dans des phrases courtes qui leur permettaient de rester aussi bien absorbées dans leur conversation que dans l'ingestion de leur fruit respectif. Parvenue à ma hauteur, l'une des deux se mit à inspecter le duvet tavelé de sa pêche, comme si elle songeait à la renvoyer au supermarché. Je les entendais rire et jacasser longtemps après les avoir dépassées. Je restai concentré sur ma filature pour éviter de penser que c'était à mon sujet. Me retournant d'un mouvement brusque, je plaçai mes doigts tendus dans l'alignement de leurs têtes comme si je les visais avec un revolver, et fis claquer mon pouce. Un geste de pure frustration.

Les yeux levés vers la frondaison des arbres, je restai un moment à observer des oiseaux tournoyer dans la portion de ciel dégagée par les branches. Quelque chose d'à la fois incomplet et vertigineux m'apparut dans cette image pastorale de parc qui s'enfonçait dans le crépuscule. Le silence tombait à mesure que les bruits de la ville et le pas des deux femmes s'éloignaient. Je sentais presque le bruissement étouffé de mes pieds sur la terre humide. Les silhouettes des arbres donnaient l'impression d'être reliées à une perspective plus ample qui accroissait la conscience de soi d'une manière écrasante.

Le bruit d'une sirène du SAMU vint me rappeler qu'il existait un monde de l'autre côté de cette parcelle de verdure. À une vingtaine de mètres à ma droite, j'aperçus le dos tourné d'un homme qui se soulageait contre un arbre. En frappant l'écorce, les gouttes d'urine émettaient un léger clapotis et dégageaient un nuage de vapeur qui me piqua la gorge. Il ne prit même pas la peine de se retourner à mon approche, se contentant de secouer son sexe dans un mouvement de rotation comique.

Le choc métallique d'une grille que l'on referme avec désinvolture me tira de mon embarras. Les élèves avaient franchi le portail d'un jardin adjacent qui n'avait pas attiré mon attention jusqu'à présent. Ils étaient en train de s'enfoncer dans une zone inconnue et mystérieuse que je n'avais pas anticipée. Je m'avançai vers le portail.

Les endroits où il n'y avait pas de lierre avaient pris la couleur de la mousse, et la clôture semblait être devenue presque entièrement végétale. Le portail était grand ouvert et une chaîne rouillée était là pour en empêcher la fermeture. Sur un des piliers d'acier du portail se dressait un panneau recouvert d'une vitre et éclairé par un tube au néon. Il y avait une inscription au marqueur sur une feuille de papier maintenue par une punaise rouillée : « Le parc à jeux étant sans surveillance, l'utilisation du toboggan et des balançoires est sous votre entière responsabilité. » Quatre petits insectes attirés par le néon rampaient entre les caractères.

La nuit avait fini par tomber sans que je m'en aperçoive. Après le portail, il me semblait qu'il faisait encore plus noir que dans la zone où je me tenais accroupi. Le vent chargé d'humidité soufflait de plus belle. Tapi dans le clair-obscur derrière la ligne de démarcation que formait la grille éclairée, je sentais le froid envelopper lentement mes joues, mes mains et mes jambes. Quelque chose d'invisible à l'œil nu, comme le temps, l'espace ou les distances, commençait à subir une étrange distorsion. Je n'entendais toujours pas de bruit provenant de la partie plongée dans l'obscurité où les élèves avaient disparu.

J'échafaudais les hypothèses les plus baroques. Peut-être avaient-ils disparu dans un terrier comme dans *Alice au pays des merveilles*? Peut-être avaient-ils remarqué ma présence et se terraient-ils sous les feuilles attendant que je franchisse la grille pour me tendre un guet-apens ? Ou bien alors avaient-ils simplement trouvé l'entrée d'une grotte dérobée aux regards, et rejoint par un tunnel souterrain un autre endroit qui leur permettrait de semer leurs poursuivants ?

Le silence devenait de plus en plus touffu, comme une poche de vide dans l'obscurité. Dans ces moments de tension impuissante, le déséquilibre du monde me parvenait par vagues ainsi que la pensée de mon incapacité à occuper un centre sérieux et définitif.

J'avais toujours aimé cette sensation d'être entraîné dans le sillage de quelqu'un d'autre. Il m'était déjà arrivé, plus jeune, de suivre des gens au hasard dans la rue. Cela me donnait l'impression d'échapper à la poussée des événements graves, à la crainte, à la culpabilité. Un sillage aussi puissant que celui des enfants était une sorte particulière d'état de conscience, un monde à l'intérieur du monde, la révélation d'une obsession intime.

Je m'accordais encore cinq minutes de guet avant de déguerpir à toutes jambes.

Alors que j'allais me relever pour rebrousser chemin, un geyser de lumière m'aveugla. L'arc sinusoïdal d'un toboggan m'apparut ainsi qu'un portique garni d'anneaux et de trapèzes. Juste à côté, un autre portique de taille plus modeste supportait deux balançoires. Les élèves se tenaient sur la droite du périmètre de l'aire de jeux. Dimitri Corto avait la main posée sur un boîtier rectangulaire de commande, dressé sur un tube d'acier. Le couvercle qui assurait sa protection contre les intempéries pendait, misérablement accroché par un unique cadenas rouillé. Dans l'obscurité du parc, l'aire de jeux ressemblait à un îlot de cristal dans une mer d'eau noire. Deux lampes d'extérieur à halogène projetaient deux cônes de lumière, l'un braqué sur le groupe, l'autre dirigé sur les balançoires. La lumière crue leur tombait violemment sur le visage, qui paraissait encore plus pâle et tendu que d'habitude.

Je voyais maintenant le petit groupe de profil. Chaque personnage avait l'air sculpté par la pleine lumière. Ils étaient presque immobiles, la distance entre eux était absolument parfaite. La scène tout entière semblait correspondre à un calcul abstrait de perspective et de tons à la manière de danseurs sous une lumière stroboscopique. À côté de Dimitri Corto se tenaient Clara Sorman et Sandrine Botella. Un peu en retrait, Kevin Durand et Mathieu Naudin regardaient attentivement la scène, les yeux plissés, les mains en abat-jour autour des joues et du front.

La lumière me rendait invisible, et je me tenais à quelques mètres d'eux comme si je les regardais depuis un autre niveau d'existence. Légèrement en décalage par rapport au groupe mais face à moi, Estelle Bodart, les bras croisés sur sa poitrine, sursautait au moindre bruit. À ses pieds était posé un sac de toile couvert d'écussons.

— Comment as-tu eu la clé ? demanda Kevin.

— Laisse tomber ce genre de question, répondit froidement Dimitri. Profite du spectacle. Il y a une liste d'attente.

— On est là pour quoi exactement ?

Mathieu Naudin venait de poser la question avec une inflexion si innocente qu'on aurait pu passer le reste de la nuit à lui répondre pour apaiser ses craintes.

— On est là pour retrouver des sensations... et pour un échange.

Estelle Bodart tapota le sac avec un sourire entendu. J'aimais la façon dont ses gencives apparaissaient quand elle souriait. Malgré le froid, elle portait une chemise blanche masculine avec les pans noués à la taille, et un blue-jean coupé au-dessus des genoux avec des grosses chaussettes sur des imitations de Rangers. Elle regarda Mathieu avec des yeux vides d'expression et des hochements de tête songeurs qui semblaient destinés à lui suggérer qu'un accès de stupidité pouvait toujours s'arranger. Elle retira ses chaussures et les lança devant elle.

— Viens par ici, lui dit-elle après l'avoir fixé un long moment. Des gens se font du souci à ton sujet.

— Qui ?

Mathieu s'approcha sans méfiance. Elle avança vers lui en continuant à le fixer droit dans les yeux, haussée sur la pointe des pieds. Elle vint si près que son souffle fit bouger ses cheveux. Devant tout le monde, Estelle défit la ceinture de Mathieu. Elle ne baissa même pas les yeux, ses doigts voyaient pour elle.

— Moi, par exemple.

Elle passa une main derrière la nuque du jeune garçon en attirant sa figure vers elle. Ils se frottèrent le nez l'un contre l'autre à la manière des Esquimaux puis elle tenta de plaquer ses lèvres sur les siennes. Les autres restaient sans réaction. Mathieu se dégagea soudain et vint se replacer à côté de Kevin. C'était la première fois que je surprenais chez eux un élan de sensualité.

— Fous-moi la paix, lui lança-t-il entre ses dents en rajustant le bouton de son pantalon.

— Pas comme ça, je t'en prie ! dit-elle implorante.

Mathieu eut le regard écrasant du gladiateur pour sa victime avec dans l'attitude, la volonté de ne pas succomber à la séduction facile que représentait la capitulation d'Estelle, une espèce de magnanimité sobre. Elle se laissa tomber sur le sol, adossée contre un arbre, le sac de toile posé entre ses jambes écartées en un V de parturiente. Les coudes posés juste au-dessus des genoux et les doigts pointés vers le bas, son attitude exprimait l'angoisse de quelqu'un que l'on vient de torturer toute la nuit. Elle fit claquer son chewing-gum pour marquer sa réprobation. Dans le silence et l'obscurité, sa posture d'abandon me bouleversa : c'était l'expression ultime du désistement, comme une volonté nouvelle de parler désormais pour être compris.

— Qu'est-ce qu'il y a dans ce sac ? demanda Kevin sur un ton méfiant.

— Une cassette vidéo.

— Pour qui ?

— Des mecs d'un autre collège... comme nous.

— C'est pas possible qu'il y en ait d'autres comme nous. Tu es bien sûre de ce que tu avances ?

— C'est vrai, intervint Clara rêveusement, il n'y en a pas d'autres comme nous.

La voix de Clara se déroulait lentement, comme celle de ces poupées parlantes dont on a trop souvent tiré la ficelle.

— On leur laisse l'illusion qu'ils sont comme nous, dit Sandrine Botella en se retournant légèrement vers les deux garçons.

Elle échangea un regard d'approbation avec Dimitri. Celui-ci eut brusquement une expression de contrariété sur son visage.

— Alors, où sommes-nous ? demanda Mathieu.

— Qui sait ? répondit Clara.

— Nous sommes à l'intérieur, affirma Dimitri.

— C'est évident.

— C'est plutôt rassurant de le savoir.

— C'est évident parce que si nous étions à l'extérieur, reprit Dimitri d'un ton docte, nous serions impuissants. C'est la grande technique de l'assimilation. Le grand aspirateur finit toujours par pointer son nez.

En parlant, il regardait le groupe bien en face,

mais sans aucun défi dans les yeux, aucune idée de confrontation tyrannique. Je sentais qu'il avait écarté ces choses depuis longtemps pour adopter une position définie exclusivement par la concentration des moyens à mettre en œuvre pour parvenir à ses fins. Une position tacticienne qui voulait donner à l'auditoire cette impression si grisante qu'il n'était ni ennuyeux ni interchangeable. C'était ce que certains appellent le charisme, ce que d'autres nomment la manipulation, une méthode couramment employée par les profs.

L'intrigue commençait à prendre de l'épaisseur.

— Je ne savais pas, mais je vais y réfléchir.

— Le temps que tu y réfléchisses, ce sera trop tard.

— Et ensuite ?

— Rien. Le Mal est là.

— Je voulais juste comprendre de quoi il s'agissait. Je me considère comme un invité et les invités sont des gens qui aiment savoir où ils mettent les pieds, ajouta Mathieu avec une expression tenant de la servilité et de la raillerie.

Je l'observais pour la première fois avec attention. Il avait les mêmes grands yeux sombres, bleu-gris foncé que Capadis, les mêmes oreilles pointues et légèrement ourlées au bout. De profil, ce qui me frappa le plus, c'était son nez en forme de coquille d'escargot. C'était le genre d'élève qui devait exceller dans les soirées organisées en l'absence des parents, s'occupant de la musique et racontant des blagues au troisième degré, tapant les garçons dans le dos, promenant son étrange intensité dans le cœur des filles sans jamais l'extérioriser. Il semblait rester davantage décontenancé par la parade amoureuse d'Estelle que par le discours fumeux de Dimitri.

Après avoir retiré son sweat-shirt qu'il jeta vers l'endroit de la grille où je me trouvais, ce dernier s'élança vers le toboggan avec des petits cris barbares. Il monta l'échelle, puis s'installa les pieds en avant, prêt à se laisser glisser le long de la rampe. Il restait assis les bras levés, enveloppant les autres d'un regard stylisé d'acteur de cinéma muet. Une rafale de vent vint soulever des odeurs endormies. L'air sentait le vomi d'enfant.

— Très impressionnant, dit Clara en tapant dans ses mains.

— C'est incroyable, dit Sandrine.

— J'adore ça, dit Estelle.

— J'ai fait des concours de toboggan, cria Dimitri en prenant une voix de primate et en se frappant la poitrine. Je peux glisser à l'envers, à l'endroit, debout, allongé. Je peux monter l'échelle plus vite que n'importe qui. J'ai déjà réussi à glisser et remonter dix fois en trente secondes. Les moniteurs du club Mickey n'en revenaient pas, ils trouvaient ça complètement insensé à cinq ans. Je ne sais pas si je pourrais encore y arriver !

Pendant qu'il parlait, il avait l'index de la main droite calé entre son col de chemise et sa nuque, le coude à hauteur de l'oreille. Je vis Clara fixer la tache de sueur sous son aisselle. Elle semblait retenir son souffle. C'était une des manifestations des pouvoirs de Dimitri sur les autres. Les records de toboggan dans les clubs Mickey, les roues arrière sur les mobylettes pendant trente secondes, les baisers de cinq minutes sans s'asphyxier. À dix-huit ans, il rabaisserait les autres avec des films péruviens sortis une semaine à Paris ou des groupes sataniques de trash-metal slovènes. Un type de *name-dropping* délibérément orienté vers le maintien de l'insolite, un rituel de l'humiliation très au point.

— D'après la rumeur, lui lança Mathieu avec une obséquiosité féodale, il paraît que ton petit frère attache des pétards sur le dos des chats. Trois sont déjà morts. La peau arrachée par plaques, ils viennent mourir dans les jardins sans chiens. Ou bien ils restent plantés en haut des clôtures. On en a même retrouvé sans tête, pendus par la queue. C'est nul !

— Quoi d'autre ?

— Il fait fumer des crapauds jusqu'à ce qu'ils éclatent... il tire la langue de façon dégoûtante aux femmes mariées à l'arrêt de bus. Il se moque des handicapés et encourage les clochards à se masturber dans les boîtes aux lettres.

Je me relevai un instant en fléchissant légèrement les genoux. Mon slip venait de se coincer dans une fissure intérieure et menaçait de me pincer l'entrejambe jusqu'au sang.

— Qui t'a dit ça, Mat ? J'entends plein de choses négatives sur mon compte en ce moment. Trop, même... j'ai d'ailleurs décidé de me teindre les cheveux en jaune pour prendre sur moi les mauvaises pensées de manière définitive. Je dirai aux gens : « Insultez-moi et vous verrez ce qui vous arrivera ! » On devra alors prendre la menace très au sérieux... mon grand frère a déjà commencé ce genre de trucs il y a des années en tirant sur des chats devant des personnes âgées et des femmes enceintes. Le plus jeune a dû être influencé...

— Tu es paranoïaque, Dimitri, déclara Sandrine.

— Je m'efforce d'apaiser vos craintes. Je prends tout sur moi. De quoi vous plaignez-vous, ingrats ?

— De rien. Où allons-nous ? Pour quoi faire ? Ce sont les grandes questions. Impossible d'y échapper. Tu ne peux pas nous reprocher de les poser !

— Je me fais l'effet d'un guetteur. Ce sont des petites bêtes qui ressemblent à des loutres... passant leur temps à surveiller les abords pour prendre sur elles les choses négatives à la place de la communauté. Elles finissent par crever de stress mais la communauté survit. C'est l'essentiel...

— Essaierais-tu de nous dire que le monde est mauvais ? s'étonna Kevin.

— Il y a des pressions, c'est sûr. C'est quelque chose de difficile à évaluer sur le moment. Je ne peux rien prouver. Mais ce que nous avons fait dans le passé, on était obligés de le faire. Il y a des chances pour que nous ne soyons plus ici pour très longtemps.

Clara se tourna vers les deux garçons qui étaient restés en arrière avec une expression de douleur aiguë.

— Je souffre, dit-elle.

— De quoi souffres-tu ? demanda Kevin.

— L'impression d'être coincée, d'arriver au bout.

— Qu'est-ce qu'elle dit ? demanda Dimitri qui était trop loin de Clara pour l'entendre.

— Elle dit qu'elle souffre, répondit Mathieu.

— Est-il absolument nécessaire de le dire ? demanda Dimitri en s'adressant à Mathieu comme si Clara n'existait pas. Je sais que c'est de pire en pire depuis quelque temps... mais faut-il en parler ?

— Parfaitement.

— Très bien.

— J'ai peur aussi, reprit Mathieu. Ce n'est pas la trouille d'avoir mal physiquement ou d'être mutilé à vie. C'est l'idée de ce qu'ils sont vraiment qui m'effraie.

— Je te comprends, laissa tomber Dimitri en baissant la tête. Quelqu'un veut-il dissoudre le groupe ?

— Personne. Ce serait encore pire, dit Sandrine.

— Et les autres ?

— Je n'ai rien remarqué.

— Je suis d'accord.

— On continue.

Dimitri tapa dans ses mains.

— Alors, on s'en va !

Il se laissa glisser le long de la rampe sobrement, les bras le long des cuisses, la tête droite. Les autres attendaient les mains sur les hanches comme des footballeurs une décision de l'arbitre.

— On dirait que ton pouvoir est en train de grandir, dit Clara à Dimitri au moment où celui-ci passait devant elle pour reprendre son sweat-shirt et rejoindre le boîtier.

— Ce n'est pas son pouvoir qui grandit, c'est notre peur, lâcha Sandrine sans la regarder.

— Il s'occupe de chasser la tristesse, ajouta Kevin. C'est son boulot, il le fait plutôt bien, non ?

— Demain, c'est mon anniversaire, dit Dimitri sans prêter attention à la question de Kevin.

Il se tenait devant le parallélogramme d'acier en en effleurant la surface, concentré comme un joueur de synthétiseur. Estelle vint se placer à côté de lui avec le sac en bandoulière et lui murmura quelque chose à l'oreille.

— Quel âge ça te fait ? demanda Mathieu.

— Quatorze ans. Dans un mois. J'ai l'impression de rentrer dans une longue période d'angoisse. J'essaie de ne pas paniquer. Mes parents organisent un raout pour mon anniversaire, une petite fête. Ils m'ont donné un budget et chargé des invitations. Je n'ai toujours rien envoyé.

— N'y pense plus.

— C'est dur de ne plus y penser. Quelle heure est-il ?

— Sept heures moins dix.

— On rentre. Ils vont bientôt arriver. Je vais couper les lumières, refermer ce machin et on se disperse, O.K. !

— Qu'est-ce que je fais du sac ? demanda Estelle.

— Tu me le donnes.

Elle enleva le sac de son épaule et lui tendit. Il défit les courroies et extirpa d'une main un boîtier vidéo noir en lui rendant le sac de l'autre. Il y avait un chêne noueux à côté de lui, avec une large anfractuosité en son milieu. Il se planta devant l'arbre, se hissa légèrement sur la pointe des pieds et plaça le boîtier à l'intérieur de la cavité. Le bruit sec que fit la vidéo en retombant indiquait une profondeur habilement conçue pour une invisibilité totale. Sans prévenir les autres, il coupa la lumière et remit ensuite le couvercle d'acier sur la console avec des gestes connaisseurs dans l'obscurité. Peu après, j'entendis le déclic du cadenas qui se referme, comme un signal définitif. Ils s'éloignèrent sans un mot en suivant l'ombre de Dimitri qui se déplaçait avec une aisance de nyctalope.

Après leur départ, je quittai ma position agenouillée pour m'allonger dans l'herbe humide. Je ne sais plus combien de temps je suis resté contre le sol mais je me souviens encore du bruit de la grille mal refermée que le vent faisait claquer. Je me relevai alors sur un coude et concentrai mon champ de vision sur elle. Sa vague indistinction la rendait encore plus dense et présente dans la proche obscurité. Une peur panique s'empara de moi, comme le retour d'une ancienne terreur enfantine, et je m'enfuis.

Ce n'est qu'arrivé devant ma voiture que je m'aperçus que j'avais oublié la cassette vidéo.

Je ne savais pourquoi mais j'avais l'impression que la voiture zigzaguait en travers de la route.

Sur le chemin du retour, je frappais de grands coups sur le volant tout en poussant des hurlements brefs de deux syllabes qui tenaient de la corne de brume, du cri de l'Algonquin et du train ferraillant dans une courbe. La cassette vidéo reposait sur le siège passager. La dernière fois que j'avais observé le boîtier à la dérobée, une vague d'épuisement m'avait envahi et je m'étais renfoncé dans mon siège en me jurant de l'ignorer jusqu'à mon arrivée. Pour tromper l'ennemi, j'avais allumé la radio et changeais de station toutes les cinq secondes. Après cinq minutes de ce zapping, une animatrice avec un accent du Berry clôturait son émission dans un grésillement de friture. Quelques secondes plus tard, une autre voix lui succéda. C'était une voix douce d'émission culturelle qui semblait pallier à l'avance par son timbre généreux une désaffection possible de l'auditeur face à son austère contenu.

Deux enfants étaient assis sur les marches de l'immeuble et jouaient aux osselets lorsque je suis arrivé. La pâle lueur de la lampe d'entrée délimitait un rond s'allongeant autour d'eux, selon l'ombre projetée par un panneau publicitaire qui ondulait sous l'effet du noroît. Depuis que j'avais quitté ma voiture, j'essayai maladroitement de dissimuler le boîtier sous ma veste en serrant le bras en L contre mon côté droit. Les enfants restèrent silencieux sur mon passage. Je cherchai quelque chose d'amusant à dire. Mais leur attention était concentrée sur la main qui lançait l'osselet à prendre tandis que l'autre restait suspendue une fraction de seconde en l'air. Le jeu paraissait être sa propre référence. Il ne pouvait permettre un échange de points de vue.

Les poubelles étaient sorties. Un autobus passa devant l'immeuble. Des visages fatigués se pressèrent aux vitres. Je m'arrêtai un instant sur le seuil, impuissant devant cette variation de déjà-vu comme le retour insensé de la matière sur elle-même. C'est alors que le concierge de l'immeuble sortit. Sa main gauche tressautait légèrement dans la poche de sa blouse comme s'il se sentait pris en flagrant délit. La sueur lui collait sur les tempes, traçant de pâles stries sur sa peau rougie par l'alcool.

J'étais persuadé qu'il avait encore volé le courrier adressé aux femmes de l'immeuble. Il passa devant moi en m'adressant un signe de tête. Je détournai la tête tout en levant la main droite sans à-coups pour me gratter sous l'aisselle qui me démangeait. La cassette tomba à mes pieds avec un ploc lamentable. Le concierge se retourna et, les yeux rivés entre mes pieds, m'adressa un sourire de connivence. Il joignit les mains pour donner à son corps plus d'unité.

— Une bonne soirée en perspective, finit-il par dire, lascivement, avant de continuer son chemin.

Je remontai vers mon appartement avec, cette fois-ci, la cassette bien en évidence à la main. Je n'étais ni inquiet ni excité à l'idée de découvrir son contenu. La mise en scène à laquelle j'avais assisté tout à l'heure ainsi que le manque d'indications sur l'emballage suffisait à restreindre considérablement l'horizon d'attente. Je fis un peu de ménage en rentrant. Je souhaitais ranger chaque chose à sa place. Le téléphone sonna. Je décrochai avec le secret espoir d'entendre la voix de Léonore. J'avais un réel besoin à cet instant de ses inflexions sardoniques et de sa tendresse un peu sèche. Mais c'était Goliaguine qui voulait m'inviter dimanche midi pour un repas collégial.

« Quelque chose de simple » avait-il ajouté avant que je n'aie dit un mot. Pris au dépourvu, je ne me sentais pas dans l'état de lui opposer un refus ou un mensonge. Tout cela exigeait trop de préparation. J'acceptai tout en lui demandant les noms des invités. Goliaguine éluda en prétextant que j'étais l'un des premiers à qui il téléphonait. Il prétendit que c'était à cause de ma faculté à rendre une pièce chaleureuse par ma présence. J'avais l'impression qu'il voulait que je lui parle de lui mais je n'avais aucune envie de me lancer dans une conversation à cœur ouvert.

Je raccrochai sans brutalité. Je restai une heure allongé sur le canapé, les mains derrière la nuque, les yeux fixés au plafond. J'avais laissé la lumière de l'entrée allumée comme lorsque j'étais petit et que ma mère me laissait seul, l'hiver, en fin d'après-midi dans le salon. La cassette, posée sur la table du salon, m'apparaissait désormais comme l'unique point fixe de ma vie, l'unique stabilité. Le boîtier noir scintillait d'une lumière froide et figée. Sa compacité absorbait toute l'attention du lieu, vidant la pièce de la quantité de solitude qu'elle tenait en joue, exagérant l'évidence de sa présence par son immobilité provocante.

J'étais tenté de la jeter dans le vide-ordures de l'immeuble, de l'envoyer au-delà de la peine et de la honte possibles que j'éprouverais en connaissant son contenu. Je savais que je devrais prendre ces images *littéralement* sans les rejeter dans un arrière-plan symbolique où se dissolvaient d'ordinaire toutes les menaces pour l'ordre social. Si je pouvais rester alerte et concentré sur elles, si je pouvais réfléchir clairement à partir d'elles, si je pouvais savoir avec certitude la portée qu'elles imprimeraient aux relations futures que j'aurais avec les enfants, alors seulement je pourrais commencer à les regarder en les détachant de leur terne réalité sociologique.

Je finis par me lever du canapé pour vérifier que les fenêtres étaient bien fermées, les volets roulants baissés et que personne, d'une tour voisine ou d'un étage supérieur, ne pourrait épier (ou entendre !) ce que j'allais visionner. Un accès de paranoïa routinier, résolument dans l'ordre des choses associées à l'habitat de masse. J'augmentai l'intensité de la lumière halogène pour ne pas me retrouver dans une confrontation brutale avec l'écran de télévision. Approchant une chaise à cinquante centimètres de l'écran, je souhaitais non pas me laisser la possibilité de mettre sur « pause » (chose que je pouvais réaliser au moyen de la télécommande en restant enfoncé dans le canapé), mais carrément pouvoir éteindre le téléviseur si les images étaient trop perturbantes.

Je sortis la cassette du boîtier, vérifiai qu'elle était bien rembobinée, puis l'enfonçai entre les mâchoires du magnétoscope qui l'avala dans un bruit de caisse enregistreuse tout en allumant en même temps la télévision. L'éclat électrostatique m'aveugla presque de la distance où je me trouvais. Le seul bruit que j'entendais à présent était le ronronnement de la bande passant dans le magnétoscope. Une pellicule neigeuse apparut sur l'écran puis un fond bleu clair tremblotant avec une musique rapide, allègre, jouée par un piano mécanique accompagné d'une grosse caisse qui battait la mesure comme dans *Pinocchio.*

Un morceau de plage s'incrusta sur l'écran avec au loin des cris d'enfants. Ce n'était pas des cris reflétant un danger ou une menace mais ceux d'une marmaille bruyante et désordonnée jouant avec des bruits de bras fouettant l'eau. L'image était grossière et primitive comme ces films de vacances tournés en super-huit, recadrés pour la vidéo. La personne qui filmait se tenait loin du bord et avançait avec des mouvements brusques qui faisaient se succéder en un seul plan un morceau de ciel bleu et des pans de rive sablonneuse. Certains jouaient au ballon sur le bord et regardaient parfois la caméra avec curiosité. Le cameraman s'immobilisa à l'instant où il parvint à saisir dans le même plan les enfants sur la rive et ceux dans l'eau qui, on s'en apercevait à présent, s'éclaboussaient mutuellement.

La caméra resta braquée en plan fixe, légèrement en retrait, pendant de longues minutes. J'appuyai sur « avance rapide » jusqu'à ce qu'un mouvement se précise et me permette de saisir n'importe quoi, un début de narration ou un événement qui justifierait l'angoissante appréhension que la cassette avait suscitée en moi. Mais rien n'arrivait. Dans le défilement rapide des images, rien ne bougeait, tout était d'une étrange fixité, hormis les déplacements ludiques des enfants.

Soudain, un enfant sembla se détacher du groupe sur la plage et je relâchai la pression sur le bouton du magnétoscope. Une fillette d'à peine huit ou neuf ans s'avança vers la caméra en traînant les pieds. Lorsqu'elle fut suffisamment près de l'objectif, l'effroi me figea sur ma chaise. Elle tira la langue en adressant d'épouvantables grimaces à la caméra puis lui fit signe d'arrêter de tourner. La bande s'arrêta brusquement et je rembobinai la cassette. Le film avait duré à peine trente minutes. Pendant que la bande redéfilait dans l'autre sens, la photo que m'avait tendue l'inspecteur lors de notre entretien me revint en mémoire.

Bien plus tard, je devais revoir le film et identifier tous les protagonistes de la quatrième F un par un mais je ne devais jamais oublier le visage de Mathilde Vandevoorde, autoritaire mais facétieux dans la lumière pâle de l'été, signifiant à la caméra qu'elle devait s'arrêter de les filmer, elle et les autres. J'identifiai par la suite ce refus comme le premier d'une longue série, le geste inaugural d'une guerre totale contre le monde extérieur, comme si par ce geste Mathilde avait voulu avertir l'adulte qui la tenait en joue qu'ils n'étaient pas encore prêts à entrer dans le monde de la mort.

11

Lorsque Goliaguine riait, je voyais sa bouche maillée de filaments de cheddar. Si une remarque lui plaisait, on le voyait s'étirer en souriant, dans une sorte de bâillement extatique, les hanches et les jambes immobiles, le haut du corps arqué en arrière. Entre deux éclats de rire, son visage exprimait une vigilance sceptique entraînant dans son sillage une peur d'être pris au dépourvu, une perspicacité penaude.

Nous étions attablés depuis deux heures, dans cette posture de lassitude feutrée, d'assoupissement conscient que nous avions tous décidé d'adopter à l'unisson. Tout le monde était déjà un peu pompette. Le repas avait pris un air dispersé. Les bruits de conversations commençaient à se fondre dans mon oreille interne comme le vol d'un bourdon autour d'une pièce. Je recomposai mentalement le diagnostic envoyé par les messagers de mon hypocondrie naturelle : présence d'acouphènes ? Tachycardie ? Je décidai de prendre rendez-vous avec mon médecin traitant le lendemain.

En fond musical, la boîte à rythmes d'un vieux morceau de Prince « Let's Go Crazy », tentait de tirer les invités de leur léthargie de fin de repas. Goliaguine rappela que l'album « Purple Rain » datait déjà de 1984, une époque où le nain de Minneapolis pouvait encore battre Michael Jackson sur son terrain.

— À l'époque, continua-t-il, le regard dans le vague, presque pour lui-même, tout était encore possible... je travaillais l'agreg' d'arts plastiques à fond, j'étais dedans six heures par jour... dès le réveil... un café, et hop ! Je pouvais vous réciter par cœur les principales théories de Panofsky et parler de Greenberg pendant des heures, je bricolais des triptyques autobiographiques à la craie noire et à la détrempe sur papier gondolé comme Schiele (il avait d'ailleurs une reproduction du *Portrait de Hugo Koller* sous cadre à côté de sa bibliothèque)... je rentrais d'Addis-Abeba et nous n'avions pas encore Christophe.

Il fit un signe de la main désabusé, comme pour chasser une mouche.

— Je sais... ce sont des petites peines locales, ça ne tient pas vraiment la route...

Ses yeux vitreux se posèrent un instant sur sa femme Maeva, comme s'il la tenait responsable de sa débâcle personnelle. Dans un brusque éclair de lucidité, il tenta de se détacher du micro-désastre qu'avait produit son discours en éclatant de rire, les bras levés. Tous les invités baissèrent les yeux en direction de leur verre.

Après l'apéritif, au cours duquel Michel Goliaguine avait offert aux invités un grand verre de punch planteur, la femme de Jean-Paul Accetto avait envoyé à Butel des allusions perfides sur son entrejambe qu'elle supposait inactif. C'est à ce moment précis que l'alcool avait commencé à produire son effet. Jean-Paul avait regardé la scène avec une hilarité contenue. Il avait toujours haï Butel et s'était bien gardé d'intervenir, envoyant sa femme en première ligne comme on envoie un homme de main pour un contrat. Il s'était contenté de baisser la tête et de tâter avec deux doigts aux ongles crasseux le sommet de son crâne aux cheveux clairsemés.

Cette façon de poser la pomme et d'attendre du coin de l'œil que quelqu'un s'en empare était l'aspect le plus trouble de la personnalité accettesque, dont les talents de manipulateur m'étaient apparus avec un retard inexplicable. Cette forme de perversité, probable conséquence d'une lâcheté originelle, avait toujours lézardé la façade du bon prof de maths impliqué *humainement* dans les problèmes de l'éducation, alors qu'il n'était impliqué réellement que dans son personnage de médiateur pédagogique, spectateur impuissant du désastre de sa vie privée.

J'assistais médusé à cette reproduction hors structure de la salle de profs dans ce qu'elle avait de plus anxiogène et de vaguement hystérique. Christine Cazin était venue avec son mari, un grand brun originaire du Sud-Ouest à la voix traînante qui travaillait au conseil général du Loir-et-Cher et qui ponctuait ses phrases de « N'est-ce pas ? » un peu alanguis. Isabelle et Élisa se tenaient par le petit doigt à l'autre bout de la table et exprimaient par leur absence de complicité avec l'entourage l'image muette de la résignation.

La femme de Goliaguine, une métis anglo-caucasienne d'une discrétion orientale, allait et venait de la cuisine à notre table avec une régularité de maître queux. Lorsqu'elle s'adressait à quelqu'un, elle parlait d'une voix exagérément basse et guindée, presque sans bouger les lèvres, ce qui contraignait son interlocuteur à se pencher en avant afin de pouvoir entendre ses mots. Michel Goliaguine la regardait de temps à autre avec un sourire satisfait, les mains croisées sur sa panse de chanoine, comme si sa femme était une extension rassurante de lui-même.

Il avait invité Ali, un jeune homme timide avec un sourire enfantin, passionné de peinture et de scolastique médiévale qui occupait un poste de surveillant au lycée d'Amboise pour aider sa famille et payer ses études aux Beaux-Arts, à Tours. Il tentait d'entamer une conversation avec Butel dont la disponibilité s'avérait totale depuis qu'il avait essuyé les attaques de Catherine Accetto. Butel se tournait à droite, à gauche, parlant comme à son habitude avec des gestes saccadés et mous.

— Je suis un couillon, disait-il, en secouant la tête d'un air navré. Je le suis, et je le sais. Et j'avoue que je le suis.

Une explosion de rires couvrit ses paroles. Accetto lui tapota l'épaule en disant avec douceur :

— Et cela te fait honneur, Butel ! Faute avouée est à demi pardonnée.

— J'espère que tu ne diras rien à personne !

— Compte sur moi, mon vieux ! Compte sur moi pour garder le secret !

Butel était assis à côté de Vincent Crochelet, le professeur de musique qui aimait raconter des plaisanteries démodées avec des stéréotypes idiots que nous étions censés aimer malgré nos résistances intimes où les juifs étaient toujours avares et repliés sur eux-mêmes, où les Noirs avaient le rythme dans la peau et de gros sexes, et où les femmes étaient vénales, soumises et maternelles.

Son épouse, une petite blonde rondouillarde aux joues couperosées, avait un air si simple et si franc, un regard si dénué d'ambiguïté que les autres convives pouvaient en comparaison passer pour des pervers malsains dès qu'ils ouvraient la bouche pour demander le sel. Elle s'étirait de temps à autre en souriant dans une sorte de bâillement ravi comme si elle venait de se réveiller d'un rêve merveilleux qui l'avait emmenée dans des contrées inaccessibles. S'accoudant ensuite sur la table, elle se prenait la tête entre les mains, semblant compter les pulsations de ses tempes comprimées dans un serre-tête indigo.

— Je crois que je finirai alcoolique, dit Goliaguine, je me donne un an, deux ans, peut-être, pas plus.

— L'origine russe, tu peux pas y échapper, dit Crochelet, ils se torchent à l'alcool à 90 degrés là-bas, tu sais. L'espérance de vie est tombée à cinquante-cinq ans pour les hommes... pour les femmes, je ne sais plus mais ça ne doit pas être bien brillant.

— C'est kif-kif, dit Butel.

— Vous regardez la télé dans votre chambre ? demanda brusquement Élisa à Crochelet qu'elle rencontrait pour la première fois et qui semblait l'agacer depuis le début.

— Oui, bien sûr. C'est la seule solution que j'ai trouvée pour éviter de m'endormir dans le canapé.

— Vous savez, reprit Élisa, que cinq ans à ce régime-là et c'est la mort cérébrale assurée. Quel âge avez-vous ?

— Trente-huit.

— Aïe !

Il y eut un long silence pendant lequel tout le monde regarda Élisa, se demandant où elle voulait en venir. Dans ce grand silence, on entendit presque pousser la barbe d'Accetto. En désespoir de cause, Isabelle fit tinter sa cuillère contre sa tasse en remuant son sucre.

— Tu fais allusion aux gens qui ne vont plus au cinéma, au théâtre, aux soirées ? demanda Crochelet timidement. Avec trois gosses, c'est difficile, surtout avec deux en bas âge. Mais on a toujours été de gauche, tu sais ! J'ai confiance, ça reviendra.

— Ça reviendra ? demanda Élisa d'un air sceptique.

— Ça revient toujours à un moment donné quand on est de gauche. Il faut juste essayer d'oublier ses échecs passés... savoir reconnaître l'état des choses à temps, aussi. C'est une affaire de circonstances et de vibrations.

— De volonté, éventuellement.

— Oui, de volonté, tu as raison, mais surtout de circonstances... je laisse tomber les vibrations.

Crochelet chercha du regard mon approbation. Je gardais une expression rigoureusement neutre, grattant avec l'ongle de mon index la lie brunâtre d'une goutte de punch solidifié. Goliaguine se mit à passer distraitement sous ses ongles le bord d'une pochette d'allumettes.

— En disant cela, tu t'aventures un peu loin de ton secteur...

— Tu en es sûr ? répliqua Crochelet avec une pointe d'irritation.

Élisa acquiesça.

— Une linguiste suisse, reprit-elle, a calculé que les femmes utilisent le conditionnel deux fois plus que les hommes, et cinq fois plus d'expressions limitatives comme « éventuellement » ou « un peu ». Les femmes posent trois fois plus de questions, ne terminent pas leur phrase et s'excusent plus souvent, ce que notre petit échange semble avoir confirmé. Les hommes manquent tellement de confiance en eux qu'ils jugent le discours des femmes hésitant, voire sans importance.

— Mais pas moi ! se défendit Crochelet en tapant du poing sur la table.

— Dites que vous écrivez un roman ! C'est très bon ça pour restaurer la confiance en soi et capter l'attention de l'auditoire. J'ai raconté pendant des années aux gens que j'étais en train d'écrire un roman. Ma conversation devenait tout de suite intéressante. Quand on me demandait le sujet de mon bouquin, je faisais le coup du non-dévoilement, « Non, vous comprenez, je ne peux pas parler d'un projet en cours, ça tuerait complètement la tension créatrice ». Depuis, je conseille à tous ceux comme vous qui semblent souffrir d'une défaillance identitaire ou d'un manque d'intérêt de la part de leurs semblables de faire le coup du roman.

Isabelle rougit un peu. Elle paraissait désolée outre mesure. La spontanéité d'Élisa la rendait vite aigre et impraticable. Comme toutes les femmes combatives, ce n'était pas les réunions en elles-mêmes qu'elle aimait mais la complaisance avec laquelle elle se livrait à l'appréciation d'autrui. Elle intervenait peu, passant son temps à étudier les visages pour jauger les réactions des gens à l'interaction du groupe. Son existence était parfaitement calculée. Chose extraordinaire, le cynisme n'avait jamais entaché sa vision du monde. Simplement, elle ne croyait plus dans les gens depuis longtemps.

— Si vous voulez, on peut vous laisser, lança Accetto avec son air pince-sans-rire-censé-détendre-l'atmosphère.

J'eus soudain froid. Une sorte de raideur monta le long de ma colonne vertébrale et vint comprimer mon crâne. Je sentis une brûlure dans mon œsophage comme celle d'une indigestion. Je reconnus les symptômes de l'indécision critique. J'avais à la fois envie d'intervenir, envie de me taire, mais également envie de partir pour retrouver mon appartement.

Maeva Goliaguine resservit du café à tout le monde. Elle donnait la constante impression de se dévouer à une tâche utilitaire qu'aucune menace ne pouvait exiler hors de sa détermination.

— Je crois que je vais reprendre un verre, finit par dire Crochelet.

— Je t'accompagne, dit Butel.

— Ça marche, dit Goliaguine en adressant un signe avec son index levé à sa femme.

Catherine Accetto regardait son mari à présent. Il striait le napperon de papier imprimé de motifs poissons et coquillages avec les dents de sa fourchette. Penché sur son ouvrage, il tenait sa cigarette à hauteur de l'oreille et un léger sourire ou un froncement de sourcils animait son visage selon les progrès accomplis dans son œuvre. Jean-Paul semblait stimuler son cerveau embrumé pour l'heure à venir.

Catherine Accetto, assise juste en face de moi, exhalait une pâleur presque anormale avec sa peau d'un blanc laiteux à la transparence bleuâtre. Elle avait de gros seins mobiles, comprimés dans un pull prune en forme de cache-cœur, et paraissait parfaitement inconsciente de la quantité de sillon mammaire qu'elle exhibait.

Isabelle Gidoin m'avait appris récemment sur le ton de la confidence que la femme de Jean-Paul était prof de français dans un grand lycée à Tours, ce qui avait toujours rendu ce dernier malade de jalousie. Le fait qu'il exerçât dans un collège de campagne depuis des années n'avait rien fait pour diminuer sa frustration. De plus, j'imaginais que l'ostentation de ses décolletés — cette sorte d'abondance généreuse capable d'exciter un parent d'élève en velours côtelé rencontré par surprise sur un parking de l'école après un conseil de classe — ne devait pas arranger la paranoïa de Jean-Paul. Mais celui-ci, paraît-il, avait appris au fil du temps à répondre dans la même langue malgré son désavantage physique évident. Il n'était pas rare de le surprendre dans une tentative de séduction pathétique auprès de jeunes étudiantes affectées au service de surveillance. Françoise Morin l'avait même surpris un jour dans la salle d'informatique, le pantalon sur les chevilles, en train de lutiner debout une femme de ménage ghanéenne qui continuait à passer, comme si de rien n'était, son chiffon à poussière sur les écrans d'ordinateur.

Ali, qui était assis à côté de Catherine, plongeait son regard de temps à autre sur sa poitrine, ce qui n'échappait pas à l'œil inquisiteur de Jean-Paul d'autant qu'elle provoquait le jeune homme depuis dix minutes par une inclination exagérée du buste. Pour essayer de garder une contenance, Ali se forçait à parler littérature avec moi. Il avait une grande bouche étroite pleine de ce qui ressemblait à des dents brunâtres disposées dans tous les sens. Contre toute attente, son haleine n'avait pas une odeur fétide mais simplement un peu sucrée, comme s'il s'était rincé la bouche à l'essence de vanille. Il parlait de Flaubert et de Kafka en faisant de grands gestes qui contrastaient avec l'attitude réservée qu'il manifestait depuis le début.

— Pour exprimer la vie en littérature, il ne faut pas seulement renoncer à beaucoup de choses, mais avoir le courage de taire ce renoncement, dit-il d'un ton docte.

Élisa applaudit à l'autre bout de la table.

— Tu as lu ça où ? demanda-t-elle avec son assurance habituelle.

— Arrête un peu, lui dit doucement Isabelle en pressant sa joue entre ses doigts.

— C'est de Pavese, répondit Ali sans regarder l'assistance. C'est dans son Journal, *Le Métier de vivre.*

— C'est très beau, intervint Isabelle avec une compassion infinie. Ne soyez pas vexé, Ali, Élisa est toujours un peu brutale avec les gens qu'elle ne connaît pas. Certaines femmes adorent perturber la vie des hommes.

— Ce n'est pas grave, dit doucement Ali.

— C'est marrant, c'est ce que disait toujours Éric, dit Goliaguine en tirant sur le lobe de son oreille droite, les yeux baissés sur son assiette. Ce n'est pas grave, ce n'est pas grave, répétait-il tout le temps.

Il ponctua sa déclaration d'un éclat de rire hystérique. Une tension stuporeuse parcourut l'assistance.

— Et comment va la santé ? lança Élisa au bout de quelques secondes en se haussant sur les accoudoirs du fauteuil club avec une jubilation sournoise.

— Tu t'intéresses à la santé des gens, maintenant ? répliqua Goliaguine, cassant.

— C'est surtout la tienne qui m'intéresse, mon chou.

Elle se frotta contre lui en tapotant sa cuisse sous le regard horrifié de Maeva. Comment vont tes problèmes d'érection ?

— Tu fais chier, Élisa, dit Isabelle en se levant pour aller vers le perroquet où étaient accrochés les manteaux. Je m'en vais, tu es insupportable...

Élisa jubilait en se tordant les mains au-dessus de la table comme une malade mentale. Personne n'osait faire le moindre commentaire.

— Je sais que je suis une vilaine fille, s'exclama-t-elle en pointant le doigt en direction d'Isabelle. Je vais être punie en rentrant... Zaza va me donner la fessée. Pan ! Pan ! Pan ! Pan ! fit-elle en tapant sur la table du plat de la main.

Je me retenais pour ne pas pouffer de rire. Il se passait enfin quelque chose. Maeva Goliaguine était l'expression vivante de l'effondrement. Sa petite bouche cernée de duvet formait un O suggestif, tandis que ses yeux se réduisaient de plus en plus à des fentes. Son mari avait un sourire idiot sur la figure et gardait les yeux fixés sur le plafond.

— Ne vous inquiétez pas, chers collègues, finit par dire Isabelle en enfilant son caban, c'est une maladie mentale assez ordinaire. On réussit parfois à la guérir. Histrionisme infantile accentué par une apopathodia-phulatophobie.

Ali leva le doigt, comme à l'école.

— Qu'est-ce que c'est ?

— Phobie de la constipation, elle ne peut rien garder pour elle. Enfance à Orléans, éducation chez les Jésuites, découverte tardive de la sexualité... ça se soigne avec une pincée de restructuration cognitive et un doigt de thérapie comportementale ! Tandis que le mongolisme, c'est assez irrémédiable.

Élisa, en entendant ces mots, se contorsionna sur son fauteuil, les mains crispées sur les accoudoirs. Elle articulait des petits cris de demeurée tout en poussant la vraisemblance jusqu'à baver sur Vincent Crochelet qui se leva, effrayé. Isabelle s'approcha d'elle et la souleva sans ménagement.

— Allez ! on va rebrousser chemin, tu veux ?

Elle lança la métaphore avec une certaine énergie familière. Encouragée par sa propre voix, elle poursuivit :

— Si tu continues, je dis à tout le monde que tu manges des crottes de chien !

Élisa riait comme une folle et se laissait aller dans les bras d'Isabelle qui la traîna jusqu'au canapé. Elle ne se débattait pas mais pesait volontairement de tout son poids pour empêcher son transport. Isabelle devait s'arrêter tous les cinquante centimètres, le souffle court. La sueur marquait son crâne de petites cloques. Une lassitude glissa sur nous, comme un goût rance. Catherine souffla un épais nuage de fumée au-dessus de mon épaule. Je poussai un glaçon dans le fond de mon verre, l'enfonçai avec un doigt et le laissai remonter.

J'entendis le mot « gouine » derrière moi avec un petit sifflement de mépris. Je ne me retournai pas. Vincent Crochelet, qui était resté debout adossé contre la bibliothèque, proposa son aide à Isabelle en prenant la veste d'Élisa. Il essaya en vain de lui faire enfiler les manches. J'étais de plus en plus mal à l'aise. Je me tenais raide sur ma chaise, regardant ailleurs. J'avais l'impression de voir représenter l'histoire de la vie du couple formé par Élisa et Isabelle. Une histoire d'accord parfait à domicile mais de discordance absolue dès qu'il s'agissait d'affronter le monde réel. Personne ne faisait d'effort pour voir qui elles étaient. Les gens leur posaient des questions qu'elles considéraient comme des insultes adressées à leur intelligence. Tout se passait comme si Élisa entrevoyait un abominable réseau de relations, une inondation mortifère derrière les phrases ahurissantes de banalité qui osaient s'échanger, là, sous ses oreilles.

Le faux charisme de Goliaguine dissimulé derrière ses sourcils en ailes de chauve-souris ; la victimologie obsessionnelle d'Accetto, la nymphomanie compulsive de sa femme dans l'âge mûr ; la lourdeur de Crochelet, l'inexistence de Rebecca Crochelet (de son nom de jeune fille Saltzman, mariée contre l'avis de sa famille à un goy pour lequel elle s'était teinte en blond pour faire moins « juive ») ; la soumission de Maeva Goliaguine, vivant dans un état de séparation muette avec tout ce qu'elle aurait pu réaliser dans la vie du dehors ; Ali et ses conversations gyrovagues autour de la littérature qui dissimulaient avec peine sa volonté de puissance frustrée...

Tout cela, elle le voyait.

Comme tous les tempéraments plus généreux que tacticiens, ses confrontations au monde la renvoyaient toujours à sa propre culpabilité même si elle se sentait innocente. Elle rentrait chez elle et s'allongeait dans le noir, les jambes repliées contre sa poitrine. Elle se sentait alors petite et perdue. Elle se promettait à elle-même de ne plus se faire remarquer.

Le lendemain, elle recommençait.

Les Accetto étaient à présent enlacés et dodelinaient de la tête en regardant Ali qui faisait une démonstration de breakdance sur une reprise rappée de « No woman, no cry », un disque qui devait avec quelque vraisemblance appartenir à Goliaguine junior.

Les premières gouttes de pluie étaient tombées après le départ de la plupart des invités, laissant sur les vitres des filaments de réfraction liquide poussés par le vent. La pluie fouettait à présent les vitres et tambourinait contre la verrière de la cuisine. À l'autre bout de la table, le menton enfoui dans la paume de mon bras gauche replié, je suivais des yeux les motifs complexes formés par les contorsions d'Ali qui donnait l'impression d'avoir oublié jusqu'à notre présence.

Maeva débarrassait les serviettes de papier déchirées, les assiettes en carton tachées de sauce et les cadavres de bouteilles vides que son mari observait, dubitatif, avec cet air déprimé propre aux fins de banquet.

— Tu as parlé de Capadis tout à l'heure, dis-je à Goliaguine du même ton impassible qu'un greffier en train de récapituler des faits.

— Exact, répondit-il en jetant un regard craintif du côté des Accetto. Tu veux savoir quoi, jeune homme ?

— Pourquoi répétait-il toujours « C'est pas grave, c'est pas grave » ? À quel propos ?

Goliaguine alluma sa cigarette en la tenant à l'envers. Il inspira une large bouffée du filtre, ce qui le fit éternuer sur-le-champ. Jean-Paul se leva pour lui taper dans le dos.

— Tu devrais arrêter, Michel, dit Maeva, revenant dans la salle avec un flacon de détachant pour moquette.

— C'est sûr que tu devrais arrêter de fumer, renchérit Accetto, surtout les filtres ! C'est pas bon, ça, les filtres !

Catherine sourit. Mais ce n'était pas la blague de son mari qui lui faisait retrousser les lèvres, c'était le renflement barrant la braguette du jean d'Ali qu'il tentait en vain de dissimuler en tournant le dos à notre table. Il s'arrêta soudain de danser et mit un vieux Steely Dan à la place des Fugees. Il vint s'attabler si précipitamment que Catherine éclata d'un rire sauvage qu'elle ne put réprimer qu'en se levant pour aller aux toilettes.

— Tu sais, reprit Goliaguine, ils ont été durs avec lui dès le début. Je n'ai jamais compris pourquoi. Il était jeune, enthousiaste, il n'était pas là uniquement pour être fonctionnaire... il n'avait jamais bossé comme maître auxiliaire, c'était sa première expérience concrète de l'enseignement. Les gosses ont dû le sentir !

— Pourquoi lui avoir confié cette classe ?

Il hésita un instant avant de me répondre. Un chat noir fit son apparition dans le salon. Il se glissa le long des chaises comme une fourrure liquide. Jean-Paul leva les yeux vers le lustre avec un raclement de gorge.

— Parce que personne n'a voulu de cette classe au moment des répartitions de fin d'année, répondit Goliaguine en détachant chaque syllabe avec une inflexion de voix apologétique.

— Pourquoi cette crainte ?

Goliaguine éluda la question en poursuivant sur l'objet premier de ma question.

— Il se confiait à moi régulièrement... j'étais le seul à qui il parlait, d'ailleurs, je n'ai jamais su pourquoi. Comme j'habite à côté du collège, il venait souvent à la maison pour me raconter comment ça se passait...

— Et alors ?

Il me regarda avec l'air de se demander s'il pouvait envisager sérieusement de me confier quelque chose d'un peu personnel.

— Eh bien... ça ne se passait pas vraiment comme il le voulait. Il venait me demander des conseils. Cazin, il la trouvait incompétente. Il a passé des après-midi complets ici, Maeva peut te le confirmer !

Celle-ci hocha la tête lentement.

— J'aimerais *vraiment* savoir ce qui n'allait pas avec cette classe.

Il se tourna vers Accetto qui entre-temps s'était levé et nous observait, debout dans l'encadrement de la porte. Ce dernier lança un regard d'autorisation à Goliaguine.

— Il recevait des coups de fil anonymes tous les jours. Personne ne parlait au bout du fil ou alors c'était de la musique ou des bruits de télévision. Comme tous les gens optimistes, il flanchait au premier coup dur. Il était persuadé au début que c'étaient des profs. Il était un peu parano et pensait qu'à cause de son attitude distante, ses collègues lui en voulaient. Le pauvre, s'il avait su à quel point ils s'en foutaient. Un jour, il avait été naïvement chez les flics pour leur demander de le mettre sur écoute afin d'identifier les coupables. Il n'en dormait quasiment plus. On l'a renvoyé aux PTT et c'est là qu'il a appris l'existence d'un service téléphonique qui, après chaque appel, pouvait lui donner le numéro de la personne venant de l'appeler s'il ne décrochait pas. Comme on l'appelait rarement — c'était quelqu'un de très seul, très renfermé ; une personnalité plutôt schizoïde, à mon avis — il n'a pas eu de difficultés à localiser le numéro d'appel du persécuteur anonyme. Grâce à un service Minitel, il a pu mettre un nom sur le numéro.

Il s'arrêta et fixa un point au-dessus de l'épaule de sa femme. J'avais l'impression que son regard s'éteignait au fil de son récit.

— J'ai besoin du nom.

— Je ne crois pas que ça ait un quelconque intérêt. C'est du passé. Éric est mort maintenant.

— J'aimerais que tu me laisses seul juge de ce qui a un intérêt à mes yeux.

Ali était lourdement affalé en avant et dodelinait de la tête lentement, les coudes juste au-dessus des genoux, les paumes jointes et les doigts pointés vers le bas. Il semblait prendre un intérêt particulier à notre conversation.

— Clara Sorman. Éric a su par la suite qu'ils se réunissaient chez elle et lui téléphonaient.

— Comment a-t-il su qu'ils se réunissaient chez elle ?

— C'est elle qui le lui a dit. Il avait réussi à la prendre à part pour lui dire qu'il savait.

Il y eut un silence. Goliaguine se sentait mal à l'aise. Il époussetait constamment des pellicules imaginaires sur son crâne, et s'enfonçait de temps à autre un doigt dans l'oreille, puis l'agitait vigoureusement. Catherine, les mains jointes devant elle, écoutait en observant Goliaguine avec une fixité intimidante, comme si elle était figée sur sa chaise, incapable de bouger. Elle avait totalement oublié la présence d'Ali.

— C'est comme dans *Les Disparus de Saint-Agil*, ai-je repris, l'existence d'une société secrète au sein d'une classe de collège.

— Non, Pierre. Ici, c'est toute la classe qui est mouillée. Il arrive souvent que les élèves se liguent contre un prof. C'est un pur réflexe de cohésion tribale dirigée contre un individu. Un sociologue t'expliquerait ça mieux que moi.

— C'est ta version qui m'intéresse. Les faits bruts relatés par un enseignant expérimenté. Continue.

— Je n'aime pas les conversations comme celle-ci.

— Tu veux changer de sujet ?

— Cela ne dépend plus de moi.

Hochement de tête d'Accetto. Goliaguine reprit :

— Les appels ont recommencé un peu plus tard, mais ils provenaient d'une cabine en plein centre d'un village limitrophe. Un soir, il m'a appelé. Il avait reçu un colis. À l'intérieur, il avait trouvé la tête d'un chat tenant dans sa gueule une souris dans un état de décomposition avancée. Il n'y avait pas de message. Il bégayait presque tellement il était sous le choc. Tout l'après-midi, il s'était caché sous sa couette et avait pleuré. À partir de cet épisode, il pensait qu'il était tout le temps suivi par les gosses. Il flippait en permanence. J'ai du mal à imaginer ce qu'ont pu être ses cours.

— En a-t-il parlé à Poncin ?

— C'est ce que je lui ai dit. C'était une idée qui ne lui plaisait pas au début mais il a fini par demander un rendez-vous. Il a exposé le problème sans parler du colis — ce qui a été un tort à mon avis —, il a même donné le nom de Clara Sorman. Tu ne devineras jamais ce qu'a fait Poncin ?

— Il l'a convoquée ?

— Du tout. Il a couvert la gamine et la classe en général, en lui expliquant que c'était une bande de farceurs, qu'ils aimaient bien plaisanter avec les nouveaux profs. Alors, Éric s'est levé et il est parti. Ça a été la fin de la discussion. La fin de tout, d'ailleurs.

— Et puis il s'est suicidé.

— Hélas.

L'angle selon lequel Jean-Paul était incliné semblait lui offrir un aperçu rare de sa propre taille. Il avait l'air absorbé dans la pièce de jean boulochante qui ornait son genou, roulant entre ses doigts chaque bille pelucheuse à tour de rôle. Il gratta ensuite une allumette et, l'abritant dans ses mains mises en conque contre on ne sait quel vent, il regarda à nouveau dans la direction de Goliaguine en lui adressant de la main un geste vague de déprécation.

— Michel a oublié deux ou trois trucs...

Le téléphone sonna dans une pièce voisine. Maeva se précipita pour aller répondre.

— À cette heure-ci, c'est sûrement la maîtresse ou l'amant, commenta perfidement Catherine à mon oreille.

— Capadis était dépressif, continua-t-il, il avait déjà fait plusieurs tentatives de suicide. Il était très introverti. Il avait des obsessions... inquiétantes, pour ne pas dire plus. Il était évident que le corps des autres le mettait mal à l'aise. Je ne l'ai jamais vu serrer la main de quiconque, par exemple. Il était très replié sur lui-même, il évitait tout contact à l'exception de Michel en qui il devait voir une sorte de père idéal.

Je revoyais le père Capadis et ses traits rudes de paysan, sa tristesse d'exilé, sa chevelure plantée en un V pas trop prononcé, rejetée en arrière en une lisse et brillante parabole pour dégager un grand front. Tout le contraire de Michel Goliaguine qui avait certainement représenté pour Capadis le type même de l'esthète cultivant la maîtrise de soi. Avec Goliaguine, j'imaginais qu'il avait pu dériver au-delà des marges des choses admises par son éducation.

— C'est une hypothèse un peu grossière, trancha Goliaguine, mais acceptable.

— Des obsessions inquiétantes... tu as parlé d'obsessions inquiétantes.

— Je ne peux pas en dire plus. Après, c'est de l'interprétation personnelle, il faut se méfier. Il a dû se faire sa névrose affective sur leur dos. J'ai l'impression qu'ils s'en sont aperçus. Et avec eux, ça ne pardonne pas.

12

Je ne manquais jamais, quand l'occasion se présentait, d'examiner attentivement le visage de ma sœur sur une photo, à la recherche de traits semblables aux miens. Y avait-il quelque chose de commun dans l'avancée provocante de la lèvre inférieure ? Une correspondance dans l'arc accusé des sourcils ? Quelqu'un pouvait-il penser, en nous voyant côte à côte, que nous étions frère et sœur... ?

Pour ma part, aucune ressemblance n'était possible, excepté notre manière de rire identique. Depuis que certaines personnes me l'avaient fait remarquer, je m'étais efforcé de ne plus rire de cette façon. Léonore avait un rire enfantin, une explosion de gaieté incontrôlable. Je ne riais pas souvent mais lorsque je ne pouvais l'éviter, je me surprenais à m'esclaffer comme elle. Je me disais parfois que j'avais travaillé mon apparence dans le seul but de paraître aussi dissemblable que possible de ma sœur. Mes yeux tabac évoquaient une lointaine désolation. Mon regard exsangue, auquel j'avais volontairement ôté toute intensité, construisait sans relâche un espace de relation infranchissable à l'attention exclusive de mes collègues. Mon visage dépourvu de traits soutenus, cette atonie délibérée dans les déplacements, tout avait été prémédité pour que les gens supposent quelque chose d'inaccessible en moi.

Pendant que je me livrais à ces réflexions, que je regardais l'espace de quelques secondes la photo de Léonore prise lors d'un réveillon du jour de l'an, je perdis momentanément la notion du temps et tout intérêt pour la salle des profs. À cause de l'infime pulvérisation de pluie qui rebondissait sur le bord de la fenêtre, je me remis à prêter attention aux bruits alentour. À nouveau, je tendis l'oreille et pendant un moment je n'entendis rien. J'en vins même à me demander si pendant ces quelques instants de distraction, les quelques professeurs présents n'étaient pas sortis de la salle à mon insu. Ce n'est que lorsque je vis le panneau d'informations syndicales que la raison de cette absence d'agitation m'apparut. La plupart étaient en grève.

Comme le retour des saisons et la migration des baleines blanches, les jours de grève relevaient d'une récurrence bénigne, prévisible, parfaitement intégrée dans le cheminement d'une vie scolaire normale. Ces moments de flottement confirmaient chaque année notre existence matérielle, fédérée autour d'un noyau brut de contestation qu'aucun changement ministériel n'aurait pu entamer. Je m'intéressais peu aux combats qui se déroulaient dans l'arène scolaire. C'était à chaque fois un motif de discorde avec les susceptibilités locales pour lesquelles mon individualisme bourgeois était une honte pour le métier. Les intéressés se vengeaient en évitant de me prévenir des préavis déposés. Dont acte.

Quinze jours s'étaient écoulés depuis le dimanche chez Goliaguine. Trois jours après cet intermède mondain, Jean-Patrick avait rappelé chez moi. Il avait une voix affolée et parlait dans un vacarme de source indéfinie. Cette fois-ci, c'était grave, m'avait-il annoncé. Ma sœur avait tenté de se suicider. Elle s'était ouvert les poignets dans la baignoire, comme un sénateur romain. Il l'avait trouvée flottant dans une mare carmin, les yeux révulsés comme une grande délirante, son corps nu exhalant une tranquillité effrayante. Le rasoir de type coupe-chou gisait sur le tapis de la salle de bains. C'était la première chose que Jean-Patrick avait remarquée. Il avait tout de suite eu la présence d'esprit de la sortir de l'eau encore chaude parce qu'elle activait l'hémorragie (« Heureusement que j'avais déjà fait du secourisme ! » ne cessait-il de répéter à chaque fois qu'il inventoriait les techniques utilisées pour ramener ma sœur à la vie). Avec la manche de sa chemise, il lui avait fait un garrot. Ses extrémités étaient déjà bleues.

Léonore resta en observation pendant une semaine à l'hôpital Trousseau. L'artère de son poignet droit était complètement sectionnée (elle était gauchère), mais l'entaille de son poignet gauche n'était pas très profonde, le dessous de l'artère étant quasiment intact. Elle avait eu vingt points de suture à chaque poignet. Il m'était impossible de ne pas songer à Capadis qui avait expiré un mois plus tôt dans ce même service. Je pris une semaine d'arrêt pour venir la voir tous les jours et lui apporter des livres et du chocolat noir aux noisettes.

Mon père et ma mère vinrent aussi, mais séparément. Ils nous présentèrent, chacun à leur tour, le nouveau compagnon de leur vie. Les rôles semblaient s'être inversés à présent : les parents amenaient leurs prétendants aux enfants. C'était pour eux une façon de continuer la narration familiale tout en nous faisant accepter le fait qu'à un moment du scénario, quelqu'un les avait obligés à dédoubler les rôles.

À trente-deux et trente-six ans, ma sœur et moi n'avions toujours pas de descendance ; nous restions un peu *leurs* enfants. À ce titre et de manière implicite, nous pensions que nos parents devaient encore nous rendre des comptes. Je me suis souvent demandé si le fait de rester « fils de » ou « fille de » n'avait pas largement influé sur le fait que nous n'ayons jamais ressenti le besoin de procréer. Pour nous, je crois que c'était une manière simple et peu engageante de conserver l'illusion que nous ne vieillirions jamais.

À chaque fois que mon père ou ma mère étaient entrés dans la chambre avec le nouveau personnage, Léonore leur avait jeté un regard de mépris vertueux. Survivante allongée sur un lit d'hôpital, elle pouvait se permettre de leur faire comprendre qu'elle se donnait beaucoup de mal pour ne pas avoir pitié d'eux. Elle semblait tenir là une espèce de revanche. Pendant tout l'entretien, ses yeux semblaient dire : « Comme d'habitude, vous avez réussi à vous en sortir, *pas moi* ! » Elle avait toujours fonctionné selon le principe que sa souffrance devait être rédimée. Toute sa stratégie, mystérieuse en apparence, avait consisté à leur suggérer l'éventualité scandaleuse d'une double vie menée depuis longtemps, au mépris des règles de transparence qu'ils nous avaient inculquées.

Notre mère s'était coupé les cheveux assez court et les avait teints en blond cendré. Avec son tailleur gris souris et son imperméable sur le bras, elle semblait sortir d'un film des années 50 avec ces hommes au nez cassé qui attendaient des femmes au physique mi-rigide, mi-égrillard dans des voitures de luxe. L'homme qui l'accompagnait avait une quarantaine d'années et un début de calvitie. Il portait des vêtements décontractés, de ceux que nous associons souvent aux médecins conventionnés qui se sont lancés sur le tard dans les thérapies orientales. Ses yeux étaient troubles et donnaient l'impression qu'il ne voyait pas réellement la personne en face de lui. Il nous confia, sans que nous lui ayons posé la moindre question, qu'il était ingénieur en documentation mais qu'il s'occupait également de manuscrits anciens (je me suis demandé la signification et la portée de ce « mais »). Tous les deux se tenaient par la main mais leurs genoux n'étaient pas assez proches pour suggérer une relation naturelle qui aurait donné à leur jeu une vérité mélodramatique plus crédible.

Quant à mon père, le départ de ma mère, et le vide brutal qui avait suivi, semblait encore l'affecter. Ses cheveux avaient totalement blanchi et ses joues congestionnées par l'alcool menaçaient d'enjamber les mâchoires. Il ne terminait plus ses phrases. Le ou les derniers mots s'ouvraient sur des débris de protestation avortée, de rancune à peine retenue. Sa vie avait l'air de se dérouler à présent selon un découpage de temps abstrait, dans une sorte de flou compact. Il ressemblait de plus en plus à ces maisons incendiées dont il ne reste plus que le gros œuvre. Au contraire de ma mère, il ne cherchait pas à donner le change, à tenter de nous persuader qu'il ne s'était rien passé. Et de cela, je crois, ma sœur et moi lui étions reconnaissants.

Une femme d'une trentaine d'années l'accompagnait. Elle restait invariablement dans un coin de la chambre, les épaules collées au mur, les bras croisés sur un blouson style aviateur à fixer un point par la fenêtre. Grande et hautaine, pareille à une longue tige écanguée, elle avait le visage résigné d'une vieille fille que les hommes n'avaient cessé de faire souffrir. Elle s'appelait Stéphanie. Léonore la détesta d'emblée. Elle la surnommait « Connie ». Lorsqu'elle en parlait, elle exhibait son sourire vipérin, lent et calculé. Je la haïssais dans ces moments-là.

Stéphanie travaillait comme opératrice de saisie

dans un laboratoire pharmaceutique. Il y avait quelque chose en elle indiquant qu'elle devait aimer les magazines d'animaux et les éclairages en demi-teinte, chaleureux. Elle transportait un désir de bien-être contrarié, de meubles clairs en pin et d'étagères décorées de manière touchante et enfantine. Mon père avait fini par nous avouer qu'il l'avait rencontrée par petites annonces.

Léonore trouva cela « romantique » bien que dans le même temps, elle s'arrangeât pour placer qu'elle trouvait atroce son pantalon en cuir moulant.

Je profitai de mon séjour à l'hôpital pour revoir Nora.

— Bonjour, M. Pierre Hoffman ! m'avait-elle lancé en me croisant dans le couloir des urgences. Elle avait ralenti son pas à mon approche de façon à repartir aussitôt si ses suppositions n'avaient pas été fondées. Elle me tendit la main avec un large sourire comme si j'étais une vieille connaissance. Je ne me souvenais pas d'avoir prononcé mon nom devant elle.

— Vous l'avez vu, et vous l'avez reconnu. C'est formidable !

— Je ne m'attendais pas à vous revoir tout de suite.

Elle portait une chemise écrue par-dessus un blue-jeans et l'absence de blouse blanche me donna l'impression qu'elle était là par hasard. Elle n'avait plus de paire de lunettes accrochées à un cordon. Elle devait avoir fini son service peu de temps auparavant.

— C'est une période de l'année plutôt morbide, dis-je en inclinant la tête sur le côté pour me donner un air de désolation.

— Qui, cette fois-ci ?

— Ma sœur.

Elle ne savait pas si elle devait me croire ou pas. Elle regarda un instant autour d'elle, absorba l'animation du service, se retourna en entendant une bribe de phrase jaillir d'un rire collectif, puis décida de considérer ce que je venais de lui confier comme possible.

— Elle s'est tailladé les poignets, ajoutai-je devant son silence.

Nous sortîmes ensemble le soir même. Elle m'avoua qu'elle détestait les restaurants et le cinéma. Surtout y aller avec des hommes qui en profitaient toujours pour suggérer une malversation érotique en fin de soirée. Je plaidai ma cause, les deux mains devant ma poitrine comme un joueur de volley-ball s'apprêtant à renvoyer la balle. Cela se décida sans paroles ni pressions particulières : Nora et moi ne coucherions jamais ensemble.

Elle souhaitait que je lui laisse le choix thématique de la soirée. Je devrais aller la chercher devant chez elle à vingt-deux heures ; elle m'expliquerait alors la suite des opérations. En disant cela, sa voix se nuançait d'une intonation théâtrale, d'une ampleur de conjuration.

Elle habitait à Blois dans un quartier réputé

« difficile », adjectif municipal censé dissimuler, d'après ses propres mots, une stratégie de parcage des classes dangereuses. Je lui avouai qu'il m'était toujours difficile de ne pas accorder de valeur péjorative à ces blocs de béton morbides, entièrement conçus pour développer une conscience de soi négative. Mais Nora semblait ne pas y accorder d'importance. Elle m'expliqua qu'elle dormait le plus souvent dans une chambre à l'hôpital pour ne pas faire le trajet Tours-Blois. Au moins, elle avait la télévision.

« Quand je suis entrée pour la première fois dans l'appartement, m'avait-elle confié, la cuisine équipée et les convecteurs électriques ne marchaient pas, les crottes du voisin du dessus flottaient dans mes W.-C., ça puait le renfermé. J'ai même trouvé des croix gammées et d'autres inscriptions du même style au marqueur dans la salle de bains : "Les bougnoules, dehors !", "Les négros à Auschwitz !", j'ai presque pensé qu'ici, on réservait un traitement de faveur aux Maghrébins. J'ai dû dormir pendant des semaines avec toutes les fenêtres ouvertes pour aérer, j'ai pulvérisé des litres de désodorisant. Je me réveillais en plein milieu de la nuit en pleurant, tant et si bien que je suis allée habiter chez mes parents pendant une semaine pour me remettre. Quand je me suis déplacée à l'office des HLM, les employés m'ont traitée comme de la merde. Il y en a un qui m'a dit avec un air obséquieux que les réfugiés albanais ne se plaignaient pas, eux, au moins. J'ai failli lui mettre un coup de pied dans les roustons. Je suis repartie en crachant sur l'ordinateur de la secrétaire. C'est minable, je sais, mais j'étais détruite. »

J'étais à vingt-deux heures devant un ensemble d'immeubles ocre avec des losanges violets sur la façade qui ressemblaient à des bâtiments de la Sécurité sociale. En arrivant devant chez Nora, j'eus la sensation de contempler un espace infini, orné de dessins géométriques. Sur ma droite et sur ma gauche, des immeubles de huit étages, de hauteur identique, s'alignaient par rangées de six. De part et d'autre de l'axe formé par la route, le lotissement s'étendait comme deux grandes ailes plus larges que longues. Les immeubles étaient disposés en chicanes et, sans doute à cause de la nuit, l'œil semblait ne rencontrer que des parallélogrammes soutenant la voûte sombre du ciel.

Nora m'attendait sous le porche du bloc numéro 9 et pianotait sur les boutons de l'interphone. Lorsqu'elle a ouvert la portière, j'ai entendu un bruit de chiens, au loin, qui se jetaient contre des grillages.

Comme elle aimait danser, elle m'amena dans une boîte de nuit aux environs d'Amboise. J'avais pris ma voiture immatriculée 37, par crainte de représailles éventuelles sur une plaque « étrangère ». Pendant tout le trajet, Nora avait mangé des Ferrero roche d'or. Les emballages couleur de chrysocale qu'elle alignait sur le tableau de bord étincelaient sous la lune. Je l'observais à la dérobée, la tête droite vers la route, les yeux de guingois dans le rétroviseur intérieur, une retenue étroitement liée à mon éducation envers les femmes. Elle avait les ongles peints en noir et les yeux maquillés avec du khôl. Sa bouche était nue. Une bague enserrait le pouce de sa main gauche, une pièce de monnaie sertie sur une monture métallique.

Le *Sunshine* n'était pas vraiment une boîte de nuit. C'était une espèce de chalet planté dans du faux sable au fond d'un vallon entre de grands pins. Il y avait peu de monde lorsque nous sommes arrivés à dix heures et demie, une douzaine de voitures tout au plus. Une musique synthétique, monotonement rythmée, parvenait jusqu'à notre voiture.

Nora était habillée d'une veste-capuche grise sur une jupe courte imprimées avec des arbres. Le reflet métallisé de ses boots, munis de semelles crantées à talons compensés, donnait l'impression qu'elle projetait de minuscules éclairs de chaleur au ras du sol. Habillée ainsi, elle ressemblait à un curieux mélange de Barbarella et de Neneh Cherry. Avec ses cheveux noirs frisottés, elle me donnait envie de lui apporter des petits-beurre et un verre de lait frais. Je la suivis en essayant sans succès d'adopter une démarche décontractée.

Une grille de fer coulissa, laissant filtrer une lumière vinaigrée. L'œil scrutateur du cerbère de service se posa sur le tee-shirt décolleté de Nora. Après quelques instants de pause, la porte s'ouvrit avec un bruit de ventouse. J'aurais dû me douter de quelque chose dès l'entrée, quand le videur m'avait lancé un clin d'œil de complicité virile.

Nora laissa sa veste-capuche au vestiaire, je déposai mon blouson. Elle exhibait à présent un tee-shirt avec des motifs cartoons et un tour de cou genre collier de chien, avec des petites rosaces imitant des perles de strass. Un long couloir recouvert d'affiches de cinéma seventies menait vers le théâtre des opérations. À notre arrivée, quelques couples s'agitaient sur la piste au rythme d'une morne techno. Les murs étaient peints en un jaune phosphorescent, presque douloureux.

Le disc-jockey était une disc-jockey. Elle s'affairait derrière deux platines, torse nu, les mamelons percés. Elle portait une casquette « Cool as fuck ». Nora me hurla à l'oreille, sans doute pour me mettre à l'aise, que c'était une amie d'enfance. Elles avaient été ensemble au collège Bégon dans la ZUP. Entre deux morceaux, l'amie d'enfance criait dans le micro d'ambiance « Woup, wop, c'est chaud, c'est très hot au *Sunshine* ce soir ! » À chaque enchaînement musical, je sentais mes traits se crisper et mon cœur se soulever dans ma poitrine. La tête de Nora remuait légèrement d'avant en arrière pendant qu'elle observait les gens en train de danser sur la piste.

Elle prit mon bras et m'entraîna vers les grands fauteuils pourpres qui encadraient la piste. Ils sentaient l'humidité et le tabac froid. Nora esquissa une moue de dégoût en se calant à l'intérieur. « En fin de soirée, dit-elle pour me détendre, il paraît que les rats montent du sous-sol et viennent causer avec les derniers clients. » Elle sourit de ce sourire intérieur si particulier, qui s'approfondissait lentement, amusée peut-être d'avoir touché une vérité. Je parlais peu. Nora était assise en face de moi et fumait une cigarette avec des gestes saccadés. J'étais hypnotisé par les éclairs des stroboscopes et des flashes qui illuminaient les danseurs. Un écran de télé géant diffusait des clips coupés par de la publicité pour des biscuits apéritifs ou des téléphones portables.

Nous dansâmes pendant les deux heures suivantes. Nora était infatigable. Chaque fois que j'étais hors de portée de son regard, je m'esquivais pour regagner, épuisé, les fauteuils. Mais elle finissait toujours par me surprendre et m'invitait par un signe de la main à revenir sur la piste. Légèrement sur le pourtour de celle-ci, un jeune homme avec des cheveux frisés au volume invraisemblable exécutait une étrange chorégraphie. À la manière de Travolta dans *La Fièvre du samedi soir* (que j'avais vu dix-sept fois, adolescent !), il faisait un geste bizarre de la main droite ; repliant le pouce et les doigts médians dans sa paume, il pointait l'index et l'auriculaire vers ses propres testicules tandis que sa main gauche s'élevait vers le ciel, le doigt levé dans une parfaite synchronisation. Il disparut au moment où je voulus le montrer à Nora.

Vers minuit et demi, les quelques personnes qui avaient évolué sur la piste avec nous depuis deux heures s'éclipsèrent. Lorsque Nora s'aperçut que nous étions seuls, elle s'arrêta brusquement de danser et me demanda ce que je voulais boire.

J'optai pour un gin-fizz, une boisson élémentaire que tous les barmen du monde connaissent. Elle partit commander au bar qui s'était totalement vidé, à l'exception d'une très jeune fille, qui paraissait seule. Je lui donnais quatorze ans au maximum et m'étonnais dans le même temps qu'elle ait pu entrer malgré l'interdiction aux mineurs. C'était sûrement la fille du patron, ou d'un employé quelconque. Elle essayait de communiquer avec le barman, un moustachu luisant qui dansait tout seul derrière son bar en essuyant des verres à bière. Il avait un visage parfaitement inexpressif et la carrure pour transporter des meubles lourds dans des escaliers tortueux. La jeune fille buvait une Heineken avec une paille et parlait en regardant son propre reflet dans la glace qui lui faisait face. À l'évidence, le barman ne l'écoutait pas. Il se jeta presque sur Nora lorsqu'elle s'approcha pour prendre la commande.

Elle revint avec une expression d'effervescence sur le visage, comme si elle était persuadée de vivre à présent dans une zone de jeu exalté. Elle s'installa à côté de moi. La distance qu'elle mit entre nos deux cuisses signifiait qu'elle entendait respecter scrupuleusement le protocole de départ.

— C'est bizarre que les gens soient partis, dit-elle, c'est pourtant l'heure où il y a le plus de monde.

— Vous venez souvent ?

— Tu peux me tutoyer !

— Je ne préfère pas.

— Pour quelle raison ?

— Il n'y a pas de raison particulière. Je l'envisage pour plus tard, mais pas maintenant... j'essaie de rester éloigné d'une certaine familiarité.

Elle se mit à rire mais c'était un rire un peu forcé qui semblait exprimer une forme pudique de déception. Le barman moustachu arriva le plateau à la main et nos deux gin-fizz surmontés d'une parure fantaisie. Il déposa les verres devant nous avec une onction papale, puis il attendit d'être payé, le plateau rond devant ses parties génitales, une expression légèrement moqueuse dans le regard. Nora sortit un billet de vingt francs et comme le barman commençait à fouiller dans la poche de son jean pour lui rendre la monnaie, elle le congédia sans lui jeter le moindre regard.

Nous bavardâmes, Nora et moi, une bonne demi-heure en sirotant notre boisson. Elle aborda des sujets angoissants comme son métier d'infirmière et l'aspect fortuit des maladies incurables. Elle enchaîna sur sa passion pour le service des urgences, son caractère unique, relié à une vision centrale et éternelle de la nature humaine. Je la coupai pour lui poser des questions détachées de son travail, faisant allusion au contexte délicat qui entourait notre conversation.

— Pardon, s'excusa-t-elle en rougissant, votre soeur... je vous promets que j'irai la voir chaque fois que je le pourrai.

Après un moment de silence, elle me demanda si j'écrivais des livres. Selon elle, j'avais une tête qui suggérait une vie intérieure, l'élaboration d'un projet en marge d'une idée normale de l'existence. Je la détrompai en lui expliquant que mon plus grand rêve avait toujours été d'aller dans une école de cinéma pour apprendre à tourner des documentaires.

— Le réel ! m'écriai-je, presque exalté, le réel ! Voilà la grande affaire de ma vie ! Je me retournai aussitôt pour regarder si personne ne m'avait entendu.

Les lumières baissaient de minute en minute jusqu'à devenir une brume ouateuse qui enveloppait les choses d'une menace transparente. D'autres personnes arrivaient à présent et se mêlaient sur la piste sans l'habituel rituel d'approche. Des femmes à demi nues, corsetées avec des accessoires imitant des férocités médiévales, déchiraient les poitrines des hommes avec leurs ongles. Les yeux de Nora évitaient les miens. Un jeune travesti avait remplacé son amie d'enfance aux platines et passait des morceaux de disco italienne des années 70 avec de sinistres halètements, à mi-chemin entre le doublage de film érotique soft et la salle de bodybuilding. Il semblait évident que nous assistions à une « soirée » que Nora n'avait pas prévue. J'éprouvais un certain malaise raffiné, comparable au début d'un film qui ne correspondrait pas au titre inscrit sur le ticket d'entrée.

Le mécanisme entier de ce type de soirée semblait réglé en fonction d'un flux d'énergie sexuelle grimpant et redescendant avec l'intensité d'une marée d'équinoxe. Quand le jeune travesti parlait au micro — n'hésitant pas à baisser au maximum le volume de la musique — sa voix était délibérément abrupte et scandée comme les gens qui interpellent des inconnus dans la rue.

Une cage métallique descendit lentement avec une fille en cuissardes mimant une bête sauvage censée fondre sur le public qui, en retour, lançait les doigts d'une manière tigresque dans sa direction. Nora regardait avec consternation ce spectacle de griffures simulées. Du vague intérêt qu'elle avait manifesté au début ne subsistait plus qu'un dégoût convenable. Elle marquait son scepticisme en rejetant la tête en arrière pour lancer de longs coups d'œil obliques vers la piste.

Les écrans publicitaires avaient disparu pour laisser place à des films pornographiques d'une violence extrême, des exercices d'humiliation filmés en super-huit, avec une image granuleuse qui ajoutait un aspect sordide à cet amateurisme. Des mots crus étaient proférés sur un ton de sous-officier par des hommes et des femmes en panoplie de tortionnaire. Différentes phases d'une même séquence apparaissaient sur différents écrans et l'œil du spectateur pouvait sauter d'un seul mouvement d'une télé à une autre, transformant ainsi l'espace de la boîte en une sorte d'échiquier visuel.

Nora regardait devant elle, en tremblant légèrement. Je l'entraînai à l'écart des couples qui commençaient à envahir les banquettes. Elle s'accrochait presque à mon bras comme si elle n'avait plus la force de sortir de la boîte. Je me rendis aux vestiaires prendre nos affaires.

La jeune fille aperçue au bar tout à l'heure était préposée au lieu. Elle parlait à présent avec le portier, assise sur le même tabouret que celui sur lequel elle était juchée lorsqu'elle parlait au barman. Elle avait dû le transporter jusque-là. Il y avait quelque chose de prédécoupé dans sa façon de parler, une volubilité lasse malgré son jeune âge. Ce qu'elle disait semblait lui importer peu, elle parlait comme à l'extérieur d'elle-même. Seules les cadences comptaient, les hauts et les bas de sa voix quasi martiale, les modulations, les arpèges. Ses yeux évitaient l'homme comme si elle s'adressait à une présence invisible.

Elle parlait de problèmes de sonorisation, de circulation urbaine difficile, de périodicité d'enlèvement des ordures, etc. L'autre opinait doucement avec un mouvement d'automate. J'ai imaginé un instant le portier transformé en une gigantesque oreille, du lobule à l'hélix, ses larges épaules affaissées formant une sorte de conque désolée.

Je tapotais sur le comptoir. La fille se retourna de trois quarts, presque surprise. Je lui tendis nos numéros de cintre sans rien dire. Elle hocha la tête puis se laissa glisser de son tabouret et prit les jetons d'un geste taciturne, fataliste.

— Alors, mes petits pigeons, on part déjà ! me lança le portier.

Je pris les vêtements en silence et partis rejoindre Nora. Elle était assise dans un fauteuil à oreilles, les yeux fermés. Elle toussa deux ou trois fois quand elle me vit. Elle s'excusa puis se remit à tousser plusieurs fois de suite. La toux paraissait se faire de plus en plus profonde dans sa poitrine.

Elle se plia en deux et, penchée vers le sol, expira avec difficulté.

— Ça va ?

Je me rapprochai, posai la main sur son épaule. À chaque fois qu'elle toussait, ma paume était secouée de vibrations.

— Je crois qu'on ferait mieux de rentrer, dis-je en lui tendant sa veste.

Elle secoua la tête en souriant, comme si elle attendait de ma part ce genre de repartie insignifiante. Une fois dehors, elle se mit à marcher à toute allure vers la voiture, la veste posée sur ses épaules.

— Merci pour tout, répéta Nora lorsque je me suis approché pour lui ouvrir la portière.

Puis elle éclata en sanglots.

Léonore sortit de l'hôpital trois jours plus tard. Jusqu'au moment où je repris mon travail, j'avais passé la plupart de mes journées avec elle, des moments prolongés de calme absolu. Nous avions ensemble retrouvé un peu de poids, un impact sur nous-mêmes comme si nous étions revenus en un temps où les événements avaient une dimension et une direction plausibles. Nous redevenions prêts à nous enthousiasmer pour des séries des années 70 qui évoquaient des vies comblées, avec des gens assis dans des salles à manger en chêne, discutant de choses sans importance. Nous étions heureux d'une certaine façon, comme on peut être heureux d'apprendre que nos motivations pour être ce que nous sommes devenus n'étaient finalement pas si complexes.

Ma sœur éprouva une sympathie sans bornes pour Nora qu'elle avait eu l'occasion de connaître pendant son séjour à l'hôpital. À sa sortie, elles passèrent beaucoup de temps ensemble. Leur amitié semblait constituée de ce langage direct et familier grâce auquel elles réduisirent dès le premier contact les distances de solitude. Léonore avait toujours éprouvé une méfiance instinctive envers les amitiés féminines qu'elle trouvait gorgées d'intrigues mesquines et de conflits permanents. Elle trouva en Nora quelqu'un de simple et de pratique, totalement dénuée d'arrogance utérine à ses dépens.

Je finis par apprendre que le nom de Nora était Curati et non Baroui comme j'avais pu l'imaginer dans mes rêveries patronymiques. Cela accrédita à mes yeux la vieille idée d'Otto Rank selon laquelle les gens étaient voués, finalement, à vivre la signification de leur nom de famille.

13

Le conseil de classe des quatrièmes F eut lieu avec un léger retard, dû en partie à des défaillances du système informatique. Le collège, depuis deux ans, s'était informatisé de la base jusqu'au sommet, et chaque enseignant devait en fin de trimestre « entrer » ses notes dans l'ordinateur. Ces notes étaient ensuite transformées par le secrétariat en graphiques de répartition, en statistiques présentant variables, typologies et analyses factorielles très pointues. Cela permettait au professeur principal, animateur incontournable du conseil de classe, de présenter des organigrammes compliqués, preuves irréfutables des sanctions positives, récompenses et gratifications à venir.

Les parents étaient ébahis.

Poncin était ravi également de leur distribuer ces documents. Ils lui donnaient l'occasion de montrer sa pratique du vocabulaire des sciences humaines que l'assistance feignait de comprendre avec des hochements de tête compréhensifs. C'était toujours un plaisir rare de le voir debout les mains sur les hanches, les pans de sa veste écartés sur un début d'embonpoint, considérer l'assistance avec un sourire épanoui chaque fois qu'il parlait d'effets émergents, de nécessités fonctionnelles, d'indexicalité et de frange d'incomplétude.

La mère de Dimitri Corto était l'autre cause du retard du conseil de classe. Elle n'avait pu se déplacer le jour prévu pour une raison inconnue. Elle le fit annuler sans justificatif trois jours avant, ce qui confirma mes soupçons sur le degré d'indépendance de la direction par rapport aux parents d'élèves. Le conseil eut finalement lieu le 22 mars, soit une semaine après toutes les autres classes de quatrième.

Quatre professeurs, Poncin, les deux délégués des élèves et les deux représentants des parents d'élèves étaient présents, ce qui donnait à la réunion l'aspect d'un restaurant touristique hors saison.

Tout d'abord, il y avait Annie Jurieu, le professeur principal de quatrième F, germaniste émérite en préretraite dont le charme résidait dans un perpétuel sourire d'où émanait une bonté lasse et sentimentale. Patrick Borain était également présent. C'était un prof d'éducation physique d'une stupidité exemplaire qui participait aux conseils dans le seul but de justifier ses indemnités de suivi et d'orientation. Enfin, assise en face de Poncin et d'Annie Jurieu, Maryse Beauval — un prof de SVT avec un accent parisien si prononcé que ses collègues la surnommaient Arletty — s'était lovée entre Borain et moi.

L'après-midi même, les absents s'étaient justifiés en salle des profs comme des tribuns révolutionnaires en arguant du fait que nous n'étions pas les larbins des parents d'élèves, un style de protestation associé au menton levé, un ton de voix sec, sans possibilité de coopération ni de réplique.

Sur les côtés étaient assis, les uns en face des autres, les délégués et les représentants des parents. Isabelle Marottin et Dimitri Corto écrivaient sur un cahier avec application ce que je supputais être une liste de revendications dont ils nous feraient part à la fin de la séance. La première avait toujours cet air évanescent qui laissait à penser qu'elle n'avait pas encore trouvé sa forme définitive. Je me souvenais de la désinvolture avec laquelle elle s'était laissé traiter de pisseuse par Sandrine Botella, comme si elle avait tranché tous les fils qui rattachaient le sens du monde au vocabulaire ordurier qu'elle entendait au collège. Le second avait l'air moins à l'aise qu'au milieu de ses camarades, presque déplacé dans ce contexte. Il semblait moins claironnant et quand il n'écrivait pas, il demeurait immobile et silencieux, le menton sur la paume de la main, se contentant parfois de dévisager sa mère avec un étrange sourire.

Cette dernière était assise en face de son fils, à côté du père d'Apolline Brossard, un quadragénaire rustique qui regardait l'assistance avec l'expression désespérée d'un homme condamné à assécher un étang avec une éponge. Il avait cet air, à la fois méfiant et débonnaire, typique du paysan tourangeau qui n'avait pas changé depuis les romans de Balzac. Il avait cet embonpoint strictement abdominal dû à l'excès de sucre produit par l'alcool. Au cours des années, l'ancienne laideur de son visage s'était aggravée de boursouflures, de poches, de sillons et de veinules lie-de-vin sur un fond violacé un peu moins soutenu.

C'était la première fois que j'avais l'occasion d'être en contact avec Mme Corto. Elle était en avance et trépignait sur place devant la porte quand je suis arrivé. Dès qu'elle me vit, elle me tendit un piège à loup en guise de poignée de main. Elle parlait d'une voix dentale, une voix de bonne famille. Je la détestai d'emblée. Son tailleur moutarde, sa poitrine qui se soulevait régulièrement dans son chemisier blanc pour indiquer son agacement devant la lenteur des opérations, sa façon de lever la tête d'un air sceptique en détordant un trombone, son ton neutre de commissaire-priseur, tout indiquait la femme phallique, autoritaire qui pare chacune de ses paroles d'une excellence morale, virtuellement imperméable à l'ironie.

Poncin commença le conseil en fustigeant le manque d'assiduité *en général* des enseignants aux conseils de classe, évitant ainsi ingénieusement un commentaire sur leur absence *en particulier* aujourd'hui. Il se tournait sans cesse vers la mère de Dimitri en guettant son assentiment, qu'elle consentait parfois à lui donner en retour par des mouvements de paupières, d'une suffisance offensante. Poncin s'interrompait souvent pour soupirer et ses yeux se posaient sur les longues jambes de Béatrice Corto (Dimitri m'avait donné son prénom juste avant le conseil avec une sorte de familiarité étudiée en précisant que sa mère était un « canon ») qu'elle croisait et décroisait sans bouger le buste, performance que j'associai à une pratique assidue du fitness pour le galbe et de taï-chi-chuan pour la maîtrise. J'imaginais un sac de sport en résidence perpétuelle dans le coffre d'une voiture à la fois sobre et sportive.

Il passa ensuite le relais à Annie Jurieu qui fit un résumé sommaire de l'attitude et du travail de la quatrième F qu'elle jugeait « très bonne » avec une « tête de classe » (cette expression me remplissait d'extase) en constante progression. Dans la maigre lumière de fin d'après-midi, M. Brossard parut vouloir poser une question ou deux, la tête inclinée, l'air réfléchi, une manière d'affirmer le sérieux de sa position aux yeux de sa voisine, qui lui avait à peine adressé la parole depuis le début.

— Nous allons, si vous le voulez bien, procéder maintenant au cas par cas... Amblard Sébastien...

La tradition était que chaque professeur, selon un ordre immuable, portât une appréciation orale sur l'élève. La parole revenait en dernière instance au professeur principal qui établissait par écrit la synthèse de ce qui venait d'être dit. Les délégués prenaient des notes afin d'établir un compte rendu pour leurs camarades le lendemain.

Comme personne n'accordait d'attention aux propos de Borain, considérant comme subalterne la position qu'il occupait, ce dernier se tut rapidement et s'absorba dans la contemplation d'un logo qui ornait la couverture de son cahier de notes. Il prit ensuite un stylo à mine et se lança dans la typographie de ses initiales, inscrivant sur une feuille de papier millimétré un P majuscule en écriture gothique assorti d'un B oncial. Progressivement écarté du cercle des débats, il m'apparut tout d'un coup paré de cette étrangeté que seule procure la conscience soudaine d'une anomalie au sein d'un groupe de gens occupés à des tâches sérieuses. Ses yeux à demi fermés semblaient envahis d'une sourde tristesse. Par son silence, je crois qu'il souhaitait nous manifester qu'il n'était pas facile de passer son temps au milieu de gens qui ne le comprenaient pas, et qui le tenaient pour quantité négligeable.

Il y avait peu de chose à dire sur les élèves. Aucun parmi eux, ce trimestre, n'avait fumé dans les toilettes, invectivé un professeur ou remis en question un point du règlement. Au nom de Sorman, on sentit tout de même un léger frisson parcourir l'assistance mais tout rentra bien vite dans l'ordre. Au nom de Brossard, le père sursauta comme s'il venait d'être pris en faute. Au nom de Corto, le fils et la mère se dévisagèrent, d'un air solennel et insistant, puis regardèrent Poncin, qui baissa les yeux. Au nom de Marottin, il ne se passa rien. Isabelle était la première de la classe. Elle ne prit même pas la peine de relever la tête. Elle était habituée à ce genre de considération, une longue tradition d'excellence, de mutisme et d'anonymat qui devait remonter à quelques générations. Il nous fallut vingt minutes pour venir à bout de nos vingt-quatre clients.

— Bien, très bien, conclut Poncin, parcourant la pièce des yeux, voilà une affaire rondement menée (c'était une de ses expressions favorites !). Les élèves ont-ils des doléances ?

Isabelle Marottin secoua négativement la tête. Dimitri regarda à nouveau dans la direction de sa mère et se lança dans une histoire d'horaires de cantine à travers laquelle il put donner libre cours à ses talents d'orateur. Il avait manifestement l'intention de monopoliser la parole, parole approuvée par les battements de paupières de sa mère qui l'encourageait à continuer comme s'il était en train de raconter une espèce d'épopée familiale.

Le silence retomba après l'intervention de Dimitri, et Poncin demanda si les parents avaient des demandes particulières à formuler. M. Brossard (Auguste, peut-être ?) imprima un balancement lent et régulier à sa tête de droite à gauche. L'assistance restait dans l'expectative. Béatrice Corto se tourna brusquement vers lui, les yeux brillants et les épaules rejetées en arrière, sa main posée en visière au-dessus de ses paupières comme si le soleil la gênait. Il finit par dire non. La main de la mère de Dimitri retomba de soulagement pour aller se coincer entre le genou d'une jambe et le creux poplité de l'autre.

— J'aimerais évoquer le projet de voyage en autocar à Étretat, reprit-elle immédiatement.

Annie Jurieu regarda notre trio pour mesurer si nous ressentions bien la même stupéfaction qu'elle à l'annonce de ce que venait d'évoquer Béatrice Corto. Borain leva mollement la tête puis la laissa retomber sur son dessin. Maryse Beauval se détourna pour rougir, me faisant prendre conscience à quel point il faisait chaud et étouffant dans cette pièce. Elle accusait le coup en silence. Elle était devenue très pâle, brusquement.

— Quel projet à Étretat ? demanda-t-elle en s'adressant à Poncin.

Elle avait pris un ton impérieux et le menaçait de son index dressé. Celui-ci haussa les épaules d'un air navré en guise de réponse. Elle se tenait très droite sur sa chaise, donnant l'impression qu'elle allait se lever d'un moment à l'autre pour quitter la salle.

— Il y a un problème ? demanda Béatrice Corto.

— Un problème ! Madame demande s'il y a un problème ! s'étrangla presque Maryse en prenant l'assistance à témoin. Tu étais au courant, Annie, d'un projet de voyage en autocar ?

Annie Jurieu cligna des yeux très vite, comme pour transmettre avec ses paupières un message en morse. Il était évident qu'elle ne l'était pas.

— Non.

— Et vous ? reprit Maryse Beauval en regardant Poncin.

— Il faut que je vous explique, bredouilla-t-il avec une légère crispation de la bouche.

Sous la lumière des néons, son visage paraissait se rétrécir. Puis ses yeux devinrent conciliants, à la limite de l'abandon.

— J'aimerais comprendre également, dis-je en me livrant à des efforts énormes pour sortir du découragement que m'inspirait souvent ce genre de cachotterie qui n'offusquait plus personne.

Ces mots sortis de ma bouche m'avaient presque surpris. Ma voix avait pris une inflexion déplaisante. Je regrettai même de ne pas avoir ponctué ma demande d'un petit éclat de rire hystérique.

Il était de notoriété publique que les projets de voyage scolaire étaient à déposer avant la Toussaint, au plus tard fin novembre et nous étions le 22 mars. Cette dérogation tardive ne représentait qu'un exemple supplémentaire de l'allégeance scandaleuse de Poncin aux parents d'élèves. Ce dernier baissa lentement les yeux puis les releva vers moi. M. Brossard suivait le débat avec une morne attention signifiant qu'il disait oui par avance à tout ce qui lui permettrait de quitter cette salle sans controverse.

— Madame Corto m'avait parlé de ce projet vers la mi-février, dit-il presque à mi-voix, et je n'y ai vu aucun inconvénient puisque les quatrièmes F étaient les seuls élèves de cet établissement à ne pas avoir de voyage de fin d'année. J'ai simplement oublié d'en parler à la principale intéressée. Je suis un homme occupé, j'oublie certaines choses. Mais tout cela n'est pas important ; ce qui compte c'est l'endroit où vont les enfants et avec qui.

— Je ne sais pas si j'ai bien compris, ricana Maryse. Beaucoup de gens risquent de s'inquiéter si les réponses ne sont pas claires. Vous voulez envoyer les gosses de quatrième F à Étretat dans un autobus en voyage de fin d'année. C'est ça ?

Poncin acquiesça.

— Et vous avez sûrement prévu des accompagnateurs ? Personne à ma connaissance n'a été consulté, rien dans les casiers... Parce qu'il ne faut pas compter sur moi.

— J'ai le sentiment que la réponse est très simple, coupa sèchement Béatrice Corto. Les élèves ont choisi M. Hoffman et M. Accetto. Vous voyez, personne ne vous demande rien.

— Attention à votre langage devant une ancienne.

— Mais qui êtes-vous donc ? rétorqua Béatrice Corto sur un ton glacial.

— Celle qui ne lâche jamais le morceau... le commencement de la fin... Choisissez !

— Cela m'intéresse toujours de parler avec des dingues.

— Ravissant, apprécia Patrick Borain.

Annie Jurieu était restée silencieuse pendant tout le temps de ce bref échange. Elle continuait à sourire mais son regard était inquiet. Pendant qu'ils parlaient tous en même temps pour ne communiquer qu'un échantillon représentatif de leur rancune personnelle, je restai interloqué par la démission d'Annie sur le strict plan de la rhétorique. Elle donnait l'impression de ne pas se sentir concernée comme si tout cela manquait de poids pour elle, de densité. Des gens mouraient, dix personnes dans le monde étaient décédées pendant les cinq dernières minutes. Cela seul semblait lui importer, une sorte d'empathie généralisée pour l'espèce, un plan d'ensemble vaste et délicat.

— Il existe toujours une autorité plus élevée que celle que vous imaginez, dit posément Béatrice Corto. J'aimerais que vous me permettiez de prendre congé, à présent.

— Attendez, chère madame, reprit Maryse Beauval.

— Madame Corto suffira.

— Quel est votre rôle dans cette histoire ?

— Je ne tiens aucun rôle.

— Il y a des personnes dans ce collège qui auraient aimé avoir un budget pour une sortie pédagogique à la fin du premier trimestre et qui se sont entendu signifier que c'était trop tard. Alors, j'aimerais bien savoir comment vous avez pu en obtenir un trois mois plus tard ?

Béatrice Corto joignit lentement les mains devant elle et fixa Maryse de ses yeux clairs.

— Je vais vous dire comment j'ai obtenu ce voyage hors délai. Mon fils me l'a demandé il y a un mois. Je suis alors allée voir M. Poncin qui me l'a accordé sans discussion. Surtout lorsqu'il a su que ce n'était pas moi qui en avais fait la demande mais mon fils. Il se trouve que votre principal apprécie énormément Dimitri.

14

La nouvelle se répandit très vite. Au cours de la semaine qui suivit le conseil de classe des quatrièmes F, la rumeur — cette sombre maîtresse du devenir — laissa s'installer le bruit que Françoise Morin s'était désolidarisée de Poncin, allant jusqu'à ne plus le rejoindre dans son bureau après les cours. Si la disparition de Capadis avait peu sollicité les affects collectifs, l'affaire Corto en revanche mobilisa les énergies, provoquant une secousse hiérarchique telle que Poncin n'apparut plus en salle des profs pendant quelque temps.

Durant cette période, la placide Annick Spoerri s'occupa des « relations » avec un zèle étrange. On eût dit que la culpabilité de Poncin avait eu pour conséquence de transformer la posture habituelle d'Annick, discrète et compacte, en quelque chose de plus pragmatique et rassurant pour le corps enseignant, de telle sorte que l'absence du chef d'établissement passât rapidement inaperçue. Mais sous sa bonhomie réservée, Annick Spoerri cachait un tempérament de Médicis. Instinctivement, sa fonction lui avait appris que la meilleure façon de resserrer les liens de la communauté distendus par les « affaires » était de faire basculer ces dernières dans l'arrière-plan en brandissant une nouvelle menace. Pour paraphraser un jésuite espagnol qui passa sa vie à détromper les hommes, Annick Spoerri connaissait l'essence et la saison des choses et ne les laissait jamais voir qu'elles ne fussent achevées.

Fin mars était en effet le moment de la répartition des dotations horaires globales qui étaient ensuite transmises par la direction des établissements au rectorat en vue du mouvement de mutation nationale ou inter-académique. Les horaires de chaque discipline étaient calculés en fonction du nombre d'élèves prévus à la rentrée prochaine dans le canton du collège, du nombre de classes affectées qui devaient conditionner les créations ou les suppressions de postes.

La direction craignait toujours le moment où il lui fallait divulguer les résultats, prétexte pour les représentants des personnels à s'échauffer sur les questions de ressources humaines. C'était un de ces rares moments où les échecs de l'administration rectorale apparaissaient avec le plus de visibilité. Quiconque avait une bonne vue ne pouvait qu'être accablé par la réalité de ces mesures cosmétiques prises par les ministères successifs, ces saupoudrages judicieux destinés à colmater les déficits les plus voyants. Les réformes à ce niveau-là n'intervenaient plus qu'en tant que laxatif naturel de la science éducative. Elles ressemblaient à ces incantations mantriques de base qui ne servent qu'à détendre le corps, à dissiper les tensions et cette souffrance particulière liée à la sensation de lourdeur.

Il y avait chaque année des disciplines sursitaires que les aléas des exigences intellectuelles rendaient moribondes (arts plastiques et allemand par exemple) et dont le ministère n'attendait que l'extinction par les départs à la retraite ou le découragement. La tactique était simple : en positionnant chaque nouvel arrivant sur deux demi-postes distants de trente kilomètres, on escomptait à court terme une démission ou une reconversion vers des disciplines plus « porteuses ». Ce machiavélisme administratif correspondait à une sorte de mise au placard à travers lequel le secteur public ressemblait chaque jour davantage au secteur privé quant au raffinement de ses procédures d'exclusion.

Cette dérive de la fonction publique était un des chevaux de bataille du SNIFE (Syndicat national indépendant des forces enseignantes), le syndicat majoritaire à Clerval, qui ne manquait jamais d'insister, chaque fois qu'il en avait l'occasion, sur la pente libérale que prenait le système éducatif. Les représentants syndicaux prenaient parfois Poncin à partie pour lui signifier sa complicité avec cette stratégie droitière. La direction sentait arriver ces moments de friction et savait les éviter en disparaissant pendant quelques jours. Il suffisait à Poncin de déléguer Annick Spoerri dans la conduite des affaires publiques et le tour était joué.

Les suppressions de postes qui étaient à l'ordre

du jour arrivèrent à point nommé pour permettre à Poncin de préparer dans l'ombre la petite excursion des quatrièmes F. Il avait été décidé dans le dos des intéressés que le poste d'Annie Jurieu qui partait en retraite ne serait pas pourvu ainsi que celui de Goliaguine, qui avait demandé sa mutation au lycée Grandmont, à Tours. Grâce à ses vingt ans d'ancienneté obtenus au collège, il avait de sérieuses chances de l'obtenir.

Dans ses diverses actions contre les suppressions de postes, le syndicat se heurta à un problème de taille devant lequel aucun plan de lutte n'avait été prévu : la démographie en Indre-et-Loire était en chute libre ces deux dernières années, ce qui expliquait la réduction du nombre des classes. Cette baisse de la population scolaire obligea les représentants du SNIFE à élaborer une stratégie oblique. Ils brandirent alors leur arme secrète : le dédoublement des classes assorti d'une antienne sur la qualité de l'enseignement en prétextant des classes surchargées (vingt-quatre élèves en moyenne !).

Le trajet qu'empruntait la réflexion syndicale, en général, n'était pas arborescent mais plutôt linéaire, inductif. Pour le dire autrement, certaines conditions devaient être remplies avant de passer à l'étape suivante. Ainsi, pour l'exemple qui nous occupe, le SNIFE commença par hurler à la désinformation, domaine dans lequel il était d'ailleurs devenu une sorte de spécialiste, puis contre-attaqua sur l'hétérogénéité obligatoire des classes qui ne pouvait être efficace qu'en les scindant en deux groupes pour que l'enseignant puisse être au plus près des difficultés de l'élève. Ce type de proposition prétendait démontrer qu'au contraire de ce qu'avait annoncé le ministère, il fallait plutôt augmenter le nombre de postes par discipline et non le réduire. Quiconque aurait voulu rétablir les classes de niveau pour régler le problème serait passé immédiatement pour un dangereux réactionnaire. C'était en général le prix à payer, hélas, pour vivre dans le monde enseignant avec un minimum de bon sens.

Nous pourrions ajouter également, sans la moindre intention de nuire à quiconque, que des gens comme Accetto, Isabelle ou moi assistions, impuissants, depuis quelques années au déclin progressif de l'intelligence critique et de la maîtrise de la langue, consacré depuis une vingtaine d'années par les experts en « sciences de l'éducation ».

Combien d'entre nous s'arrangeaient de cette démission ? Pourquoi restions-nous dans un système que nous désapprouvions massivement une fois la trentaine passée ? Nous ne pouvions éviter ces questions mais nous vivions avec : c'était notre lâcheté particulière. Avec l'âge, peut-être avions-nous désappris à intéresser nos collègues avec des idées qui nous paraissaient fondamentales auparavant ? Telle était devenue la base nouvelle de notre vie : faire semblant de ne pas savoir. C'était la consécration de notre vie adulte : intégrer le fait que chaque question avait désormais sa réponse et passer à autre chose. Mais quoi ?

— Pourquoi m'avez-vous choisi ?

Je finis par poser la question une semaine après la déconcertante nouvelle devant la classe endormie. Je regardais Guillaume Durosoy en train de fixer à nouveau une carte routière de l'Europe qui s'était détachée du mur.

Des taches colorées se mirent à virevolter autour de moi, des têtes se tournaient, des regards s'échangeaient mais aucune désolation intérieure, aucune interrogation, aucune angoisse ne filtrait. Ils semblaient au contraire presque heureux que je leur pose cette question anodine. Un léger sourire errait sur leurs lèvres, comme une ombre contre nature, un point d'orgue discret.

— Vous êtes-vous mis d'accord avec M. Accetto ? demanda Maxime Horvenneau.

— Pas encore.

— Il faut faire vite, dit Richard Da Costa.

— C'est dans trois semaines, dit un autre.

— Pourquoi avoir choisi Étretat ? demandai-je à nouveau sans me rendre compte tout de suite que je n'avais pas obtenu de réponse à ma première question.

— Il y a des falaises, dit Sandrine Botella.

— Et de l'eau en dessous.

— L'air est différent.

— Nous voulons échapper à la routine.

— Que peut-il y avoir de plus important ?

— Que de vaincre nos résistances.

— D'oublier notre peur de l'eau et des pentes escarpées.

— Il n'y a rien de plus important. Effectivement, répondis-je.

Dimitri était resté étrangement silencieux pendant cet échange. Avec un correcteur blanc, il se gravait des motifs sinueux sur la main gauche, une sorte de scarification invisible obéissant à un rituel secret. J'observai un instant son visage gonflé, ses yeux creux, ses longues mains posées à plat sur son pupitre, le léger tremblement de sa tête. Il devait avoir passé quelques nuits sans dormir. Lorsqu'il s'aperçut que je le regardais, il releva sa tête qui remplit brusquement la salle.

— Je collecte des fonds, ne vous inquiétez pas ! dit-il avec l'air de quelqu'un qui tenait à être en règle.

— Quelle sorte de fonds ?

— Tout ce que je peux trouver. Des pare-brises à nettoyer, des pelouses à tondre, des gâteaux vendus au marché le dimanche, des petits services à droite, à gauche. Toute la quatrième F s'est mise au travail. Des gens nous donnent parfois leur grenier à vider. Ils sont toujours enthousiastes quand il s'agit d'aider des enfants à partir en vacances. On ne veut aider que les enfants. C'est injuste, vous ne trouvez pas ?

— Certainement, Dimitri, certainement. Pourquoi tenez-vous tant à financer votre voyage ? Je ne comprends pas.

— On ne veut rien devoir au FSE, répondit-il avec un sourire après lequel il y eut une brève pause.

L'allusion au foyer socio-éducatif (financé par

l'ensemble des élèves) révélait la nature profonde de l'inquiétude que la classe manifestait à l'approche du voyage. Leur attitude depuis le début trouvait à travers ce rappel anodin sa mystérieuse cohérence : ils ne voulaient rien devoir à personne. C'était leur forme de transaction morale avec la réalité, un rapport exaspérant pour l'observateur habitué aux simulations de partage et au crédit permanent. Éprouvant une culpabilité collective d'avoir décidé ce voyage si tard en recourant à une pression extérieure, ils semblaient attacher une grande importance au rappel de leur autonomie.

Dimitri souriait toujours mais c'était un sourire absolument immobile. La lumière de fin d'après-midi déclinait. La salle de classe, située sur un côté réticent à l'ensoleillement, était éclairée *a giorno*, comme à n'importe quelle heure de la journée par une même brillance homogène, une gaze opaline sourdant à la fois des murs et du plafond et qui annulait les ombres et découpait froidement dans l'espace les contours d'un malaise sans arrière-plan ni véritable origine. Estelle Bodart conversait avec Franck Menessier la main devant la bouche et la tête droite mais ses efforts de simulation étaient rendus inutiles par son incapacité à abaisser sa voix rauque vers le chuchotement. Comme je la regardais fixement, elle se mit à tousser dans sa main pour porter son infraction vers la zone du malentendu. Je commençai mon cours avec dix minutes de retard.

Alors que je m'étais retourné pour inscrire au

tableau le titre de la séance, je jetai un regard par-dessus mon épaule et surpris Élodie Villovitch en train de pointer le doigt vers un camarade situé dans le fond de la classe. Je continuais d'écrire, jetant des coups d'œil à intervalles réguliers mais sans attirer l'attention de la classe. Des ricanements assourdis commençaient à émerger.

— Que se passe-t-il ?

— C'est Brice Toutain, monsieur, il s'est endormi sur sa table, répondit Julie Grancher.

De l'endroit où je me trouvais, je ne l'avais pas encore aperçu, caché qu'il était par l'imposante silhouette de Karim Chaïb. Je me rapprochai et ce qui me frappa en premier, ce ne fut pas sa tête à moitié enfouie dans ses bras mais l'air de panique sur le visage de Mathilde Vandevoorde, la voisine de Brice, qui donnait l'impression d'avoir, elle-même, été prise en faute. Tous les élèves se retournèrent sur mon passage.

— Il a des attaques de sommeil, monsieur, dit Mathilde, ce n'est pas la première fois. Des attaques de sommeil profond.

— Qu'est-ce que c'est que cette histoire d'attaques ? demandai-je.

— Des crises de sommeil. Régulières et incontrôlables, dit Apolline Brossard, énigmatique.

Brice Toutain ne bougeait pas. Son visage tout chiffonné donnait l'impression de s'être replié dans son crâne. Je pris sa petite épaule dans ma main et la secouai doucement. Ses yeux restèrent clos, comme deux fentes paisibles. Sa respiration était régulière. Un filet blanchâtre de bave séchée barrait son menton, se mélangeant presque uniformément avec la lividité du visage. Tous les élèves étaient retournés à présent avec une expression d'inquiétude. Clara Sorman était également retournée, les sourcils un peu haussés, et regardait les autres avec un sourire en coin, dédaigneux et las.

Je tapai dans mes mains à proximité de l'oreille découverte. Brice sursauta, ouvrit les yeux un instant, fixa une affiche touristique du Maroc puis se rendormit. Rouvrant les yeux à nouveau, il s'éveilla pour de bon dans un sursaut et fixa de toutes ses forces les visages tournés vers lui.

— J'ai mal aux oreilles, gémit-il en se tenant la tête à deux mains.

— Que s'est-il passé ?

— J'ai mal aux oreilles, répéta-t-il, j'ai un bruit dans les oreilles... dans ma tête, j'ai mal !

Il essaya de se lever de sa chaise en se tenant toujours la tête, puis retomba évanoui sur le sol.

Par la porte de verre dépoli du bureau des surveillants, je regardais Léa Kaminsky, la conseillère principale d'éducation, les mains sur les hanches en train de tourner autour du petit corps de Brice Toutain. Il était prostré sur une chaise près de la fenêtre. Brice avait enlevé la chemise de laine qu'il portait en classe et n'était plus vêtu que d'un tee-shirt à manches longues Thermolactyl sur les poignets duquel je remarquai des petits trous. Son visage était doux et tranquille, presque absent.

C'était à présent une surface ovale sans traits distinctifs. Il mâchait un chewing-gum, signe qui m'apparut comme un présage de santé retrouvée. Léa s'arrêta devant lui et lui prit le bras qu'elle laissa aussitôt retomber, inerte. Brice n'avait pas bougé. La respiration de la scène était lente, comme entravée.

Face à un cas difficile, l'arme de Léa Kaminsky était l'attente. Sa force tenait dans la dilatation qu'elle imposait au temps, dans sa capacité à en étendre la durée jusqu'à le rendre éprouvant. Elle n'élevait jamais la voix, posait des questions d'un ton parfaitement neutre sans modulations particulières, comme si le moi pulsionnel, sauvage que l'on devinait derrière le revêtement atone de son regard était resté dans les coulisses de sa personnalité profonde. C'était le type de personne à qui l'on attribuait une vie souterraine très dense en dehors du *permafrost* professionnel, ce sous-sol de la vie affective qui ne dégèle jamais.

Elle m'aperçut enfin, me fit un signe de la main et continua à parler en levant de temps en temps ses sourcils allongés vers moi. Un surveillant entra dans la pièce par une autre porte et remplit d'eau et de café la machine électrique qui trônait sur une étagère de pin fichée dans un mur d'angle. Le bureau des surveillants m'avait toujours été un endroit antipathique. Je n'y mettais jamais les pieds. Peut-être pour la raison qu'on n'y aimait pas les professeurs par jalousie intellectuelle (il faut rappeler que les surveillants avaient en général un niveau d'études à peine supérieur aux élèves, surtout dans les lycées), et surtout par frustration hiérarchique.

Il faut ajouter que les surveillants, souvent jeunes et considérés comme le lumpenprolétariat du personnel dans l'enseignement secondaire, faisaient des études (obligatoires pour obtenir ce statut) et n'étaient là que provisoirement. Certains étaient recrutés parmi ce que l'on appelait les « emplois jeunes », des post-adolescents incapables de se déterminer professionnellement et qui passaient leur temps à véhiculer des insanités sur les élèves. Ils devaient en principe exercer des fonctions pédagogiques de soutien ou d'encadrement mais leur statut était si nébuleux qu'ils se sentaient toujours obligés de parler plus fort que les professeurs pour se rassurer sur leur existence dans le cadre scolaire. Ils ne manquaient pas une occasion de rappeler qu'ils se sentaient *proches* des élèves, qu'ils appelaient des *jeunes*.

— Tu voulais me voir ?

Le visage asiate de Léa Kaminsky m'interpella depuis l'encadrement de la porte. L'intonation était celle des gens qui se sentent dévisagés dans un restaurant et qui vous demandent si vous avez un problème. Les murs, ici, avaient manifestement des oreilles (même s'il était difficile d'identifier à qui elles appartenaient), le collège était comme un palais que l'on pouvait parcourir en se laissant guider par les échos, en localisant les souffles, bruissements, plaintes et imprécations au détour d'un couloir. Il y avait dix ans que Léa était au collège. Elle connaissait toutes les ficelles de l'horreur inerte. Sa vie professionnelle s'était de plus en plus réduite à un processus de sélection et d'affinement, quelque chose qui tenait du retrait complet et de la présence silencieuse mais omnipotente, ce qui, pour certains profs, la rendait attirante d'une manière abstraite.

— Je voulais avoir des nouvelles de Brice.

— Entre.

Elle s'habillait de façon ascétique, avec une nuance d'impassibilité méritante propre au secteur tertiaire. Elle était souvent vêtue d'un tailleur-pantalon noir avec des escarpins à bouts carrés. Parfois aussi, et j'avais remarqué que la chose était liée à l'approche de son anniversaire, elle poussait la fantaisie jusqu'à porter des pulls à col montant sur des jeans stretch avec des poches passepoilées sur les côtés pour y ranger ses carnets secrets. Le corps de Léa semblait en permanence à la recherche d'un idéal taciturne d'inaccessibilité de son être.

Elle se laissa tomber dans son fauteuil pivotant et ôta de sa bouche la cigarette éteinte qui pendait presque sur son menton, retenue par un peu de salive séchée au bord de sa lèvre inférieure. Dans son bureau, elle était chez elle comme dans un environnement intérieur permanent, sculpté par les années d'apprivoisement de la texture de la pièce. De même que certains poissons ne quittent jamais les eaux côtières, Léa répugnait à parler aux gens ailleurs que dans ce bureau.

— Tu as arrêté de fumer ?

— Non, j'essaie d'arrêter systématiquement d'allumer les cigarettes que je mets à la bouche.

— Ça t'a pris beaucoup de temps ?

— Six mois. J'ai cru que j'allais devenir folle.

— Merveilleux, Léa, c'est merveilleux.

— Objection, Pierre... c'est pathétique, cette trouille du cancer chez la femme de quarante ans.

Deux mini-enceintes installées dans les angles du plafond diffusaient du jazz.

— Miles Davis, *Seven Steps To Heaven*, dit-elle en interceptant mon regard, je m'oblige à en écouter deux ou trois heures par jour. Mon mari possède quatre mille disques de be-bop, c'est une façon de rester en communication. Nous ne nous voyons qu'une fois par semaine, le dimanche. Mais je sais très bien que c'est une musique de connards !

— Il y a quelque chose d'angoissant dans cette musique, ça doit être lié à la répétition... on a l'impression que ça ne va jamais s'arrêter.

— C'est une remarque vraiment pertinente, Pierre. Je la cherchais depuis des mois. Il faudra que j'en parle à Antoine... c'est le prénom de mon mari (un silence amusé). Tu veux que je mette sur pause ?

— Non, non, c'est très bien comme ça.

Le mari de Léa était un riche industriel qui avait fait fortune dans la ferblanterie, ce qui était le nom chic pour « boîte de conserve ». Le travail était le luxe particulier de Léa. Elle aurait pu rester chez elle, passer ses journées à faire des confitures ou à organiser des goûters mais elle avait besoin de se sentir utile. Elle n'avait pas d'enfants mais possédait deux magnifiques dogues allemands qu'elle amenait parfois le samedi matin.

Léa bénéficiait de cette supériorité sur nous tous qu'elle n'avait pas toujours été dans l'Éducation nationale, ce qui rendait sa conversation plus riche et variée que la moyenne. Pendant dix ans, elle avait été tour-operator dans une grande agence de voyages qui avait fait faillite à la suite d'opérations boursières catastrophiques. Après s'être reconvertie dans le mariage de haut vol, elle avait passé le concours de conseillère d'éducation.

Les profs étaient un peu méfiants vis-à-vis de cette femme qui avait bourlingué un peu partout alors qu'ils étaient encore assis sur les bancs de la fac pour essayer de prolonger un peu une scolarité qui les maintenait à l'abri du réel. C'était effectivement délicat d'argumenter en sa présence de la réduction des vacances scolaires ou de la baisse du pouvoir d'achat des enseignants, étant entendu qu'elle avait parcouru des pays où les gosses passaient leurs vacances à travailler dans des bordels et où les enseignants avaient à peine de quoi se payer une paire de chaussures pour se rendre à l'école. En raison de ce discret perspectivisme critique, une bonne moitié des enseignants ne lui adressait jamais la parole.

— Et Brice ?

— Rien de grave.

— Peut-on discuter sur un plan plus personnel ?

— Bien sûr. Tu te souviens de cette nuit ?

— Oui, il a fait très froid pour la saison. En-dessous de zéro, je crois... j'ai dû mettre un pyjama.

— Brice, lui, a retiré le sien. Puis il a ouvert la fenêtre, s'est installé sur le rebord et a compté les étoiles toute la nuit. Juste avant que ses parents ne viennent le réveiller comme chaque jour à sept heures pour aller à l'école, il a enfilé un tee-shirt et s'est recouché.

— Je comprends maintenant qu'il se soit endormi sur sa table. Et l'évanouissement ?

— Hypothermie, je suppose. C'est très dangereux.

— Je croyais que ça n'était pas grave. C'est lui qui t'a avoué tout ça ?

— Sans aucune difficulté.

— Pour quelle raison ?

— Je pense qu'il ne tient pas à partir avec les autres. Il est évident que Brice n'a jamais été très à l'aise dans cette classe. J'en ignore la raison, mais elle doit être suffisamment forte pour qu'un gosse passe la nuit à poil dans un environnement climatique à peine plus élevé que celui de mon congélateur. En plus, j'ai relevé des traces d'hématomes dans le bas de son dos. Ça ressemble à des coups portés par une batte de base-ball ou un manche à balai. Il faudrait voir du côté des parents. Mais si ce n'est pas eux, je ne voudrais pas les affoler. Tu en penses quoi ?

Je gardais le silence. J'étais effondré. Si même Léa Kaminsky ne se doutait de rien, la situation devenait désespérée. Je me suis enfoncé dans le siège, littéralement retranché. J'attendais une phrase de conclusion ou une dernière question avant de quitter la pièce. Mais rien de tel n'arriva. Elle me serra la main en me disant que j'étais peut-être un peu tendu, fébrile et que l'air de la mer me ferait du bien.

15

À partir du moment où la décision des élèves de partir à Étretat fut entérinée par l'ensemble des professeurs, l'histoire se simplifia considérablement.

Il y eut encore des récriminations, quelques insomnies, des tentatives concertées d'élimination de l'entreprise mais l'acharnement dont fit preuve le corps professoral n'aboutit en fin de compte qu'à renforcer l'unité de la classe et la mystérieuse aura de la petite excursion. Au bout d'un certain temps, les adultes apparurent presque comme des fanatiques assoiffés de revanche. Il fallait qu'ils se rendent à l'évidence : des enfants aussi motivés ne pouvaient que voir leurs efforts couronnés de succès.

Ce qui parut surprenant à plus d'un observateur, c'était la détermination dont les élèves avaient fait preuve pour obtenir et financer leur projet, sans parler de cette relation bien au-delà de la mesure ordinaire qu'ils avaient construite avec ce voyage. Les obstacles auxquels ils avaient été confrontés (réservation de dernière minute d'un car, collecte financière, choix d'un habitat temporaire, aménagement de certains cours, etc.) s'étaient volatilisés sans tension, sans complications majeures.

Nous étions alors fin mars, une période intermédiaire marquant le début du troisième trimestre sans le complet achèvement du deuxième. Pendant ce laps de temps, mes rapports avec les élèves furent empreints d'une sympathie inconnue jusque-là. Tout se passait comme s'ils avaient souhaité me communiquer leur exaltation mais sans savoir comment ils devaient s'y prendre. Mon estime pour leur singularité collective s'en trouva renforcée. Sans en avoir pleinement conscience, le fait qu'ils m'aient choisi avait eu pour effet de redéfinir notre méfiance mutuelle pour mieux nous rapprocher de la perspective d'un authentique échange.

Je gardais à l'esprit le danger qu'ils représentaient mais quelque chose se déployait et m'invitait à renoncer au noyau dur de l'ego, à cette protection que constituait mon scepticisme envers eux. À leur égard, je me sentais désormais astreint à un certain degré de confiance.

Accetto ne voyait pas les choses de la même façon. Depuis qu'il avait appris la nouvelle, son front s'était chargé d'une ride supplémentaire de suspicion. Il errait dans le collège avec un air préoccupé, les mains croisées derrière le dos, et n'accordait qu'un intérêt secondaire et contrarié aux gens qu'il croisait. Isabelle Gidoin et Vincent Crochelet l'avaient aperçu à plusieurs reprises dans le principal bar de Noizay où il possédait une maison, seul à une table en train de fixer d'un air absent la maigre circulation au-dehors. Isabelle avait même ajouté sur un ton gêné qu'elle avait aperçu ses lèvres bouger.

— Il doit pleurer jour et nuit. Il a peur. Il y a des gens que la perspective des voyages en car angoisse.

— C'est autre chose, je crois.

— Après tout, il peut refuser.

— Pas lui. Il en fait une sorte d'affaire personnelle. Il connaît ces gosses de quatrième F et en même temps, il ne les connaît pas. C'est étrange. J'ignore ce que signifie pour lui cette histoire de voyage, d'avoir été choisi avec toi.

— Il donne tous les signes d'être encore en vie en tout cas, et d'essayer de contrôler ses pressentiments. Ce doit être une phase de doute sur sa capacité à faire face.

— Faire face à quoi?

— Aux gosses et à la relation très étrange que nous avons édifiée ensemble. Il a peur d'en être exclu... il n'a jamais supporté de ne pas être au centre de tous les projets qu'il a lancés. Et là, il se trouve que ce n'est pas son projet.

Après avoir dit cela, je m'étais contenté de me racler la gorge bruyamment, un bruit masculin, empreint d'assurance suspicieuse. Elle m'avait examiné avec le plaisir que tout esprit critique éprouvait en voyant une caricature qui confirmait ses opinions sur la fatuité des hommes.

— Tu as de la sauce tomate sur le nez, se contenta-t-elle de dire en me désignant le sien du doigt.

Poncin réapparaissait de temps à autre en compagnie de Françoise Morin, plus soucieuse que jamais. Annick Spoerri demanda à me voir dans son bureau. Inspectant calmement les extrémités de ses doigts en pointe, elle m'apprit que Françoise n'en avait plus pour très longtemps, six mois tout au plus. Elle venait juste de recevoir la réponse de ses examens, un cancer du poumon, incurable. Elle s'était levée un matin et avait craché du sang, la triste banalité des signes annonciateurs de la fin. Je lui avais demandé si c'était l'intéressée elle-même qui lui avait donné procuration pour m'annoncer sa disparition. Elle ne jugea pas utile de me répondre.

Françoise avait trop conscience d'elle-même pour demander du secours à ses collègues. Son instinct la portait à mourir avec une récrimination ou une plaisanterie idiote sur les lèvres plutôt qu'un appel à l'aide. Les postures telles que le silence et le retrait découragé ne rentraient pas dans ses attributs astrologiques (elle était Lion premier décan). Le plaisir de donner et de vaincre, le confort et la reconnaissance professionnelle, le tremblement délicieux de l'âme devant l'échec des autres, toutes ces fortes inclinations étaient l'ample toile sur laquelle Françoise Morin n'avait cessé de jouer son rôle.

Il y avait un élément secret dans sa vie qu'elle m'avait confié un soir au téléphone : elle était depuis toute petite hantée par sa propre inaptitude. C'était en rentrant dans l'Éducation nationale qu'elle était devenue définitivement cette chose tourbillonnante, cette fille en mouvement perpétuel qui mettait en permanence un espace entre ce qu'elle pensait et disait parfois. Ses épisodes sexuels (elle se flattait d'avoir épuisé trois maris et quelques dizaines d'hommes de moins de trente ans) n'étaient que la version libidinale de son manque de confiance.

Annick m'avait demandé de lui promettre le plus grand secret. Elle n'était pas censée en parler à qui que ce soit. Car personne, crut-elle bon d'ajouter, n'était au courant, à part la direction et moi. Je ne savais comment réagir. Les premiers temps, je fus très abattu, n'imaginant pas la prochaine rentrée scolaire sans Françoise, sa présence têtue, la qualité particulière de dérision et d'humanité qui émanait d'elle. C'était comme passer du cinéma à la télévision, la disparition d'une éminence visible de tous qui oriente la vie d'une collectivité et lui donne sens. Françoise, pour moi, était l'élément connu, une sorte de point géodésique. Ses affaires étaient les nôtres. Il n'y aurait désormais plus personne pour tenir nos phrases toutes faites en respect, plus personne pour nous rendre insupportables à nous-mêmes en quelques mots. Certains avaient entrevu quelque chose et allaient le perdre. Des choses ténébreuses reviendraient, des questions entières disparaîtraient. L'aspect mortifère du collège s'en trouverait renforcé.

Je fis néanmoins l'erreur d'en parler à Goliaguine et à Accetto. J'avais pensé me décharger un peu du poids de cette nouvelle, une autre façon de me renfoncer le visage dans mon gros oreiller de soie habituel. Annoncer la disparition prochaine d'une quinquagénaire à deux autres quinquagénaires était une opération risquée et surtout ridicule. C'était comme annoncer la faillite commerciale d'un camarade de lycée à un trentenaire venant de divorcer, une incivilité grotesque aux règles de la vie en groupe. Leur réaction fut à l'opposé de ce que j'avais imaginé. Ils se montrèrent presque satisfaits, et c'est tout juste s'ils ne se mirent pas à courir en poussant de grands cris de victoire. Ils souriaient comme des gens qu'on vient de déterrer après un tremblement de terre ou des condamnés à qui l'on vient d'accorder un sursis. Accetto se ressaisit le premier, il s'assit sur un des sièges en salle des profs et alluma l'un des petits cigares qu'il avait dans la poche de sa veste. Il inspira la fumée, puis se tortilla pour mieux se carrer dans le siège.

— Tu veux savoir un truc ? me demanda-t-il.

— Je suis en effet curieux de connaître la raison de votre hilarité.

— Franchement, je préfère que ce soit elle que moi.

« Le 26 avril 1986, l'explosion de la centrale nucléaire de Tchernobyl a contaminé plus de 6 500 personnes, contraint 135 000 Ukrainiens à un exode quasi définitif et laissa s'échapper un nuage radioactif dont on allait retrouver la trace jusqu'au fond de la Haute-Provence. Le 25 juin de la même année, 2 000 chercheurs réunis à Paris ont alerté l'opinion publique sur les risques que présentait le sida pour l'avenir de l'humanité : aux 100 000 malades recensés s'ajouteraient 7 à 10 millions d'individus infectés par le virus, donc capables de le transmettre et, sauf découverte exceptionnelle, menacés de mort. Tout à coup, une maladie et un accident inconcevables jusqu'à la fin des années 70 allaient hanter définitivement les esprits. Aucun symptôme propre au sida ou annonciateur de la catastrophe nucléaire n'avait été décelé ; leur déclenchement semblait tenir de la sorcellerie puisqu'on ne disposait d'aucune explication globale. Ce double mystère suscita de nombreuses angoisses : le virus serait-il né en Afrique et celle-ci, devenue le creuset de toutes les maladies, serait-elle condamnée ? Fallait-il fermer les centrales nucléaires ? La pollution industrielle détruirait-t-elle l'équilibre de la planète ? »

Les bras d'Estelle Bodart retombèrent avec ses notes dans l'attente d'une réponse. Depuis une dizaine de minutes, elle récitait son exposé avec un ton fatigué mais elle avait toujours dans son attitude cet enthousiasme défait qui délivrait à travers chaque mot une sorte de matérialisation de l'insécurité. Elle avait tenu à passer à l'oral pour parler du sida et du nucléaire, ces têtes de pont de l'inquiétude millénariste. Estelle était la seule de la classe à ne pas avoir eu de note d'exposé au premier trimestre et m'avait demandé de lui réserver vingt minutes de cours au deuxième trimestre pour qu'elle puisse s'exprimer sur un sujet de son choix.

Comme elle baissait la tête, je remarquai, à la racine de ses cheveux, un petit bouton de fièvre qui tendait la peau. Elle venait de se teindre en blond et sa nouvelle coupe (séparés par une raie centrale, ses cheveux retombaient sur ses joues avec une seule ondulation, soulignant l'ovale allongé de son visage) lui donnait un air indéchiffrable. Lorsqu'elle releva la tête et me regarda bien en face, je me rendis compte pour la première fois que si elle ne louchait pas, il y avait néanmoins une légère dissymétrie dans ses prunelles.

— Il y a une chose que je ne comprends pas, dis-je doucement.

— Qu'est-ce que vous ne comprenez pas ? cria-t-elle presque, surprise.

— Vous semblez considérer le sida et Tchernobyl comme deux métaphores idéales d'une société inquiète sur son avenir.

— C'est exactement ce que je viens de dire.

— Je n'ai pas entendu.

— Exactement ce que j'ai dit.

— Vous savez, il y a certainement une sorte d'unité dans ce qu'on appelle une époque, mais elle est peut-être davantage ressentie par la postérité que revendiquée par les contemporains. Vous êtes peut-être encore un peu jeune ?

Elle posa ses notes sur le bureau puis elle déplaça la chaise et s'assit avec un soupir.

— Peut-être, dit-elle en se penchant par-dessus le bureau et en croisant lentement les doigts de ses deux mains.

— Les jeunes gens ne dépassent jamais la croyance qu'ils entretiennent avec leur moi profond. C'est toujours assez piquant de les entendre exprimer des généralités sur le monde comme il va.

— N'avez-vous jamais remarqué que les enfants sont très égoïstes comme toutes les personnes qui sont programmées pour survivre ?

Elle me regarda fixement en disant cela. Je vis ses grands yeux gris, sombres et impénétrables. Son visage tout entier était envahi d'un calme profond, minéral. Seule tressaillait légèrement la lèvre inférieure, qui avançait un peu.

— Les jeunes actuellement naissent vieux, poursuivit-elle, ils essaient de savoir. Quand votre vie est menacée par quelque chose d'invisible, vous ne vous contentez plus de vivre sans arrière-pensées. Nous ne sommes plus dans les années 50... croyez que je le regrette... (un silence)... que *nous* le regrettons...

— De qui parlez-vous en disant *nous*, vous parlez pour les jeunes en général ?

Elle abaissa la tête vers ses notes puis laissa son regard errer vaguement à travers la salle de classe comme le font les gens qui déjeunent seuls dans les cafétérias.

— Non, ceux qui sont ici.

Il y eut un frémissement d'aise qui submergea la classe, une ample vibration d'assentiment.

— Très bien.

— Nous avons besoin d'expliquer pourquoi certains d'entre nous ont disparu sans distinction d'âge, de sexe, de profession pendant ces dix dernières années. Comprenez ce que je dis comme notre guerre personnelle. La mort de ces personnes nous apparaît comme un scandale.

— Je comprends.

— Et vous, qu'est-ce que vous en pensez ?

— Je n'en sais rien.

— Les gens adorent ça aussi.

— Quoi ?

— Dire « je n'en sais rien », ça donne une espèce de supériorité morale.

— Je vous en prie, Estelle ! (Ton conciliant.)

— Le sens d'une époque n'est pas très important. Ce qui l'est davantage, c'est pourquoi nous nous sentons tous tellement pauvres, isolés, abandonnés... pourquoi, aujourd'hui, on ne peut caresser la tête de personne sous peine de se faire dévorer la main... moi-même, je dois taper impitoyablement sur la tête des plus petits pour survivre. Le sida et le nucléaire n'ont pas tué ce monde... depuis quelque temps déjà, le sentiment grandit en moi que le monde est mort depuis longtemps. Vous pensez que c'est très adolescent de parler ainsi ?

— Non, je suis fasciné.

— Ces choses-là ne portent pas de nom. D'ailleurs personne ne prévient. Les gens en général se taisent, ou au moins ne disent pas tout : ils savent trop combien c'est terrible.

16

Brice Toutain ferma les yeux et laissa sa tête retomber en arrière contre un coussin. Nous demeurâmes assis en silence dans la pièce accolée à la vie scolaire qui servait d'infirmerie. Trois lits métalliques étaient alignés contre le mur du fond, délivrant un sentiment de pure impersonnalité à l'ensemble.

Brice était allongé sur le lit du milieu, Léa Kaminsky et moi de part et d'autre. L'éclairage d'une lampe posée sur la table de chevet sertissait la forme de l'enfant dans l'ombre, la faisant paraître plus massive. Le drap brodé d'un monogramme qui recouvrait Brice était rabattu sur la couverture où l'on retrouvait le même monogramme, un signe de piste paraissant avoir été cousu à cet endroit pour témoigner de cette bonne volonté laïque un peu tiède, qui présidait souvent à la décoration des écoles publiques. La respiration de l'enfant était si calme qu'on l'aurait cru endormi, mais au bout d'un moment, il murmura, sans ouvrir les yeux ou remuer la tête :

— Je me sens mieux, maintenant.

— Et maintenant, raconte-nous ! lui demanda Léa en épongeant son front luisant de sueur.

C'était la deuxième fois en deux jours que Brice tombait dans les pommes. Pendant la récréation, Guillaume Durosoy l'avait retrouvé étendu dans un couloir en travers d'un monticule de sacs. Il était descendu à toute vitesse jusqu'au bureau de Léa qui avait dépêché deux surveillants pour porter l'enfant.

Sans hésiter, il se mit à nous raconter son histoire récente, omettant (intentionnellement, avons-nous supposé !) toute référence à la classe.

Hier, mercredi, il marchait dans la campagne autour de chez lui lorsqu'il avait eu la tête brouillée par une lumière blanche, incandescente, qui l'avait aveuglé. Pas une lumière qui venait d'un point particulier de l'endroit où il marchait mais un rayonnement provenant de l'intérieur de lui-même, quelque chose d'à la fois insupportable et fraternel, et il était tombé face contre terre.

Lorsque Léa lui avait demandé des détails sur le moment juste avant la chute, Brice s'était montré d'une précision topographique rare pour un enfant de son âge, comme s'il avait enregistré son parcours en vue d'une reconstitution après coup. Il était parti se promener, disait-il, pour échapper aux insinuations malveillantes de son frère concernant une histoire d'argent volé dans le porte-monnaie de sa mère, 300 francs en tout. Son frère, selon lui, essayait de lui faire porter le chapeau. Brice raconta le fait avec un air d'injustice absolu, comme s'il s'agissait de sa première rencontre avec le mal.

En sortant de chez lui, il avait suivi un large sentier herbeux qui contournait l'orée d'un bois, décrivant un ovale irrégulier sur un pourtour d'une heure de marche. Il aimait cet endroit car à certains moments, on pouvait apercevoir de vastes champs à travers les arbres ; à d'autres endroits, le sentier, rétréci, s'enfonçait dans les profondeurs mêmes du bois, la lumière n'y filtrait qu'à peine, et l'herbe laissait place à un lierre qui semblait se déployer de façon tentaculaire.

Brice ajouta mystérieusement qu'il avait toujours pris soin de ne pas apprendre le nom des arbres pour exacerber l'impression de profusion qu'il ressentait lorsqu'il plongeait dans ces sous-bois. Il y avait quelque chose de si perspicace dans cette remarque qu'elle me mit mal à l'aise. Brice n'avait que treize ans et parlait, à l'instar de beaucoup d'élèves de cette quatrième F, comme un sémioticien en herbe. Il poursuivit son récit en laissant un petit temps, comme s'il souhaitait réfléchir aux implications dissimulées de ce qu'il venait d'énoncer.

Partout où le sentier était entrecoupé par un petit ruisseau, un rocher, une souche ou les vestiges d'un oppidum romain, fleurissait une Amazonie en miniature, une jungle de mousse, de lichen fluorescent, d'arbres microscopiques. Devant lui flottait un rideau de plantes grimpantes, grosses comme des cordes, à travers lequel filtrait la lumière. Le sol était recouvert de feuilles, de fougères et d'herbes pliant sous leur propre poids. Il pensa un moment s'être égaré chez un particulier.

Il traversa ensuite une petite clairière et se sentit presque intimidé, comme s'il avait eu l'impression tout d'un coup d'être à découvert. Il se hâta de rejoindre un abri sylvestre et quitta au plus vite la clairière. Il parvint à un endroit où le sentier qu'il suivait bifurquait à angle droit vers l'intérieur du bois, amorçant une légère pente qui aboutissait à une cuvette. L'entrecroisement des branches d'arbre au-dessus du sentier formait une sorte de baldaquin (« c'était comme des grands draps au-dessus des lits dans l'ancien temps », avait-il dit en conférant au mot une résonance magique) à travers lequel le soleil couchant projetait des formes orangées sur l'herbe qui s'assombrissait. À l'endroit où le sentier s'aplanissait, un chêne mort se dressait; la souche en était presque pourrie.

Brice se trouvait à une dizaine de mètres de ce chêne lorsque, contournant son tronc, il avait aperçu une forme noire qui se déplaçait entre les arbres marquant la frontière entre le bois et un champ de maïs. Il demeura un certain temps immobile, hésitant sur le degré de réalité qu'il devait accorder à cette vision. De la silhouette provenait la représentation grossière d'une voix, creuse, craquelée, aux consonnes bruissantes et aux voyelles étouffées. C'est à ce moment-là qu'il s'était évanoui pour la première fois.

L'enfant s'arrêta soudain de parler.

— Essaie de te concentrer, Brice, dit Léa en se

levant brusquement de la chaise, à quoi ressemblait cette forme ?

Elle se mit à arpenter la pièce de long en large. Elle avait besoin d'établir un lien qui amorcerait peut-être un processus d'éclaircissement et atténuerait la peur de l'enfant. Je regardais avec attention le visage de Brice. Il réfléchissait profondément à la question de la conseillère d'éducation, désireux de coopérer avec elle. Une petite ride se creusa entre ses deux sourcils bruns et réguliers.

Léa s'approcha de lui et posa la main sur son épaule.

— Sérieusement, mon chou, fais un effort.

Brice, le menton à présent appuyé sur sa main, leva les yeux vers elle avec un tel air d'impuissance que je fis signe à Léa de le laisser tranquille un moment. Je me levai, pris son bras et l'emmenai à l'écart.

— L'enfant est fatigué. Il faut le laisser se reposer. Il a ses propres raisons de ne pas vouloir s'en souvenir.

Elle acquiesça puis laissa passer quelques secondes avant de remarquer :

— Tu veux dire qu'il fait semblant de ne pas s'en souvenir ?

— Il n'est pas dans son état normal depuis quelque temps.

Elle secoua emphatiquement la tête.

— Que se passe-t-il dans ce bahut depuis quelque temps ? Je n'y comprends plus rien.

— J'allais te poser la même question.

Ses grands yeux cillèrent à deux reprises, puis

elle resserra frileusement ses bras contre sa poitrine et haussa les épaules, en souriant dans ma direction, une série de gestes que j'interprétai aussitôt comme le souhait tacite de partager une impuissance. J'arborai à son attention un stéréotype de sourire oriental, une espèce d'antisourire patibulaire que j'avais appris en regardant des films sur la Mafia. Léa se tenait à présent debout, près de l'unique fenêtre de la pièce, les bras en voûte sur le chambranle comme si elle servait de pilier au bâtiment.

— C'était un genre de troll, dit soudain Brice en arborant devant cette réponse une infantile fierté commandée par notre stupéfaction d'adulte.

— Un genre de troll ? insista Léa en se retournant, incrédule.

— Oui, comme les esprits méchants qui vivent dans les forêts.

Je me souvenais que les trolls avaient une forme humaine dans la mythologie scandinave. Ils incarnaient les forces mauvaises de la nature, Brice ne se trompait pas. Leur nez, en général, était exagérément long et ils étaient dotés de plusieurs têtes, comme l'hydre de Lerne. Sa taille variait du géant coiffé de sapins au nain sournois.

— À qui ressemblait-il ? lui demandai-je. À quelqu'un que nous connaissons, toi et moi ?

— Oui.

Brice garda le silence et serra la couverture contre sa poitrine, comme s'il se défendait contre une attaque.

— Alors... à qui ?

— À M. Accetto.

Léa écouta très attentivement sa réponse, avec la soumission fervente d'une malade s'apprêtant à subir une opération grave. Lorsqu'il eut fini, elle se pencha vers lui et lui caressa le front. En plus d'être charmante, Léa Kaminsky rayonnait de gentillesse. Je pensais au nombre de fois où il m'était arrivé de rencontrer des gens à l'air gentil mais parfaitement dingues. Je me suis demandé un instant si cela n'allait pas ensemble.

— M. Accetto ressemble à un faune, Brice, pas à un troll, dit Léa avec un sourire étrange. Il est barbu, ses vêtements ressemblent à une peau de chèvre, et il tient sa pipe comme une corne d'abondance.

Elle se tourna vers moi, rentra la tête dans les épaules avec un air de malice aiguë, et me dit à mi-voix pour que Brice n'entende pas :

— En plus, comme les satyres grecs, il chasse les jeunes vierges. La ressemblance est frappante, tu ne trouves pas ?

— Je préfère rester sur le troll.

Je ne savais pas où ce genre de comparaison nous menait, mais cela permettait de maintenir la conversation à un niveau presque ludique.

— Tu es sûr ? demanda-t-elle en haussant un sourcil pour rendre sa question plus drôle.

— Certain.

Elle prit un air d'admiration forcée. S'emparant d'un crayon sur la table de chevet, elle le tapota contre sa lèvre inférieure. Puis elle jeta un regard amusé à Brice, et murmura en aparté dans ma direction :

— J'ai toujours apprécié la fantaisie et la cohérence de tes choix, ce qui n'est pas contradictoire.

— Je te demande pardon ?

— Tu as très bien entendu.

— De quoi parlions-nous, déjà ?

Elle porta ses deux mains à sa bouche et se mit à glousser dans son écharpe de tulle zébrée. Brice ne semblait plus rien comprendre à la scène. Voir deux adultes — avec lesquels il avait pris l'habitude d'avoir un contact sérieux et strictement codifié par une absence d'intimité — se comporter de manière infantile le perturbait, et il cherchait à masquer son trouble en se repliant dans une attitude d'apathie gênée.

Brusquement, le visage de Léa reprit son expression sérieuse, ses traits s'effondrèrent comme si le revêtement de peau faciale avait été en cire et qu'il s'était mis à fondre. Elle laissa retomber le crayon sur la couverture en le faisant tourner comme un bâton de majorette puis elle empoigna la main de Brice et la secoua de manière assez familière.

— On arrête de déconner maintenant, Brice, qu'est-ce que tu as vu hier dans ta forêt enchantée ?

— Je vous l'ai dit, madame, une chose qui ressemblait à un troll.

— Ce n'était pas M. Accetto ?

— Non, j'ai dit qu'il ressemblait à lui mais je suis sûr que ce n'était pas lui.

— C'est absolument abracadabrant ce que tu

me racontes, tu ne voudrais pas me dire quelque chose de sensé pour une fois !

Nous échangeâmes un regard navré avec Léa. Tout en regardant les grands yeux écarquillés de Brice, je me fis la réflexion que Léa utilisait toujours des adverbes intensifs pour affaiblir ses propos. « Absolument abracadabrant » était moins intrigant que « abracadabrant ». Un téléfilm sociétal qu'elle avait vu à la télévision était « tout simplement extraordinaire » alors qu'un chef-d'œuvre de Dreyer revu à la Cinémathèque était « simplement extraordinaire ».

Elle fixa le mur au-dessus de Brice et demanda doucement :

— Que s'est-il passé ensuite ?

— Je me suis mis à courir, je ne me souviens pas de la direction... d'ailleurs, je m'en moquais de la direction, j'avais peur !

— Peur de la forme que tu avais vue ?

La voix de Léa s'était faite plus douce. Son regard se voulait professionnellement compatissant.

— Oui, j'avais l'impression qu'elle allait me poursuivre.

17

À trois jours du départ, Jean-Paul Accetto tomba malade. Personne ne sembla ébranlé par la nouvelle. Goliaguine garda un silence circonspect ; Isabelle, épuisée depuis quelques semaines par l'effort de maîtriser une classe de troisième difficile dont elle était le professeur principal, observa un détachement clinique. Annie Jurieu n'était pas vraiment étonnée ; quant à Rochelet, ce n'était pas du tout son problème.

Je décidai de ne pas en parler aux élèves, persuadé que le soir même, je parviendrais à convaincre Jean-Paul de venir avec nous, malgré son arrêt de travail d'une semaine. Ce n'était pas le plaisir de partir avec lui qui motivait ma démarche, mais la perspective de passer trois jours avec un professeur de technologie ou de mathématiques passionné d'Internet et de problèmes d'échecs suffisait à me plonger dans un état dépressif.

J'avais vingt-quatre heures devant moi.

En sortant du collège à seize heures, je pris ma

voiture et fonçai chez les Accetto. Arrivé devant leur maison à Noizay, je sonnai à trois reprises mais personne ne vint ouvrir. Approchant l'oreille du bois écaillé de la porte d'entrée, j'entendis le bruitage caractéristique d'un western des années 50, avec son doublage édifiant, ses coups de feu sifflant dans la sierra et ses hennissements d'abattoir.

Ma première réaction fut de me sentir comme un intrus, même si je ne pouvais, une seconde, songer à repartir. Je ne savais quelle attitude adopter : attendre, m'éloigner et revenir dans un quart d'heure, ou défoncer la porte. Je parcourus le jardin du regard. La clôture était un vulgaire grillage à peine fixé au sol. L'herbe n'avait pas été tondue depuis au moins deux ans et donnait à l'ensemble l'aspect d'une maison mise en vente depuis des années. Le portail était dans un état de délabrement avancé et portait encore au mois de mars les décorations de Noël. Une pergola brisée en plusieurs endroits se dressait près d'une niche vide, dans laquelle on pouvait apercevoir des morceaux de croquettes séchées et des jouets mâchonnés. On ne pouvait rien voir par les fenêtres, qui étaient obturées par des stores jaunes SNCF en mauvais état.

Un observateur attentif aurait pu parler de déliquescence, mais le mot « abandon » semblait davantage approprié tant il se situait bien au-delà des frontières les plus reculées d'une velléité d'entretien. Je venais de comprendre pourquoi les Accetto n'invitaient jamais personne.

Je frappai à nouveau, cette fois avec le plat de la

main, ce qui produisit, au milieu du calme environnant, l'effet d'une menace gestapiste. Le son de la télé avait été coupé et un silence oppressant s'installa. Il fut interrompu au bout de trente secondes par la chute d'un objet lourd, et j'entendis une voix masculine hurler : « Nom d'un bordel de merde de pompe à merde de nom de Dieu ! »

Je regardai derrière moi pour vérifier si quelqu'un par hasard n'avait pas entendu la même chose que moi. À cet instant, la porte s'ouvrit. Un petit garçon maigrichon, l'air perdu, âgé d'environ sept ans et vêtu d'un peignoir sale, se dressa devant moi. Son visage était à moitié recouvert par une frange de cheveux noirs, ses grands yeux sombres offraient à qui savait lire, un bref résumé de son existence jusque-là.

— Que puis-je faire pour vous ? demandait-il.

— Je viens voir Jean-Paul.

— Entrez, je vous en prie.

Je pénétrai à sa suite dans un grand vestibule vide dont l'éclairage consistait en un système bricolé de faibles ampoules suspendues à un fil en travers du plafond. Des odeurs familières — le parfum de Catherine, les cigares de Jean-Paul, une senteur de fleurs séchées, de café, la chaleur boulangère des vêtements passés à la lessive — vinrent me rappeler pourquoi je me trouvais ici. Des portes donnaient sur plusieurs pièces, mais il n'y avait aucun signe de vie. Quelque part à l'étage, on entendait quelqu'un déposer des morceaux de verre dans une pelle.

— J'ai envie de vous dire que ça aurait été plus sympa si vous m'aviez demandé en arrivant : « Est-ce que ça va pour vous ? », dit le petit garçon, j'aurais été plus à l'aise...

— Je peux arranger ça. Est-ce que tout va bien pour vous ?

— Très bien, merci. Mais qui êtes-vous ? Je m'appelle Jean-Baptiste Painkiller Chauveau.

— Je suis ravi de faire votre connaissance. Je m'appelle Pierre Method Man Hoffman.

— Enchanté.

— C'est un grand honneur.

— Jibé, qu'est-ce que tu fous encore en bas ? lança une voix masculine de l'étage. Tu vas de nouveau laisser entrer ce putain de clébard, il a déjà chié partout dans la cuisine ce matin... tu m'entends Jibé ?

— Oui, Jipé, cinq sur cinq.

L'enfant termina sa phrase en balayant l'air d'un petit geste désinvolte. De son nez, il ramena une morve à l'extrémité de son index, jeta un coup d'œil dessus et l'essuya sur son peignoir. Il y eut des bruits confus, puis la voix de Jean-Paul retraversa l'espace et demanda :

— Il y a quelqu'un ?

Jibé ferma les yeux un moment, comme quelqu'un d'agacé par une question idiote.

— Je suis avec Monsieur Pierre Method Man Hoffman.

— Qui ça ?

— Pierre Hoffman, un copain à toi !

On entendit des pas rapides sur un parquet puis

Jean-Paul ouvrit la porte brutalement et accourut à la balustrade de l'étage. Il portait un pantalon de jogging bleu informe et un tee-shirt où était imprimé « Je suis une merde ». Ses cheveux étaient coiffés en paquet de cresson et il marchait pieds nus. Il tenait par la peau du cou, coincé sous un bras, un gros chat d'une couleur indéfinissable qui se débattait en décochant des coups de griffes.

— Monte ! dit-il en balançant le chat dans l'escalier qui s'abattit avec un miaulement épouvantable, excuse pour le désordre mais je ne savais pas que tu allais venir.

— J'aurais dû téléphoner.

— C'est pas grave.

Il disparut aussitôt dans la pièce. Je montai un escalier qui, à mesure que je progressais, amplifiait mon ombre en même temps qu'une puanteur sulfureuse ressemblant à des restes de gaz lacrymogène, une odeur piquante et sèche. Lorsque j'entrai dans la pièce, une sorte de bureau qui aurait pu également servir de remise à outils de jardin, il était assis avec les pieds écartés et les bras non seulement grands ouverts, mais légèrement rehaussés, sur les bras du fauteuil. Celui-ci était si profond que les pieds de Jean-Paul étaient loin de pouvoir toucher le sol.

De l'autre côté de la pièce, parallèle à la position qu'il occupait, il y avait une glace et, sous cette glace, une étagère rococo qui portait une pendule style fin XIXe. Le double cadran, étayé par quatre arcs-boutants dorés, dominait le fouillis des engrenages prisonniers d'un globe transparent en verre de plomb suédois. Le balancier n'oscillait pas, il affectait la forme d'un disque posé parallèlement au plancher et était actionné par une tige qui, à six heures, prolongeait la verticale des aiguilles. C'était presque magique d'apercevoir cette antiquité parmi le désordre criard de la pièce.

La pièce était cependant adoucie par la poussière et la pénombre. La faible clarté, bleuâtre par endroits, donnait à toutes choses l'apparence d'objets plats, à deux dimensions. Il y avait partout un fouillis d'objets rassemblés, pour la plupart simplement réunis et abandonnés à eux-mêmes pour développer une familiarité, chaque angle, surface et coloration rappelant l'intimité douillette d'une pièce où des robes d'un quelconque drame baroque gisent mollement sur des bras décharnés de vieux fauteuils à bascule. C'était comme si on eût pénétré dans une vieille photographie fin de siècle représentant une actrice décadente au milieu de ses reliques.

Une assiette en carton et un verre de jus d'orange indiquaient qu'il avait mangé ici depuis quelques heures déjà. Je me sentis tout d'un coup sans défense, et regrettai de ne pas avoir de prétexte pour m'en aller. Le sol, autour du fauteuil de Jean-Paul, était recouvert d'une matière jaune et poisseuse, probablement du jus d'orange qu'il avait renversé en se servant.

Comme il commençait à s'extraire du siège, je posai la main sur son bras et le scrutai attentivement. Des petites choses semblaient grouiller dans sa barbe, des anneaux rouges et violets étaient accrochés par rangs de deux ou de trois sous ses yeux. Son visage exprimait ce sentiment de contradiction poignante qui tente de survivre à la limite de la pudeur et de l'affaissement définitif.

— C'est sympa de t'être déplacé.

— Comment ça va ?

— Mieux.

— C'est-à-dire ?

— Je me sens davantage en phase avec mon karma habituel. Il suffit que je quitte ce collège deux misérables jours pour avoir l'impression de ressusciter.

Son pied droit s'agitait irrépressiblement, sans aucun lien apparent avec le reste de son corps. À taper du pied de cette façon, Jean-Paul avait l'air d'un robot domestique dans une phase de dérèglement temporaire. Ce qui m'inquiétait, c'était l'excroissance anormale d'oignons sur ses pieds qui les déformaient hideusement. De plus, les pieds nus de personnes d'un certain âge me causaient un malaise.

— Qui est l'enfant qui m'a accueilli ?

— C'est le fils des voisins que je garde de temps en temps, quand ils partent en week-end. C'est une compensation, je suppose, au fait que Catherine et moi n'ayons jamais eu d'enfant. C'est en tout cas ce qu'ils ont dû se dire puisqu'ils ne nous ont jamais filé un rond pour le garder.

— Il a l'air d'être éveillé pour son âge.

— Tu peux le dire. Je suis souvent dépassé par ce qu'il me raconte. Sept ans et c'est déjà un petit fils de pute amoral !

— Je suis content de voir que ça va. J'ai eu très peur. Je pensais tomber sur quelqu'un qui n'arriverait pas à construire une phrase ou à manger tout seul.

Son sourire coupa court à toute poursuite à propos de son état de santé. Il toussa dans la manche de son tee-shirt puis leva le bras gauche dans un geste de reddition inconditionnelle. Il tenait de la main droite un verre de jus d'orange. Il inclina légèrement le verre et la surface du liquide prit une forme étirée. Je le regardai ensuite tordre les bords de l'assiette en carton qu'il avait laissée sur la table. Il la plia de façon à amener un point différent de la circonférence à toucher la même tache de ketchup, une petite tache située nettement à l'écart du centre. Il étudiait attentivement les plis qui en résultaient.

— Qu'est-ce que tu fais de tes journées ? demandai-je.

Après avoir fixé sur moi un long regard inquisiteur et bordé de sombre, il laissa retomber ses mains devant lui. Il était sur la défensive, attentif aux moindres fluctuations de son petit jeu d'auto-espionnage.

— Rien... est-ce que ça t'intéresse vraiment ?

— Comment cela ?

— Tu aimes traîner au lit toute la journée ?

— Bien sûr.

— J'adore m'affaiblir d'heure en heure, du matin au soir, persuadé que j'imite un de ces grands écrivains en robe de chambre comme Proust ou Léautaud. Je trouve dans cette apathie une sorte d'apitoiement désenchanté à l'égard du monde, la compensation de mon ratage social (il émit un rot épais, typiquement philosophique). Ma vie est tout simplement exaltante en ce moment.

Il parlait tout en gardant les yeux fixés sur ses mains au repos sur ses genoux dans le fauteuil à bascule. Un silence maussade commençait à s'accumuler dans la pièce. Je n'aimais pas cette tension. Cela ressemblait à l'air dans une cave, vieilli, stratifié, humide de substances corporelles. Je ne tenais pas à ce que le silence prenne encore plus d'ampleur qu'il n'en avait.

— Je sais pourquoi tu es venu.

Il attendit quelques secondes — la pause accettienne destinée à soigner son effet — et prit une grande inspiration avant d'exhaler la phrase suivante.

— Et c'est non.

Je me mis à l'observer avec le même degré d'attention que je portais d'habitude aux gens en train d'attendre leur monnaie. Il y avait dans sa voix quelque chose d'assuré. Je décidai d'adopter une stratégie plus oblique en dissimulant mon intention première.

— Je suis venu pour prendre de tes nouvelles. Pur altruisme, pas de méprise.

— Combien de temps penses-tu rester ?

— Deux-trois heures encore, je ne sais pas.

Il me dévisagea, incrédule, puis il baissa de nouveau les yeux vers ses mains.

— Qu'est-ce que je devrais te demander d'autre ?

— J'ai trouvé un remplaçant. Rapidement. Quand ils ont su que tu étais au repos, ils ont tous postulé. J'ai dû leur dire qu'il ne s'agissait pas d'un voyage sur Mars. Ils s'en foutaient, ils levaient tous le doigt : « Moi, moi ! Prenez-moi avec vous, m'sieur ! » C'était tellement attendrissant. À leur âge, tu te rends compte !

— Qui part avec toi, finalement ?

— Vincent.

— Bonne chance !

— Pourquoi « bonne chance » !

Je savais que Jean-Paul détestait Rochelet. Cela faisait partie du plan.

— C'est un con fini.

— Ta place était très convoitée, je n'ai eu aucun mal.

— Tant mieux. Dis-moi un peu le nom des candidats.

— Tout le monde, je te dis, était partant pour te remplacer, j'ai dû faire un premier tri.

J'abordais à présent la seconde partie du plan. Jean-Paul était visiblement mal à l'aise.

— Tu fais de l'exercice ?

— Comment cela ?

— Je ne sais pas, c'est sorti comme ça.

Il tira une petite pilule orange de sa poche et la posa sur sa langue. Il ferma ensuite les yeux et rejeta la tête en arrière d'un brusque mouvement convulsif, en avalant le comprimé avec un haut-le-cœur.

— Qu'est-ce que c'est ?

— De temps en temps, j'ai besoin de me refaire une petite santé neuronale.

— C'est une gélule ?

— On l'avale, dit-il, c'est le seul impératif avec elle.

Il se massa brièvement l'entrejambe puis croisa les jambes sans penser à dégager sa main.

— Rien n'échappe à l'effondrement final, dit-il en pointant un index ironique vers un endroit indéterminé de la pièce, comme un méthodiste juché sur une caisse à savon. Sa voix avait pris une inflexion mitteleuropéenne. Tu connais la merveilleuse phrase de Greene dans *Le Troisième Homme* : « Sous les Borgia, en Italie, pendant trente ans ont régné la guerre, la terreur, le meurtre, les effusions de sang. Mais ils nous ont donné Michel-Ange, Léonard de Vinci et la Renaissance. En Suisse a régné l'amour fraternel. Le pays a connu cinq cents ans de paix et de démocratie. Et que nous a-t-il donné ? La pendule à coucou. » C.Q.F.D.

Il sourit tristement. Sa main s'était enfoncée davantage encore entre ses cuisses, et il parlait très lentement, à présent, presque mécaniquement.

— Tu sais comment on appelle la Touraine ?

— La Suisse française.

— C'est ça. Lorsque nous sommes arrivés à Noizay avec Catherine, on était très enthousiastes. C'est moi qui ai arrangé la maison et en plein milieu, on ne sait pas ce qui s'est passé, un ennui effroyable nous est tombé dessus. C'est comme une bâtisse du XIXe siècle, magnifique et fade, où l'habitant reste englué dans ce dépaysement indolore. Tout est prévu pour empirer, par ici, tu n'as jamais remarqué ?

— Si, mais ça reste assez nouveau pour moi.

— Toute notre histoire a commencé à s'affaisser et à basculer, comme une maison bâtie sur un marais.

— C'est une belle comparaison.

— Tu sais très bien de quoi je veux parler. Je t'accorde que les gens comme moi, de nature plutôt ectomorphe, ont une prédisposition naturelle à toujours mettre le cap vers le pire.

— Les fragments apocryphes de Jean-Paul Accetto, la partie la plus sombre de l'œuvre.

— Tu ne vas pas dire que tu te plais ici ?

— Je n'ai pas dit ça.

— Alors, pourquoi tu ne me crois pas ?

— Est-ce que tu arrives à entrer dans les choses ?

— Non.

— Il faut faire un effort pour entrer dans les choses.

— Quel intérêt ?

— Tu peux vivre partout, après... ça n'a plus d'importance.

— Quand j'étais jeune, j'étais comme ça. J'habitais à Romorantin, le petit Solognot ignoré du monde, j'ai même été en classe avec un chanteur célèbre.

— Qui ?

— Je ne me rappelle plus. Un type frisé avec des chemises blanches ouvertes qui chante les mains dans les poches.

— Tom Jones ?

— Mais non, un Français... Tom Jones est gallois et il ne chante pas les mains dans les poches. Peu importe. J'étais un autodidacte absolu, tu sais, j'ai suivi des cours de maths par correspondance, j'allais à la bibliothèque, j'y vivais pratiquement. Je connais des tas de gens qui s'investissent dans leur boulot mais seul l'autodidacte connaît la véritable obsession. Mon père était déjà comme ça. À cette époque-là, j'étais dans les choses, j'aurais pu vivre à Vladivostok ou au Niger, je n'avais que la science dans la tête. C'est depuis que j'ai commencé à enseigner que le monde est entré dans mon obsession et l'a détruite. Rien n'est arrivé, mais tout a curieusement changé.

— Viens avec moi et les gosses à Étretat.

— Tu m'as dit que tu avais trouvé quelqu'un.

— J'ai menti.

Un long silence s'ensuivit. Jean-Paul commença à tousser et à cracher dans un mouchoir en papier. Ce qui lui restait de force s'était épuisé dans la révélation que je venais de lui faire. Sa toux prit progressivement une intonation désolée, un ton presque d'aboiement tragique, suffisant à définir le résidu de son existence. Il s'enfonça de nouveau dans le rocking-chair, littéralement retranché, comme s'il cherchait à consolider sa relation avec le siège.

— Quelles sont tes spéculations concernant le voyage ? demanda-t-il en fixant son regard sur moi.

L'arrière-ton métallique de sa voix, quand il

reprit la parole, semblait riche d'une nuance supplémentaire, presque un tremblement grondeur.

— Aucune. Ou plutôt j'en ai trop. Certaines choses sont difficiles à résumer. Moi aussi, j'ai reçu des signes menaçants, comme Capadis. Je ne sais pas ce qu'ils attendent de nous, mais ils veulent quelque chose, j'en suis sûr. J'ignore ce que ça peut être. Quelles sont les raisons profondes de ce voyage décidé à la dernière minute ? J'y pense tous les jours, tous les soirs avant de m'endormir.

— Et tu voudrais m'embarquer là-dedans ?

— Je ne comprends pas la question.

— J'ai peur d'accepter, uniquement parce que je n'ai pas envie de te lâcher tout seul avec eux.

— Nous avons tous peur. Qui n'a pas peur ? Mais personne n'en parle à voix haute. Tu ne peux pas refuser sous un prétexte aussi futile. C'est le plus vieux truc du monde, et ça marche toujours !

— Je me demande si j'ai l'aplomb émotionnel pour supporter ce voyage, surtout en ce moment. Toute cette affaire me déprime et m'inquiète.

— Tu l'auras. Tu n'as pas besoin de décider tout de suite.

— Tu me laisses encore combien de temps ?

— Cinq minutes.

Il hocha la tête d'un air sceptique et mit sa main droite dans sa poche droite. Toujours debout, je restais immobile, redoutant de briser un équilibre délicat entre Jean-Paul et sa décision. Je le sentais prêt à céder, ne serait-ce que pour avoir la satisfaction de me voir partir. Il paraissait rétrécir à présent, ou peut-être tentait-il de se retirer intérieurement.

Enfin, il se leva, secoua la tête et me tapota l'épaule. Ce mouvement, que j'interprétai comme le geste en passe de devenir le tic Ponce Pilate de Jean-Paul, ressemblait à une forme d'acquiescement sans restriction, une participation totale du corps qui semblait se glisser entièrement dans la main qui vous effleurait.

— Je compte totalement sur toi, ajoutai-je.

18

Avant de nous quitter, nous fîmes le récapitulatif de ce qu'il fallait emmener pour le voyage. Je souhaitais mettre les choses noir sur blanc avec lui d'un point de vue matériel car il semblait tout à fait incapable de préparer son sac pour le lendemain. Au besoin, j'étais prêt à m'en charger. Jean-Paul faisait partie de ces accompagnateurs distraits qui maintenaient constamment entre eux et leurs responsabilités un certain désengagement qu'il faisait passer pour une éducation à l'autonomie. Cette stratégie employée par de nombreux éducateurs était très courante, et visait en fait à culpabiliser toute attitude rigoriste ou autoritaire en considérant celle-ci comme un manque de confiance envers les enfants. Ce genre de fumisterie issue de la culture libertaire rencontrait un incontestable succès auprès des collègues dépressifs ou victimes de dépendances affectives contraignantes, mais n'en avait guère chez les plus clairvoyants, qui découvraient suffisamment vite la supercherie pour ne pas avoir à la subir. Mais d'une manière générale, Jean-Paul savait éviter ces derniers.

— Le voyage dure quatre jours, dit-il, dont deux demi-journées bouffées par l'aller-retour en bus sans compter les pauses-repas. On n'aura pas besoin d'embarquer une garde-robe complète. Il suffit de prendre de la lecture, de la Nautamine et des clopes. Les gosses savent ce qu'ils ont à emporter... Que savons-nous pour le reste ?

— Rien, c'est leur voyage, n'oublie pas !

— J'espère au moins qu'ils ont prévu à manger pour les repas de midi !

— La cantine est prévenue. Ils ont déjà tout préparé, les gosses ont supervisé les menus à emporter avec le cuistot.

— Et l'hôtel ? On va dormir où ? Qui a retenu ? Parce que pour trouver un hôtel qui puisse accueillir vingt-six personnes une semaine avant, c'est pas évident ! Et je ne te parle pas d'un boui-boui avec vue sur la déchetterie municipale !

— On va dans un gîte rural, à côté d'Étretat, répondis-je avec lassitude. Les gamins l'ont réservé... ça fait trois semaines.

Je sentais que je l'agaçais. Plus sa demande de renseignements rencontrait de ma part des réponses concrètes, plus lui apparaissait avec clarté son manque d'investissement dans le projet. Sa voix s'était teintée au fil de la conversation d'un fond de ruse légèrement polie. Certains mots qu'il prononçait semblaient vibrer sous l'effet d'une connotation ironique.

— On va dans des musées ? Voir des monuments ? Visiter les plages du Débarquement ? Cueillir des pommes ? Se recueillir sur la tombe d'André Gide ? Tu peux me dire qui a la charge des activités ? C'est un minimum pour le vieil homme que je suis.

— Dimitri et Sandrine.

— Je m'en doutais.

— Il suffit de faire marcher un peu sa tête.

Jean-Paul resta pris de court, sans voix. Il accusa le coup en silence, détestant que quelqu'un ait pu anticiper un savoir qu'il maintenait secret depuis des années. Il promena ses yeux alentour avec des mouvements saccadés de la tête. Visiblement très énervé, il ne cessa pas de plier et de déplier ses bras d'avant en arrière, les poings serrés comme s'il faisait des exercices articulatoires contre l'arthrose.

— Comment le sais-tu ?

— L'observation de leur personnalité, de leur rapport au groupe, un mélange de dépendance et d'indifférence. De l'intrépidité, du cran. Un pouvoir magique même.

— On peut se tromper.

— C'est vrai.

— Écoute, dit-il avec un froncement de lèvres agressif, c'est agaçant tes pseudo-observations données sur un ton objectif. Rappelle-moi depuis combien de temps, déjà, tu es dans l'enseignement ?

Ce genre de trait, d'autant surprenant qu'il était rare, suffisait à révéler que la rancœur de Jean-Paul était son état d'esprit naturel et tout le reste, un prodigieux effort de volonté pour maîtriser sa frustration.

— Moins longtemps que toi, c'est vrai. Excuse-moi d'avoir manqué d'ampleur et de perspective dans l'appréciation d'une classe que mon peu d'ancienneté aurait dû nuancer.

— On peut l'exprimer comme ça.

Il glissa son médius en l'incurvant en bec de canard dans sa bouche et mordilla une partie de l'ongle, en le détachant complètement. Il utilisa la rognure irrégulière pour gratter la saleté sous les ongles de l'autre main. Tout cela était parfaitement immonde. Il se leva ensuite et se mit à énumérer la liste de choses à emporter, en articulant avec une clarté exagérée.

— Chaussettes, chaussures, pantalon chaud avec un revêtement moletonné intérieur, pantalon de demi-saison en toile, ceinture, combien de jours as-tu dit déjà ?

— Quatre.

— Donc quatre tee-shirts, deux pulls, deux chemises si possible en coton majoritaire — le vent du littoral est glacial quelle que soit l'époque —, une montre pour ne pas louper l'horaire des marées, une écharpe contre le risque d'affection de la gorge, un bonnet (quelque chose pour protéger la tête en tout cas), un sac à dos, surtout pas de valise, de l'eau et des friandises pour le trajet sans oublier la Nautamine, un schtroumpf, un Bugs Bunny et un scoubidou en plastique pour le repos de l'esprit.

Puis il regagna son fauteuil, exprimant ouvertement son appréhension dans un sourire figé qui semblait imprimer à son inventaire une sorte de mouvement conclusif. Il était si déprimé d'un seul coup que j'eus l'impression que si je ne prenais pas la parole dans les trente secondes, il pourrait rester avachi dans son fauteuil pendant une heure, sans prononcer la moindre parole.

— C'est extrêmement détaillé. C'est parfait. Comment as-tu fait ?

— L'expérience, mon gars, l'expérience.

J'allais me brosser les dents lorsque le téléphone sonna pour la quatrième fois de la soirée. De stupeur, je projetai un jet de dentifrice dans le lavabo, où il forma une ligne et une courbe évoquant un quatre tracé par un psychotique. Depuis que j'étais revenu du collège vers dix-neuf heures, quelqu'un m'avait appelé toutes les heures et raccroché aussitôt qu'il entendait le son de ma voix. C'était une intimidation calculée à la minute près, presque autoritaire, si précise que j'aurais pu me tenir près de l'appareil et attendre la sonnerie.

Je faisais ensuite les cent pas jusqu'à ce que ma moquette sente le textile grillé puis regagnais ma chambre et restais dans l'expectative. Je m'attendais toujours à voir débarquer quelqu'un, ou une note glissée sous la porte, ou une vidéocassette surgir de la cuisine. Mais tout redevenait calme, à l'exception d'un lointain son monotone, comme provenant de travaux de construction nocturnes, quelque part au-delà de la grille d'aération fichée dans un angle des murs de la chambre.

C'était Nora, cette fois-ci.

— Je voulais te souhaiter un bon séjour. Léonore sort à l'instant de chez moi.

— Merci, c'est gentil. Je me sens presque reconnaissant d'entendre ta voix.

— Pourquoi ?

— J'ai eu trois appels anonymes depuis sept heures, provenant d'une cabine, le numéro n'est pas répertorié à un nom. Que faut-il que je fasse ?

— Il faut que tu préviennes la police.

Elle me répondit d'une voix aiguë, forcée. Elle parlait avec rapidité, voulant certainement donner l'impression qu'elle était efficace et stimulante.

— Comment va Léonore ?

— Elle habite chez moi, à présent.

— Tu plaisantes.

— Absolument pas.

— Elle a quitté son mari ?

— C'est ça.

Sa voix était devenue chantante, comme si nous étions en train de jouer aux devinettes.

— Je dois te laisser, j'ai mes affaires à préparer. J'essaierai d'appeler Léonore à mon retour.

— Je voulais organiser avec toi quelque chose pour ses trente-six ans.

— Elle les a eus il y a une semaine.

— Ce n'est pas une raison.

— Je crois qu'il n'existe pas de législation particulière qui invite les presque quadragénaires à fêter leur anniversaire toutes les semaines. En tout cas, rien n'oblige les proches à y participer.

— Tu refuses de t'y associer ?

— Léonore n'a pas changé, c'est merveilleux... elle organise un raout à la moindre occasion. Pour ses premières règles, elle avait invité toutes les petites filles du quartier. Quand elle a perdu sa virginité, elle a réuni tous les garçons avec qui elle avait simplement flirté. C'est dans sa nature d'être cérémonieuse, comme si elle avait besoin de ça pour passer à l'étape suivante. Ce genre de renseignement peut t'être utile pour la suite, sans vouloir passer pour un rabat-joie.

— Écoute, je mets les derniers détails au point... on se rappelle pour confirmer. J'aimerais que tu sois présent (un temps). Penses-tu venir ? Dis-le-moi tout de suite, ça m'enlèverait un poids énorme !

— Je pense que je n'irai pas.

— Tu as le temps du voyage pour y réfléchir, il ne faut pas se presser après tout. Sache que je serais extrêmement déçue si tu ne venais pas. Ta sœur, aussi, je suppose.

— C'est une prise d'otage.

— Pense ce que tu veux.

En raccrochant, j'allongeai mes doigts et tirai sur les phalanges pour les détendre. La torpeur pâteuse dans laquelle je me rappelais confusément ma conversation avec Nora laissa place à un sentiment de culpabilité vis-à-vis d'elle. C'était toujours la même position sommatoire que j'occupais face à quiconque entreprenait de s'interposer entre ma sœur et moi. Nora n'y était pour rien. Je n'avais jamais supporté que Léonore commandite une fête et invite d'autres personnes que moi. Je mettrais probablement des années avant de m'y habituer.

Quelques minutes après avoir fini de préparer mes affaires, j'allai dans un jardin public non loin de mon immeuble qui servait d'espace de rencontre aux personnes les plus âgées. Ici même étaient discutés férocement les nouvelles météorologiques du jour et les bulletins de santé des anciens, sans oublier l'évocation laconique des nouveaux morts, prétexte à un rendez-vous au cimetière local. Quelle que soit l'heure, cet endroit était sûr parce que sa situation était connue de tous. Aucun jeune de moins de dix-huit ans ne s'y serait aventuré.

La pluie qui tombait depuis ce matin s'était arrêtée. Les tours s'étaient enlaidies de taches nouvelles de moisissure, mais les herbes, dans le terrain vague voisin, paraissaient plus vertes à la lueur des quelques réverbères. Je fis le tour du jardin en suivant les allées minuscules et en descendant les marches qui menaient à un bassin, rectangle de plastique bleu sale et racorni où l'eau de pluie s'accumulait. En le contournant, je sentis s'écraser sous mon pied droit une masse molle. Je venais de marcher sur une grenouille.

Elle gisait sur le flanc; une longue patte noire, dressée en l'air, décrivait en tremblotant de petits cercles. De son ventre s'écoulait une substance verte et crémeuse, la poche se gonflait et se dégonflait avec une rapidité tragique. Son œil exorbité me fixait d'un air affligé, sans reproche. Elle semblait me dire qu'à une seconde près, les choses se seraient déroulées autrement et qu'elle était presque désolée de me mettre dans une telle situation. Je m'agenouillai à côté d'elle et ramassai une grande pierre plate, de celles qui bordaient le bassin. Elle me regardait à présent comme si elle attendait une aide de ma part. J'attendis un peu en détournant mon regard ; j'espérais qu'elle allait se remettre de l'accident ou mourir rapidement, mais sa poche s'emplissait et se vidait encore plus vite. Elle essayait désespérément, en se servant de son autre patte arrière, de se redresser. Les petites pattes de devant exécutaient dans l'air des mouvements de natation. L'œil jaunâtre continuait à fixer le mien, implorant.

Je levai la pierre lentement. Il y eut une seconde d'immobilité absolue puis j'assenai un coup violent sur la petite tête verte. Lorsque je soulevai la pierre, le corps de la grenouille y resta accroché, puis il chuta sur le sol. Je me mis à trembler brusquement. Avec une autre pierre, je creusai une petite tranchée, étroite et profonde. Comme je poussais la grenouille avec une brindille, je vis ses pattes de devant frémir. En hâte, je la recouvris de terre et piétinai la tombe.

Un peu plus tard avant de me coucher, j'essayai de me détendre afin de chasser l'image obsédante de la grenouille en train d'agoniser. J'étais en pyjama assis sur mon lit, avec le petit doigt sur le ventre, grattouillant des résidus de crasse dans mon nombril, et ce geste me fit repenser à Léonore et moi lorsque nous étions petits. Nous avions l'habitude d'aller tous les deux dans le lit à deux places de nos parents quand nous étions seuls à la maison. Tout habillés, nous pouvions passer des après-midi entiers à estimer nos différences corporelles.

Je lui prenais la main et la plaçais contre la mienne et notais sur un carnet l'évolution des doigts dans l'ordre invariable : pouce-index-médius-annulaire-auriculaire. Nous comparions ensuite les lignes de nos paumes pour escompter nos chances de rester en vie très longtemps, si possible tous les deux. Après commençait une exploration mutuelle du reste. Allongés sur le dos, côte à côte, nous comparions nos pieds. Ses orteils étaient en général plus longs que les miens et plus minces. Nous faisions de même pour nos bras, nos jambes, notre cou et notre langue, mais rien ne se ressemblait autant que notre nombril. Dans la spirale charnue, écrasée d'un côté, on trouvait la même fente fine et les mêmes plis dans le creux. L'exploration se poursuivait jusqu'à ce que je plonge les doigts dans la bouche de Léonore pour compter ses dents. C'est alors que nous éclations de rire devant cet inventaire.

Avec l'âge, je me suis rendu compte que c'était Léonore qui s'était le plus éloignée de nos souvenirs archaïques. À chaque fois que j'évoquais un de nos jeux de manière allusive, elle semblait se désister, comme si elle tenait à se dégager de sa responsabilité d'avoir pu m'entraîner dans des actes aussi stupides. Il y avait toujours eu quelque chose d'étrangement reposant pour moi à me souvenir de ces blocs d'enfance alors qu'elle, la maturité et l'expérience l'avaient projetée à des années-lumière de cette période de notre vie.

En éteignant la lumière, je songeai avec tristesse que cette émotion particulière s'était pathétiquement diluée dans le temps et la distance. Elle avait été remplacée par un vague étonnement face à la profondeur du regret qui suivait ces tentatives de remémoration. Dans ces moments-là, je me sentais tout d'un coup libre de rompre, de partir, de suivre un nouveau parcours. Il était temps, me disais-je presque avec exaltation, d'enterrer les moments fondamentaux de mon existence.

Fini de séjourner des après-midi complets sur mon canapé à me rappeler les moments où j'avais fait passer un bout de ficelle dans un trou creusé au milieu d'un marron, ceux où j'avais façonné des animaux de glaise avec ma boîte de Mako-moulage, les noyaux de cerise que j'avais enterrés et les gens en qui j'avais une foi absolue.

Terminé les fois où je plongeais la tête dans le bain et comptais jusqu'à trente, les bouchées de glace que j'avais mangées avec des petites cuillères blasonnées et les immenses armoires où je pouvais me cacher parmi les costumes de mon père. On pouvait les compter à présent les endroits où je pouvais me cacher, les nuits qui n'en finissaient pas dans l'attente du jour et où je sortais de la maison comme un fou et me mettais à crier d'allégresse.

Depuis, je cherchais à me persuader que les vibrations intimes ainsi que les changements de vitesse de ma vie répondaient à un plan, à une logique cachée que je saurais reconnaître plus tard et que le mouvement organisé des choses prendrait un sens évident, révélant chaque inconnue en réduisant les ambiguïtés et les ombres. Invariablement, je finissais toujours par mesurer à quel point toute réflexion sur ce thème était indigente et banale. Ce genre de conclusion, si exaspérante qu'elle puisse paraître, était — je me sens vraiment désolé de le dire à des personnes équilibrées et adultes — relativement facile à faire.

Sur le moment, j'avais cru que Jean-Paul Accetto avait voulu se montrer sarcastique. En fait, je le compris plus tard, il n'en était rien. C'était un mélange de sollicitude et d'angoisse qui s'était exprimé par sa bouche molle entrouverte, lorsqu'il avait répondu à Annick Spoerri que Brice Toutain devait être à présent en train de se décomposer dans une décharge publique, la tête séparée du corps dans un sac de plastique vert olive. De grandes taches sombres soulignaient ses yeux. Il avait dû passer la nuit à se retourner dans son lit comme un marsouin débraillé.

Ce matin-là, le soleil matinal ne parvenait pas à percer la muraille des nuages et la lumière semblait sourdre du sol à travers un magma de brume spongieuse tandis que je faisais les cent pas sur le trottoir devant le collège. Les enfants étaient regroupés devant le bus depuis une dizaine de minutes, sortant des voitures de leurs parents, sac au dos, blouson à la main, avec des visages chiffonnés qu'accentuait une coiffure approximative. Ils étaient arrivés tous en même temps, vers sept heures trente, ce qui donnait à leur mouvement ordonné en demi-cercle — de la périphérie des automobiles en stationnement vers le centre symbolisé par le bus — l'allure d'une mitose en accéléré.

Annick Spoerri tenait la liste des élèves à la main et mettait une croix devant les noms lorsque leurs propriétaires se matérialisaient dans la file. Elle effectuait ainsi un premier comptage qu'elle renouvellerait ensuite par un appel plus scrupuleux. Pour ce type d'opération routinière, Annick n'avait aucune confiance dans Jean-Paul qui considérait l'appel des élèves comme une atteinte « fascistoïde » à leur droit de disposer d'eux-mêmes. Cela faisait partie de ce solide revêtement post-soixante-huitard qui constituait la part la plus immuable de sa personnalité, malgré ses dénégations.

À l'évidence, alors que les dernières voitures repartaient en lançant des petits signes par les fenêtres, Brice Toutain était le seul à n'avoir pas encore rejoint le groupe. Annick nous avait demandé un peu avant si nous avions entendu parler d'une désaffection possible de la part de sa famille, et c'est à ce moment-là que, devant mon silence contrarié, Jean-Paul avait lancé son histoire de décharge publique. J'avais consulté Léa deux jours avant pour savoir si Brice ferait partie du voyage et cette dernière, depuis l'épisode de l'évanouissement, n'avait revu Brice ni au service de la vie scolaire, ni à l'infirmerie. Il n'y avait eu aucune lettre de désistement de la part des parents. C'était donc *a priori* une affaire réglée, rien ne s'opposait à ce que l'enfant fasse partie du voyage avec ses autres camarades.

— On va attendre encore cinq minutes, dit Jean-Paul, soulagé, comme s'il venait de trouver un prétexte pour gagner quelques minutes.

L'idée d'attendre encore me déprima. J'allais devoir faire face aux élèves sans rien laisser paraître de mes conjectures moroses concernant l'absence de Brice. La dernière fois que nous avions dû attendre un élève ensemble, Clara Sorman avait fini par apparaître le visage tailladé. La plaisanterie de Jean-Paul, malgré son mauvais goût et son opacité délibérée, commençait à trouver un fondement. Adossé à un réverbère, raclant le sol de mon pied droit, la tête penchée légèrement à gauche, je songeais au fait qu'il y avait une disparition ou un grave incident dès que la cohésion du groupe menaçait de se relâcher. Cela commençait à prendre la forme d'un vrai rythme biologique.

— Brice ne viendra plus, dit Cécile Montalembert, il est toujours à l'heure, d'habitude. Il doit être malade.

— Encore une minute, répondis-je, stoïque.

— Il ne viendra plus, c'est clair, répéta Maxime Horvenneau, le regard perdu au loin.

Toutes les voitures s'étaient évaporées à présent

et le chauffeur, dont j'apercevais la silhouette floue à travers la vitre du car, semblait donner des signes d'impatience. Il descendit peu après et s'assit sur la première marche du car pour attendre la suite des événements. Il avait la jambe gauche repliée, l'autre étendue, et ponctuait de gestes saccadés ses remarques silencieuses, ébauchant le mouvement d'aplatir une mèche de cheveux bruns sur son front. De loin, je pouvais distinguer sa moustache noire, si parfaite qu'elle avait l'air d'être en plastique.

Une Peugeot 205 apparut en haut de la rue et vint se garer sur le trottoir opposé au bus avec un crissement de pneus. La porte ouverte catapulta un quadragénaire rondouillard. Sa présence apparut soudain trop irréelle, trop cinématographique pour s'enraciner dans ce paysage ordinaire d'un groupe d'enfants en partance vers la mer. Il portait un costume rayé en lin un peu en avance pour la saison, une chemise à col ouvert et des chaussures absolument hors normes pour son âge, à savoir des souliers de teddy-boy avec une semelle en crêpe d'au moins huit centimètres de hauteur. Il donnait l'impression de sortir d'un long séjour en clinique psychiatrique.

Comme je faisais face au groupe d'élèves, il se dirigea vers moi directement en ignorant Annick et Jean-Paul qui discutaient à voix basse en retrait du bus depuis cinq minutes. Il me tendit une main molle. Je la serrai poliment et lui rendis aussitôt.

— Je suis l'oncle de Brice, dit-il.

— M. Hoffman, enchanté, professeur de français.

— Ce n'est pas vous le professeur d'histoire-géographie ?

— En fait... si, balbutiai-je, confus d'avoir un instant oublié mes attributions récentes. Je remplace M. Capadis et...

— Vous vouliez me parler de Brice ?

— Il ne pourra se joindre aux autres. Il est malade, les parents ont appelé le médecin en urgence. Il est resté dans le froid toute la nuit.

— Il a donc recommencé.

— Oui, dit-il simplement en baissant la tête.

19

Nous avions dépassé Vendôme depuis une dizaine de minutes et le paysage beauceron, à mesure que nous progressions au travers de son étrange vacuité, avait fini par provoquer en moi la même angoisse que ces sous-préfectures désertes que l'on traverse la nuit à toute vitesse, propulsé par la seule crainte de tomber en panne. Après avoir traversé Danzé, le bus avait emprunté la départementale 157 en direction de Mondoubleau, la capitale régionale où j'avais failli être muté en arrivant, il y a trois ans, dans l'académie du Centre. Les paysages du Perche, un relief paisible de collines sous un ciel béant au nord du Loir, possédaient un pittoresque joyeusement inflexible. Mais cette rigueur avait un prix : l'hémorragie de ses habitants augmentait chaque année, ne laissant sur place qu'une population vieillie, enlisée dans un bocage qui s'effilochait au fil des remembrements et des arrachages de haies.

J'entendis soudain Jean-Paul entamer le premier cycle de ronflements propre à cette phase spécifique de son sommeil. Il était étalé sur la grande banquette à l'arrière du bus et sa tête reposait sur son sac. Avant d'arriver à Vendôme, il avait pris un flacon dans son sac, dévissé le bouchon tranquillement devant les élèves, ôté la protection de coton, et versé deux comprimés dans sa main. Il les avait avalés sans eau puis s'était allongé en travers de la banquette sans demander l'avis de Mathilde Vandevoorde et de Clara Sorman qui occupaient également la place. Il avait sombré presque aussitôt dans la somnolence. À présent, il dormait avec le pouce dans la bouche.

Nous roulions depuis une heure et demie dans un silence abstrait, comme confiné à la surface des choses, avec une ambiance générale de langueur adolescente. Le mutisme de chacun était palpable au point d'avoir une dimension visible, un scintillement ou un éclat dur, et une épaisseur semblable à de la peinture fraîche. Les élèves s'étaient installés sans exception à deux par banquette, si près l'un de l'autre qu'ils paraissaient être enchaînés par des menottes, chacun regardant droit devant soi. Les paupières étaient rendues lourdes à cause du réveil matinal mais ils semblaient lutter contre le sommeil, juste pour tester leur propre ténacité, la persistance de leur résolution à affronter le dessein fixe et irréversible du voyage qu'ils avaient entrepris.

J'étais assis au deuxième rang derrière le conducteur, à côté de Sandrine Botella qui ne m'avait pas adressé la parole depuis le départ. Son seul geste significatif avait été de presser ses doigts contre la vitre légèrement teintée, les maculant de ses empreintes. La sérénité dont elle faisait preuve depuis le départ était inhabituelle. À ce moment précis, elle donnait l'impression qu'elle ne manquait de rien, qu'elle ne voulait plus rien, et qu'elle pouvait laisser derrière elle tous les malheurs de l'enfance. Elle avait l'air tellement retranchée en elle-même que si elle avait pu le faire, elle aurait replié ses bras dans sa bouche et les aurait avalés jusqu'aux épaules, avec les jambes et le torse.

Dimitri Corto et Élodie Villovitch étaient assis devant nous. Élodie tenait le pull de son petit ami, soigneusement plié sur ses genoux. Dimitri avait les mains nouées sur sa tête. Il les avançait et les reculait, et le sommet de sa tête remuait pour accompagner le mouvement. À chaque fois qu'il regardait Élodie, elle le gratifiait d'un sourire étrangement pénétrant, étrangement doux, ses lèvres fines s'abaissant aux deux coins de sa bouche. Depuis quelque temps, Dimitri était littéralement absorbé par la conduite du bus, suivant des yeux le moindre mouvement du chauffeur, chaque changement de vitesse, chaque freinage avec une concentration extrême.

En jetant un regard de côté, je détaillai la manière dont était habillée ma voisine. Elle portait un pull tunique avec un motif jacquard noir et blanc sur le devant (une fantaisie géométrique évoquant Vasarely) sur un caleçon noir à l'aspect satiné. L'élégance discrète de l'ensemble m'avait presque fait oublier la jeune fille arrogante que j'avais dû subir lors de la première rencontre avec les élèves. Il y avait à présent une sorte d'engagement rigoureux dans sa présentabilité. Son visage avait l'air dépourvu de consistance, exposant une lividité semi-transparente qui ressemblait à la pulpe même, blême et nue, de son être. La quasi-neutralité bien proportionnée de sa silhouette, de son allure, même en position assise, la rectitude fragile du tout, m'évoquaient une négation intérieure sans retour, des failles dissimulées sous un classicisme trompeur. Toute son activité semblait concentrée sur le fait de regarder par la vitre en mordillant rêveusement la peau de son index.

Depuis l'épisode du parc, j'avais du mal à la percevoir autrement qu'à travers la grille de l'adolescente torturée par une vision intérieure inaccessible aux autres, une sorte de mysticisme flou. Sa façon de manier le sarcasme théâtral et l'impression d'indépendance sauvage que toute son attitude projetait, l'austère fidélité qu'elle semblait professer à l'égard de sa réalité intérieure, me renvoyaient au sentiment latent de ma propre compromission avec la vie. Elle semblait tout le temps penser à quelque chose, comme si sa vie entière lui passait sous les yeux en permanence et qu'elle cherchait à en sélectionner les moments les plus intéressants. De moins en moins coopérative, chaque jour qui passait avait l'air d'élever son niveau de conscience d'elle-même jusqu'à lui faire abdiquer toute relation avec l'extérieur. Ces derniers jours, elle était passée du statut d'adolescente caractérielle à celui de jeune fille détachée, découvrant les vertus de l'abandon émotionnel dans une existence normale. Pour le dire autrement, elle n'était plus vraiment là.

À droite de Dimitri et d'Élodie, Cécile Montalembert et Julie Grancher se tenaient la main sans équivoque. Elles conversaient à voix basse avec un calme si absolu qu'elles faisaient songer à ces acteurs de films muets impassibles que l'avènement du cinéma parlant avait rendu définitivement aphasiques. Installées en elles-mêmes, Cécile et Julie semblaient ensemble ne pouvoir être perçues qu'isolément, sans références précises au cadre auquel elles appartenaient presque par accident. Julie posait parfois ses lèvres sur les cheveux de Cécile comme aurait pu le faire la jeune femme d'un tableau préraphaélite représentant de belles endormies. Ce couple de jeunes filles serrées l'une contre l'autre m'apparaissait au fil du temps comme un élément important de cette atmosphère reposante que j'attribuais au moment présent.

Les sensations denses se réduisaient à des points, des lignes, des plans. L'« expression » de l'intérieur du bus semblait avoir été conçue en termes de haute précision, comme si l'habitacle avait tenu à me faire savoir que quelque chose risquait de survenir à un certain moment, encore indéterminé. Mais c'était une crainte basée sur des fondements déraisonnables, une peur que rien ne pouvait confirmer pour l'instant. Je songeais souvent à l'appréhension de Jean-Paul, la nervosité qui avait pu s'emparer de lui à l'approche du voyage, sa pseudo-dépression et ses conséquences invisibles pour le moment.

Cécile se tournait de temps en temps vers Dimitri et son amie, et les dévisageait l'un après l'autre, suçotant un bonbon, les joues creusées et ses lèvres minces crispées dans une moue acidulée. Ensuite elle regardait dans notre direction puis elle adressait un signe de tête à Sandrine, qui le lui rendait; elle me fixait alors mais l'expression de ses yeux restait indéchiffrable.

Un panneau indiquait une aire de repos à deux kilomètres. Le chauffeur avait pris son micro pour demander si les enfants souhaitaient que le bus fasse un arrêt-pipi. Il avait un accent slave qui rendait son élocution hésitante, spasmodique. L'oubli des articles définis dissolvait le sens de ses mots en leur donnant une portée générale à la limite de l'abstraction. Il ne devait pas être en France depuis longtemps. Il devait avoir connu la privation, la solitude, les menaces dissimulées derrière la pénurie des choses indispensables, toutes ces limitations qui rendaient supportable son exil actuel.

Cette impression était confirmée par l'austérité de son visage, trente-cinq ans à sourire et à plisser les yeux dans la fumée lui avaient gravé des pattes-d'oie jusqu'à mi-chemin des oreilles. De la narine à la commissure des lèvres, la ride avait dû être creusée par le désenchantement. À part la moustache qui avait l'air fausse, sa peau était criblée de petite vérole. Il avait des yeux comme des fentes dans l'os du crâne, des meurtrières vert-de-grisées dont la maxime devait être : « Tu peux regarder au-delà mais, ne te fatigue pas... il n'y a rien. » Il avait l'air désespérément las, ce que confirmait un vaste éventail de gestes saccadés compensant un visage vidé de toute force susceptible de l'animer, comme s'il roulait depuis la fin des années 80.

Je ne l'avais vu rire qu'une fois depuis le départ, un curieux éclat trompetant, lorsque je lui avais demandé en entrant dans le bus s'il était content de nous emmener à la mer. Cela m'avait paru étrange car son rire s'était arrêté net, comme s'il avait souhaité ne pas m'encombrer de détails ennuyeux sur sa signification. Son corps était maintenant lourdement affalé en avant, ses coudes étaient posés sur la courbure du volant, les paumes l'enserrant comme le joystick d'une console de jeux et les doigts pointés vers le bas.

Vingt-trois têtes oscillèrent lentement de gauche à droite en signe de négation. Certains avaient commencé à manger leur pique-nique, Vache-qui-rit, chips et berlingot chocolaté. Nous venions de quitter les collines du Perche et nous nous trouvions à présent à mi-chemin entre Mortagne et Bernay, représentant la frontière entre Basse et Haute-Normandie. Depuis trois heures que nous roulions, les élèves avaient conservé cette même passivité inquiète propre aux touristes qui visitent des contrées dangereuses, où les contrôles de routine pouvaient se terminer en arrestation massive.

— Vous voulez écouter la radio ? demanda le chauffeur.

Silence.

— Si vous avez cassette, la radio fait aussi cassette.

Le silence se fit à nouveau, mais ce n'était pas le même silence. Celui-ci était davantage hostile, désapprobateur, comme si le moment était venu pour les élèves de faire comprendre au chauffeur que c'était eux qui, *éventuellement*, demanderaient quelque chose. Il fit un geste désabusé en l'air et m'appela en lançant des « S'il vous plaît, le professeur ! » par-dessus son épaule droite. Mes jambes étaient ankylosées et j'étais en train de chercher les veines sous mes genoux pour les stimuler. Je me levai avec difficulté et vins me poster à côté de lui.

— Ils ne parlent pas, les enfants ? Jamais ? Ils ont langue, pourtant... si eux parlent pas et disent pas problèmes, ils vont peut-être vomir dans le bus ou faire pipi. Je veux pas ça, pas de saletés dans mon bus, vous comprenez ?

Sa voix était assommée de fatigue. Trop de vigilance, peut-être, des actions réflexes excessives.

— Ne vous inquiétez pas, s'ils ont un problème, ils le diront. On s'arrête dans combien de temps ?

— Dans une heure et demie, presque deux. Vers onze heures, je dois me reposer un peu, boire un café.

— À quel endroit ?

— Bolbec. J'ai vu carte et Bolbec, c'est pas loin

d'Étretat. C'est bien, on sera presque arrivés. Tout le monde sera content, je pense.

— Qu'est-ce qui vous rend en colère contre nous ?

— Jamais transporté des garçons et filles pareils. Ils ne bougent pas, on dirait des petits mannequins de cire dans vitrine à Noël. Si mes enfants pouvaient être comme eux !

Son visage congestionné pivota vers moi, l'espace d'un instant, puis il se mit de nouveau à fixer la route. Ses traits avaient pris l'expression d'une incertitude inquisitrice. Le bus prenait de la vitesse, indiquant sans ambiguïté qu'il avait hâte d'être arrivé. Je remarquai son front cloqué de petites gouttes de sueur translucides.

— Votre collègue est fatigué, il dort depuis le début. Pourquoi vous ne pas dormir un peu ?

— Je ne suis pas fatigué.

— Vous être énervé, on dirait. Pas vrai ?

— Les voyages en car me fatiguent.

— Le temps est en train changer.

Je haussai les épaules et me contentai de secouer la tête, puis je détournai mon regard pour scruter l'espace immense qui composait la majeure partie du paysage. L'idée que des êtres humains puissent habiter dans des contrées aussi ténébreuses me glaçait toujours le sang. Ces gens devaient avoir une motivation atavique, le sentiment d'une dette obscure, une obligation morale, quelque chose de l'ordre d'une coutume ou d'une discipline expiatoire.

Pourquoi choisissait-on de vivre ainsi à l'écart

du monde, à quarante kilomètres de la moindre agglomération de dix mille habitants ? Pourquoi enfouir sa vie dans ces villages racornis, miséreux, définitifs ? Pourquoi attendre là d'être grisonnant, lippu, de traîner un pas lourd affalé, enfoncé dans des chaussons molletonnés aux extrémités percées par des ongles de pied trop longs ? Difficile de parvenir au secret de l'horreur paisible de ces villages le dimanche, au silence eucharistique de ces pas anciens rentrant de la messe, sans appartenir déjà un peu au royaume des morts.

J'entendis des enfants parler derrière mon dos, mais j'avais du mal à distinguer le sens de leurs paroles. La densité du temps enveloppait tout. Pour garder l'équilibre, mes mains étaient agrippées à deux tubes métalliques situés de part et d'autre de mon corps. Mes coudes étaient écartés comme deux ailes de deltaplane. Toute cette conversation semblait se dérouler dans un rêve, et je ne pouvais croire que nous tenions ces propos alors que le chauffeur connaissait à peine les enfants. La légère migraine dont j'avais souffert dès le départ s'était muée en un engourdissement sonore, comme on peut en éprouver après une injection de Novocaïne.

— Qu'est-ce que vous trouvez aux enfants de bizarre ? demandai-je d'un air solennel et insistant.

Il tendit son visage vers moi et il fit avec sa langue une petite bosse dans sa joue.

— Rien, faites pas attention à ce que je raconte, répondit-il en souriant. Moi, fatigué ou fou, beaucoup conduite ces derniers temps, beaucoup problèmes aussi.

Je me retins à temps de lui demander d'évoquer plus franchement ses problèmes. C'était tout à fait inutile, il portait sa vie sur son visage. Celui-ci, à part la bouche, donnait des signes d'une existence dénuée de tout confort matériel. Ses yeux étaient dépourvus de toute expérience de la douceur. Il me renvoyait l'impression désagréable d'être la propagande idéale de l'Occident enchanté campé à côté de la slavitude résignée, mais intense dans sa désolation. Peut-être sa façon de rouler des yeux dans ma direction finissait-elle par me gêner, avec cette œillade factice et roublarde qui ressemblait à celle des vedettes médiatiques prises au quotidien, dans la rue, conscientes d'être observées.

Je remuai les épaules d'avant en arrière pour m'efforcer de décontracter les muscles. J'avais besoin d'air frais. Du pouce et de l'index, le chauffeur ôta une miette de tabac du bout de sa langue. Il l'examina un moment puis sa main retourna au volant. Son visage manifestait à ce moment-là cette tension épuisée qui voile les yeux et étire jusqu'à la stupidité le sourire le plus sincère. Il se tut pendant un moment, puis il hocha la tête et reprit :

— Ce qui va se passer une fois tout le monde arrivé, c'est chacun de l'imaginer. Moi, être parti de toute façon mais vous, j'espère que vous allez amuser beaucoup avec enfants et ami qui ronfle. Moi, je n'ai même pas le temps pour discuter. Je vais à un endroit, après l'autre et entre deux, rien, nada, moi je me concentrer sur direction et sécurité. Pas de vie à travers tout ça... triste, triste, seulement conduire gens... et gens souvent grossiers et silencieux... pas parler à moi comme si moi, être étranger et que je comprendre pas ce que eux ils disent. Pourtant mes oreilles entendre bien que eux se moquer de moi tout bas.

Il me parlait à présent avec cette rapidité et l'absence de modulation qu'on emploie avec un ami de longue date. Je n'arrivais pas à déterminer le lien qui l'avait soudainement attaché à moi. Cette intimité nouvelle me fit me sentir presque vertueux et en accord avec l'être social et bon que j'avais parfois l'impression d'héberger. Il me vint à l'esprit que la plupart des gens qui avaient essayé de nouer des rapports amicaux avec moi étaient souvent des personnes qui, elles-mêmes, avaient dû affronter une tragédie intime, souvent familiale. C'était comme si ces gens m'avaient rencontré au moment où ils souhaitaient dénouer une tension, un conflit, rendant presque ma présence accidentelle et superflue.

Je me retournai vers les enfants, après avoir parlé pendant vingt minutes avec mon nouvel ami, qui m'écoutait avec une attention polie. La plupart somnolaient dans une posture d'abandon absolu. Quelque chose dans leur confiance orientait la scène vers le silence et la fadeur, un de ces espaces irréels d'où la souffrance était bannie et la disparition, toujours probable. Quelques enfants persistaient à se tenir éveillés. Richard Da Costa et

Kevin Durand jouaient silencieusement aux cartes, Pierre Lamérand lisait un magazine en écoutant ce qui ressemblait à du hip-hop, Clara Sorman restait concentrée sur une Game-boy et Mathilde Vandevoorde, les sourcils froncés, tentait d'élucider une grille de mots fléchés.

Jean-Paul dormait toujours.

Clara s'aperçut que je l'observais. Elle releva la tête et me scruta pendant quelques secondes avec sa manière orageuse. Je ne savais pas quoi faire tout en sentant qu'il fallait que je réponde à son regard. J'ignorais pourquoi, mais il fallait que je le fasse, comme un besoin impérieux, une sollicitation que nous seuls étions en mesure de comprendre. Je finis par lui adresser un petit signe de la main.

Elle se leva et se dirigea dans ma direction sans cesser de planter ses yeux dans les miens. Au moment où elle parvenait presque à mon niveau, elle se laissa tomber sur le siège que j'occupais, à côté de Sandrine, qui remarqua à peine sa présence. Je me demandais ce qu'il convenait de dire ou de faire en pareille situation. « Qui va à la chasse perd sa place », disait son regard, ou peut-être voulait-elle seulement m'indiquer qu'elle retournait à sa vraie place, à côté de sa meilleure amie.

Une voiture nous doubla à ce moment-là. Elle peinait à nous dépasser, comme si le chauffeur faisait exprès d'accélérer, pour l'en empêcher. Je l'entendis rire sous cape à mesure que le véhicule disparaissait à nouveau vers l'arrière du bus. Le conducteur lança des appels de phares furieux et klaxonna à jets continus. C'est le moment que je choisis pour me retourner vers lui.

— Vous n'avez pas à jouer avec la sécurité des gosses.

— O.K., O.K., boss ! se contenta-t-il de répondre.

— Je ne suis pas votre boss.

— Je sais... c'est façon de parler, c'est tout. Pas vous énerver, c'était juste pour m'amuser un peu.

J'ôtai le bouton de mon polo, celui qui compressait ma pomme d'Adam et retroussai mes manches. Pour masquer sa gêne, le chauffeur était occupé à renifler la nicotine sur ses doigts. Il n'avait pas fumé depuis trois heures et la couleur sépia foncé qui couvrait la partie supérieure de son médius et de son index indiquait le fumeur compulsif contraint par le règlement. Cet acte simple paraissait le tranquilliser. Dans dix ans, il aurait le teint cireux du fumeur invétéré, expectorant sans cesse et avec un bruit écœurant un flegme jaunâtre qu'il cracherait par terre.

Le visage de Clara m'apparaissait dans le rétroviseur à la manière d'une image tremblée, issue d'une caméra hésitante. Pour la première fois depuis que nous nous connaissions, je fis attention à son apparence physique. Elle était jolie, plutôt petite pour son âge, avec un visage étroit encadré de cheveux bruns coupés court. Une beauté classique, mais spectrale. Elle était cependant curieusement proportionnée, un peu comme si sa silhouette se trouvait en conflit avec elle-même.

Son visage et son buste fragiles contrastaient avec ses hanches larges et fortes, et ses jambes épaisses. Avec ses yeux noisette très écartés et sa voix fluette, elle avait l'air, au-dessus de la taille, d'une Lolita éthérée, et en dessous d'un carme déchaux du XVIe siècle pieds nus dans ses sandales. Il y avait quelque chose de mythologique dans sa stature, qui empruntait à la fois au centaure et à la sirène. Sa peau était si claire que l'on voyait les veines bleues de ses tempes. Les cicatrices qui marbraient son visage arrivaient presque à se fondre dans le tissu laiteux de ses joues.

Elle avait remarqué que je l'observais dans le rétroviseur et, à chaque fois qu'elle voulait me faire comprendre ma grossièreté, elle croisait les bras et me jetait un regard empli de méfiance et de sourde amertume. C'était comme si elle avait développé une sensibilité presque maladive et paranoïaque aux nuances de mes différentes façons de la regarder. Je continuais à l'admirer de loin avec une sorte de malaise.

Sandrine se leva d'un seul coup et avec des gestes simples d'excuse, fit passer sa jambe droite par-dessus celles de Clara, bientôt rejointe par la gauche. Elle se dirigea ensuite vers l'arrière du bus pour s'asseoir à l'ancienne place de Clara jouxtant le corps de Jean-Paul dont la forme vague semblait toujours assoupie. Une odeur de chips et de chewing-gum à la fraise flottait à présent dans l'air. J'entendis une voix demander avec une expression de crainte respectueuse : « Tu crois vraiment ce qu'ils racontent ? » Il n'y eut pas de réponse.

Malgré ma crainte et mes hésitations, je décidai d'aller m'asseoir à la place laissée vacante par le départ de Sandrine. Je regardai la route, comptai mentalement jusqu'à dix puis me retournai vers l'ensemble des élèves. Il y avait dans ces visages paisibles une expression de confiance si entière, si absolue, qu'il m'était impossible de penser qu'elle était sans fondement. Ces enfants endormis ressemblaient aux images publicitaires que me donnaient régulièrement des Témoins de Jéhovah. À ce moment-là, je crois que j'aurais tout donné pour connaître la force suffisamment grande et redoutable qui paraissait justifier cette foi intérieure. Ils semblaient attirer un puissant rayon de lumière venu de l'extérieur.

J'enjambai à mon tour Clara. Une vague d'incrédulité et de résignation se lut immédiatement sur leurs trois visages (Dimitri et Élodie se retournèrent presque en même temps), mais je décidai d'assumer la normalité de ma position.

Le silence s'installa.

Clara me dévisagea cette fois-ci avec un air de surprise querelleuse. Un léger sourire se mit à errer sur ses lèvres. Dimitri et son amie semblaient presque ravis que j'aie accompli l'effort de venir parler avec eux. Ils n'avaient jamais l'air de me faire comprendre que ma présence pouvait menacer leur bonheur et leur sécurité ; j'ai toujours eu l'impression qu'au contraire ils la recherchaient et l'encourageaient, mais n'avaient pas la moindre idée de la façon dont ils pouvaient s'y prendre pour la provoquer. Leur attitude à mon égard relevait d'une forme indirecte de bonne volonté, d'une invitation tacite à entrer dans leur cercle.

— C'est gentil de nous rendre visite, dit Clara.

— Sommes-nous bientôt arrivés à Bolbec ? demanda Dimitri d'une voix à l'inquiétude calculée.

— J'ignorais que vous connaissiez l'itinéraire.

— Nous l'avons demandé au chauffeur avant que vous n'arriviez ce matin, répondit Élodie sur un ton de froide évidence.

— Dans quel hôtel descendons-nous ?

— Le *Normandy*.

— C'est original.

— Nous avons fait en sorte que ça le soit.

— Le temps est en train de changer, lança Dimitri d'une voix où se cachait un accent plaintif.

Il y eut un long silence.

Clara était en train de fixer le vide droit devant elle. Elle avait l'air de craindre que le moindre changement dans la texture des sons, des mouvements, des expressions puisse faire obstacle à la suite des événements. Dimitri se tenait les avant-bras croisés sur le haut du dossier comme si la conversation représentait un triangle dont il formait le point, Élodie et Clara constituant chacune un segment. Mon « point » ne souhaitait aucun rapport de forces avec eux. Je me sentais tout à fait solitaire et ne pouvais que m'attendre à affronter cette atmosphère d'attente satinée qui — j'en avais à présent une certitude douloureuse — nous engloutirait tôt ou tard. Les lèvres d'Élodie murmuraient les paroles d'un tube qui passait en boucle à la radio ces temps-ci. Elle sourit timidement quand elle se rendit compte que je la regardais.

— Je sais que dans ce monde, il faut toujours se montrer fort et impitoyable, reprit Clara avec une lenteur calculée, poursuivant la conversation tenue avant mon arrivée. Tous les programmes éducatifs montrent ça, mais je me sens souvent fatiguée de m'efforcer d'être à la hauteur de ce genre d'ineptie. Je ne veux pas passer ma vie à craindre je ne sais quelle accélération du temps, je veux continuer à profiter de ces journées lentes et inactives, ces après-midi totalement vides, ces soirées dépourvues de perspective. Malheureusement, il va falloir nous renseigner sur les activités proposées... C'est une activité à plein temps, difficile, qui ne va pas de soi. J'appréhende la troisième à cause de ça. Comment avez-vous fait, vous, à notre âge ? Essayez de vous souvenir.

Elle s'était tournée vers moi. Le regard qu'elle m'avait jeté contenait une volonté de déstabilisation parfaitement étudiée. Je détournai les yeux, craignant qu'elle ne s'aperçoive de mon embarras.

— J'étais impatient de grandir pour avoir accès à toute sorte de choses. Mon éducation était très stricte. Ma sœur et moi avions hâte d'aller au lycée. C'était la promesse, pour nous, d'un accès à un monde plus excitant. Après le lycée, je voulais quitter la province, aller faire mes études à Paris et rencontrer des personnes évoluées, pleines de subtilité. Je crois que...

— À notre âge, Clara voulait dire, me coupa Élodie.

— Honnêtement, je ne m'en souviens plus.

— Ce n'est pas possible. Tout le monde s'en souvient.

— Si, c'est parfaitement possible. J'en ai discuté avec des gens de mon âge. Personne ne se rappelle les années passées au collège. Il y a un grand blanc. Vous pouvez me croire. Mais il est normal que vous refusiez ce que je vous dis. Quand j'avais votre âge, les gens de trente ans me paraissaient terriblement vieux et corrompus. De plus, j'étais persuadé qu'ils mentaient tous.

Il y eut à nouveau le silence. Nous attendions pour savoir si la conversation était terminée.

— Je ne peux pas le croire, dit Clara.

Sa voix elle-même avait le ton d'une rêverie nostalgique exprimée sans souci de l'auditoire. Je remarquai l'attitude respectueuse et pleine de retenue d'Élodie et Dimitri. Leur visage exprimait la déception devant la confirmation d'une chose qu'ils soupçonnaient, mais n'osaient formaliser dans l'état actuel de leurs connaissances. Je sentais qu'ils devaient se sentir emprisonnés de plus d'une façon.

— La seule chance que vous ayez de bien vieillir, repris-je en soupirant, est de vous rapporter constamment en pensée à cette partie de vous-même qui est restée en arrière, durant vos années de collège. Se dire toujours : qu'est-ce que je voulais ? Qu'est-ce que je sentais ? Garder une ligne très dure.

— C'est ce que vous avez fait? demanda Dimitri.

— Non.

— Quelle est la différence, alors, entre avant et maintenant?

— Souvent, entre l'âge adulte et l'enfance, il y a le même rapport qu'avec l'arrachage d'une peau morte, voire l'élimination d'un témoin gênant. Les enfants sont la vérité universelle, et tout le monde le sait. Les gens ont peur d'eux à cause de ça. Ils leur parlent gentiment pour cette raison. Les parents ont d'ailleurs une phrase pour ça : « La vérité sort toujours de la bouche des enfants. » Et personne ne s'interroge réellement sur la portée de cette phrase, tout le monde s'en fout ! En grandissant, cette vérité a tendance à se diluer avec des voix nouvelles, venues de l'extérieur de nous-mêmes. Nous commençons à douter et à oublier les choses fondamentales. Quand j'étais gosse, j'habitais la cage étroite du temps et je m'y sentais bien. J'étais parti pour être conducteur de trains électriques. J'y croyais vraiment.

— Comment fait-on pour ne plus y croire? demanda Clara.

— Dès que j'ai quitté le collège, j'ai commencé à me différencier de mes anciens camarades. Je ne les ai jamais revus, ou alors par accident. Je me suis éloigné du cœur même de cette notion de groupe que nous formions avec trois-quatre copains. Je suis devenu une cible privilégiée pour les publicitaires. J'étais devenu un adolescent intégré à la culture de masse. Pour cela, la stratégie consistait à m'isoler du reste du groupe en me distinguant. C'est à partir de ce moment que la solitude est arrivée. Heureusement, j'avais ma sœur. Mais l'oubli s'est glissé rapidement en elle. Je suis devenu inconsolable, totalement replié sur moi-même. Je ne sais pas pourquoi je vous parle de ça, c'est très intime.

— Vous vous en souvenez bien, en fin de compte, dit Dimitri.

— Peut-être que je trafique avec ma propre enfance !

— Tout ce que vous nous racontez, nous le ressentons, dit Élodie en souriant dans le vide.

— Nous avons conscience du piège, renchérit Clara.

— Ce n'est pas une question de rapport avec l'âge adulte ; la question, c'est plutôt de renforcer le sens qu'on a de soi-même, intervint Dimitri.

— Et ça veut dire quoi ? demanda Élodie en lui mettant les cheveux en désordre, dans un geste à la fois ironique et tendre.

— Je suis encore un enfant. Nous sommes encore des enfants. Comment expliquer qu'il n'y ait déjà plus rien d'enfantin dans ce collège ? Il y a un effet général, c'est très bizarre. Quelque chose suit son cours, mais on ne peut jamais savoir quoi. Nous ne savons jamais ce qui se passe vraiment. On dirait que Poncin et les autres nous ménagent. C'est pour ça que j'apprécie le fait que vous tentiez de nous dire la vérité sans nous prendre pour des demeurés.

Ses yeux exprimaient une profonde gratitude.

— Il y a une histoire que j'aime bien raconter. C'est Clara qui me l'a apprise. Je peux ?

— Je t'en prie.

— C'est l'histoire d'un Juif dans une ville d'Europe de l'Ouest qui rencontre un autre Juif se dirigeant vers la gare chargé de valises et lui demande où il va. « En Amérique du Sud », répond l'autre. « Ah, réplique le premier, tu vas si loin. » À quoi l'autre, le regardant avec étonnement, lui répond : « Loin d'où ? »

— C'est amusant, dis-je.

— Je me sens proche de lui et la plupart d'entre nous également. Avons-nous un point de repère par rapport auquel nous pourrions nous considérer comme près ou loin de quelque chose ? Nous sommes enracinés en nous-mêmes, nous sommes toujours à l'intérieur de nos propres frontières. Nous sommes atrocement isolés et personne ne peut se mettre à notre place. Comment pouvez-vous imaginer que nous puissions avoir les mêmes centres d'intérêt que les autres élèves ? Ils disent que nous avons une façon de parler et de nous comporter bizarre. Je ne crois pas. Comment voulez-vous échanger des idées avec des gens qui vous accusent sans cesse de parler une langue étrangère, alors que vous vous sentez au cœur des choses ?

— C'est d'un triste, dit Clara.

— C'est pour ça que nous cherchons le moindre prétexte pour nous réunir, reprit Dimitri avec un sourire mélancolique. Nous nous sentons tous — je veux dire, notre groupe — très, très seuls au collège. La solitude parmi les adultes est la chose la plus triste du monde. Le travail scolaire devient l'unique touche un peu fantaisiste de votre vie. C'est très déprimant. Pour nous, la seule façon de survivre était de subordonner notre existence à celle du groupe, de vivre aussi près que possible de sa chaleur. Peu de gens le comprennent. S'écarter du groupe, briser la ronde, c'est être condamné à mourir seul, la tête tournée vers le mur, et cela nous apparaît tellement effrayant ! Notre classe est le seul moyen de nous attacher à notre propre vie, sinon nous serions totalement déboussolés.

— Pourquoi ? Comment font les autres élèves ? Ils ont une vie en dehors. Ils font du sport, ils ont des amis qui n'appartiennent pas forcément au même collège, ils font partie...

— J'ai peur quand je vois les autres élèves, je les plains même. Ce qui nous importe, c'est de passer inaperçus, pas de nous battre pour devenir adultes, ce qui est le raisonnement de la plupart des enfants actuellement. Pour cette raison, des gens nous trouvent étranges dans l'établissement. Dangereux, même.

— M. Capadis, lui, vous avait-il compris ?

— Je ne crois pas.

— Il en est mort.

— Que voulez-vous dire ? demanda Clara avec un éclat sardonique dans le regard.

— Rien.

— Que savez-vous de ce type, d'abord ? enchaîna à nouveau Clara, le visage, cette fois, volontairement vide de toute expression.

Depuis que l'échange avec les enfants s'était animé, le chauffeur me regardait avec une attention soutenue dans le rétroviseur. Son expression ne m'inspirait pas confiance.

— Il était sous pression, non ?

— Nous regrettons tous ce qui s'est passé avec lui, si c'est ça que vous voulez savoir. Il était fragile, il ne croyait pas assez dans sa vie, il était à la merci de toutes les sollicitations. C'est probablement l'étrangeté et l'atmosphère de l'endroit ainsi que son jeune âge qui ont fait qu'il s'est senti impuissant et abandonné dans ce collège. Je crois qu'il ne sortait pas beaucoup, il n'avait pas d'amis, aucune vie sociale. Nous avons tenté au début de lui donner de la confiance en lui, de faire en sorte qu'il n'ait pas peur, qu'il se sente à l'abri. Pour vous donner un exemple pratique, je peux vous parler de son bureau. Son prédécesseur l'avait placé dans le coin droit de la classe, juste en dessous de la fenêtre. Nous l'avons déplacé et mis au milieu de la pièce. Et pourquoi, à votre avis ?

— Je ne sais pas. Pour qu'il puisse vous avoir dans son champ de vision ?

— Pas du tout. C'était pour qu'il soit au centre de notre attention, pour qu'il se sente plus grand, plus fort. Tout s'est bien passé jusqu'à...

Elle mit un doigt sur sa lèvre inférieure en prenant un air de concentration raffiné.

— Jusqu'aux vacances de Noël, à peine un trimestre, dit Dimitri en hochant la tête lentement

— Que s'est-il passé ensuite ?

— Il avait dû passer seul les fêtes de Noël et du

nouvel an. L'ambiance était chargée d'agressivité et de récrimination. C'était comme s'il nous en voulait de nous être amusés, alors que pendant tout ce temps, il avait été livré à lui-même. Il nous faisait comprendre que nous l'avions abandonné, ce qui était parfaitement faux et injuste puisque nous nous étions montrés gentils et prévenants avec lui dès le début. Il restait au fond de la classe, appuyé contre le mur, les bras croisés, l'air maussade. Il fermait les yeux et les poings pour parler. Nous nous sentions tous très mal. Nous captions tous les mauvais signaux, ses sombres pressentiments et sa tristesse. C'est à ce moment qu'a commencé pour lui une période de dépression et d'apitoiement sur lui-même. On aurait dit qu'il ressentait sa solitude avec une terrible intensité. Un jour, en plein milieu d'un cours, il était assis à son bureau et s'est mis à pleurer, la tête entre les mains. Nous le regardions en silence, presque hypnotisés, et il disait : « Je veux mourir, je veux mourir et revenir pour vivre une autre existence, je n'en peux plus de celle-ci. » C'est à partir de ce moment-là qu'il s'est retiré du monde que nous formions pour entrer dans la voie qui devait le conduire à sa propre mort. Il était clair qu'il voulait disparaître.

— Et vous l'avez approuvé, bien sûr ?

— Nous ne pouvons pas rejeter cette possibilité, répondit Élodie en souriant tristement.

Personne, pendant que Clara racontait, n'avait remis en question son récit, personne n'avait souhaité apporter son témoignage personnel. C'était un peu comme si quelqu'un avait évoqué une portion de vie à laquelle ils n'avaient pas été mêlés. Ils semblaient intéressés par ce que Clara disait, même curieux, mais ils en paraissaient également détachés. Leur hochement de tête indiquait qu'ils lui faisaient confiance pour transcrire leur vécu, leurs sentiments.

— Mais c'est monstrueux !

— Il m'a toujours fait penser à une voiture puissante sur cales, intervint Dimitri d'un ton indifférent, me signifiant que mes considérations morales étaient oiseuses et que l'essentiel résidait ailleurs. Il avait beaucoup d'atouts pour vivre, des atouts avantageux même, mais dès qu'il se mettait au volant, il n'avançait pas. Dès le début, il a eu peur de la classe. Il attendait de nous une approbation que nous ne lui avons jamais donnée. Je me rends compte à présent que ça l'aurait peut-être aidé. Certaines personnes ont suggéré que c'était nous qui l'avions tué.

— Qui ?

— Peu importe. Vous ne le croyez pas, n'est-ce pas ?

— Non, mentis-je.

— Nous avons simplement voulu l'aider. D'une certaine manière.

Il se mit soudain à pleuvoir et le chauffeur alluma les phares. La luminosité baissait à mesure que le ciel se couvrait de gros nuages noirs. La Normandie tenait ses promesses. La pluie oblique faisait comme un rideau sur lequel la lumière des phares s'émoussait. Le crépitement métallique des gouttes d'eau, un bruit presque irréel et féerique, avait interrompu notre conversation. Quelque chose dans l'attitude des enfants m'empêcha de poursuivre notre échange dans cette voie, comme s'ils étaient passés d'un niveau d'être à un autre. Il me vint soudain à l'esprit que j'avais peut-être parlé sur un ton légèrement suspicieux, capable de provoquer en eux une angoisse.

Dimitri et Élodie étaient restés dans la même position mais leur regard errait vaguement sur la campagne mouillée. Élodie serrait les doigts de son ami avec fermeté, comme pour lui rendre confiance, ou pour l'empêcher de s'abandonner aux pensées tristes qu'elle sentait en lui. On aurait dit que Dimitri dépendait totalement du goutte-à-goutte de la tendresse de sa petite amie. C'était un aspect de sa personne que je découvrais. Il y avait entre eux une telle complicité que Clara et moi avions l'air de tiers indésirables, de personnages rapportés artificiellement dans un tableau de genre. J'observais cette dernière, qui regardait le creux de ses mains, l'air atterré, puis elle replia ses jambes potelées sous elle, pour se tourner vers le paysage.

Nous suivions à présent une ligne de chemin de fer dont les talus étaient recouverts de gobelets en plastique, jetés depuis le train, ou qui avaient été apportés là par des vents soufflant sur une décharge publique à proximité. Une usine désaffectée apparut à une cinquantaine de mètres de la route avec des centaines de vitres cassées et un éclairage extérieur arraché. Le bruit inquiétant du moteur me faisait parfois sursauter. Jean-Paul ne se réveillait toujours pas. J'eus peur qu'il n'eût pris une dose de tranquillisant trop puissante. Un panneau annonçait Bolbec à trente kilomètres.

Nous y serions dans un quart d'heure.

20

À part une dizaine de camions rangés en désordre à droite de la station, très peu de véhicules se ravitaillaient aux pompes. Il n'y avait presque personne sur l'aire de stationnement devant le bâtiment octogonal qui abritait la caisse. La station paraissait presque esseulée au milieu du massif forestier dont elle occupait l'extrême limite, une solitude de forêt. Elle avait été construite en contrebas de la route nationale et nous pouvions voir passer les voitures légèrement surélevées.

La station s'appelait « Le coin fleuri ». Était-ce une manière de contrebalancer l'humidité liée aux pluies diluviennes qui devaient s'abattre ici ? Quelle sorte d'événement important pouvait-il nous arriver dans ce « coin fleuri » ? Est-ce qu'un nom aussi bizarre nous invite à penser que nous sommes arrivés au temps de la réconciliation avec la nature ? D'une manière générale, je me sentais soulagé d'arriver dans des endroits avec des noms agréables. C'était déjà la moitié du chemin.

Des autochtones se tenaient en pleine lumière,

près des immenses baies vitrées, pour nous regarder d'un air perplexe. La pluie tombait de plus en plus compacte et serrée, accompagnée de vents relativement forts arrivant de l'ouest. Les essuie-glaces décrivaient des arcs de cercle graisseux à travers lesquels nous pouvions apercevoir les pompes étincelantes se dresser sous des bannières multicolores. Le chauffeur et moi échangeâmes un regard rapide et soucieux. Nous ne nous attendions pas à une pluie aussi forte.

— Sale temps pour nous faire pause, dit-il.

— Nous n'avons pas le choix.

Le crissement des freins réveilla Jean-Paul. Un peu avant, il ronflait avec la placidité d'un moteur Diesel. Il se redressa avec difficulté, puis resta quelques secondes les mains de chaque côté du corps, en appui sur le siège, tournant la tête de droite à gauche avec un air d'incrédulité cotonneuse. Les bannières claquaient dans le vent. Les enfants avaient le visage tourné vers l'extérieur et leurs mains s'accrochaient aux vitres comme de grandes araignées pâles.

Le car s'immobilisa. Le chauffeur tira le frein à main et arrêta le moteur. Il fit claquer ses doigts, balança sa jambe droite pendant un petit moment, puis leva ses sourcils vers moi.

— Moi aller aux toilettes, fumer cigarette puis revenir ici pour dormir un peu, O.K. ?

— O.K. Combien de temps avons-nous avant de repartir ?

— On dit vingt minutes. O.K. ?

— O.K.

Pendant notre échange, j'avais aperçu Dimitri en train de fouiller dans le sac en toile d'Élodie plein de sandwiches et de nourritures diverses. Il en avait retiré ce qui ressemblait à une demi-baguette de pain enveloppée dans une serviette avec des petits carreaux rouges. Je songeai en frissonnant que cela aurait pu également être une matraque ou une portion de câble électrique. Dimitri est un pré-adolescent, me disais-je pour me rassurer, qui aime titiller les gens en gardant un air impassible, les mettre sur de fausses pistes, jouer avec leur sens du réel, il ne faut pas y accorder plus d'importance. Une sensation d'impuissance s'empara de moi lorsqu'il s'aperçut que je l'observais à la dérobée. Nous échangeâmes un regard chargé de sous-entendus.

Cinq ou six rangs derrière lui, Richard Da Costa était en train d'expliquer quelque chose à Sébastien Amblard à propos de la pratique d'un sport. Il exécutait de grands gestes en se désignant parfois du doigt. En m'approchant davantage, je me rendis compte qu'il était en train de parler de rites funéraires dans une civilisation disparue. Sa petite voix se perdit ensuite dans le brouhaha que les élèves produisent lorsqu'ils se trouvent en nombre dans un espace clos. Mathieu rangeait une revue dans son sac et regarda le reste de ses camarades avec un air dur, déterminé.

La concentration d'élèves dans la travée centrale commençait à devenir importante lorsque les portes du bus s'ouvrirent. Quatre élèves, au fond du bus, formaient un demi-cercle autour de Jean-

Paul. J'observais de loin ce cercle d'auditeurs, les bras croisés et la tête légèrement inclinée. Deux filles, en particulier, le regardaient, béates d'admiration. Je me demandais ce que Jean-Paul pouvait bien leur raconter.

— C'est le moment d'y aller, dit le chauffeur.

— Je vais chercher mon collègue.

Bousculant quelques élèves au passage, je me dirigeai vers l'arrière. Quand il me vit approcher, Jean-Paul eut un sourire matois, cachottier, qui trahissait sa tendance à penser qu'il avait un « feeling » particulier avec les élèves, ce « feeling » le plaçant dans une position particulière de gourou renommé ou de médium célèbre. Cela participait de cette éternelle rivalité entre enseignants, invisible à l'œil nu, destinée à s'assurer la captation momentanée d'esprits jeunes et bien disposés.

Visiblement, je le dérangeais.

Je me suis avancé encore vers lui et j'ai attendu qu'il ait fini sa phrase pour lui adresser la parole. Les enfants ont éclaté de rire et leurs têtes se sont mises à danser. C'était un rire complice, un peu forcé, qui tendait à me démontrer que la discussion qu'ils venaient d'avoir avec Jean-Paul avait créé de nouveaux liens.

— Excusez-moi, mais il faut descendre, dis-je d'une voix étouffée.

— Je vais donner les consignes avant de sortir, répondit Jean-Paul avec autorité.

Il délaissa le groupe en les écartant légèrement de la main et s'avança vers l'avant du car dans le mugissement général qui commençait à enfler.

Son initiative, bien qu'elle s'inscrivît dans le prolongement de son attitude précédente, me surprit et augmenta presque ma sensibilité à la tension et à l'inquiétude qui régnaient à ce moment précis. Les enfants qui étaient à l'arrière se mirent à le suivre. Je me retrouvai seul au fond du bus et remarquai qu'aucun élève n'avait pris son sac.

Le chauffeur lui tendit un micro dans lequel il souffla pour vérifier le bon fonctionnement. Sa voix s'éleva soudain, créant presque une ambiance inattendue de gaieté et de légèreté. Elle ressemblait à celle des anciennes présentatrices de télévision reconverties dans les foires commerciales qui débitaient des formules ineptes dans le seul but de vous attirer au rayon des cochonnailles.

— Nous ne vous laisserons pas sortir d'ici, déclama-t-il avec un accent bavarois (il fit une pause de quelques secondes. Des applaudissements éclatèrent. Quelques élèves battirent des mains tout en acclamant l'orateur)... Merci, merci ! On se donne une vingtaine de minutes. Le chauffeur reste dans le car pour vous ouvrir la porte à votre retour. Ne dépensez pas tout votre fric, gardez-en pour votre séjour à Étretat. Vous pourrez téléphoner, il y a des cabines à l'intérieur. Vous pourrez également aller aux toilettes. Personne ne s'éloigne du groupe, d'accord !

J'écoutais attentivement, essayant de comprendre ce qu'il voulait dire. La pluie martelait l'habitacle avec une puissance presque biblique. Clara me dévisageait depuis l'avant du bus avec une expression affectée et méprisante. Un temps mort, empreint de réflexion, semblait descendre sur nous. Les élèves évitaient de se regarder dans les yeux. Au fur et à mesure que le temps passait, il semblait de plus en plus clair que Jean-Paul avait décidé de ne rien voir de l'étrangeté de notre situation.

Une sensation de lassitude m'envahit. Je pris conscience de l'ambiance lourde qui m'entourait. Les couleurs et les odeurs m'apparurent plus fortes. Les effluves de Malabar ou de Car-en-sac, le bourdonnement sourd d'un système de ventilation au loin, le bruissement des sacs descendus et remis dans les casiers, le chuchotement des enfants entre eux, le grondement régulier des voitures qui passaient à une centaine de mètres, et surtout ce glissement de pas, assourdi et mélancolique, propre à tous les élèves du monde à l'heure de la sortie.

Maintenant que nous étions sortis du bus et que nous nous apprêtions à entrer dans le magasin avec les enfants, je me surpris à découvrir dans leurs gestes les plus ordinaires une surprenante intensité et des rapprochements inattendus. Pour la première fois, je m'aperçus à quel point ils se ressemblaient tous, malgré leur diversité d'origine pour la plupart. Ils paraissaient désireux de quitter pour quelques minutes l'ombre et le confinement du car. Personne n'avait pris son sac, leurs vêtements étaient restés à l'intérieur malgré le temps humide. Certains chuchotaient dans mon dos et lorsque je me retournais, ils s'arrêtaient net, leurs yeux braqués vers le sol. Certains avançaient, penchés l'un vers l'autre, en titubant comme des amoureux sur la plage ou comme les rescapés d'un attentat terroriste.

Clara et Sandrine s'étaient retrouvées et marchaient près de Franck Menessier et d'Estelle Bodart. La pluie ne semblait pas les atteindre. Sandrine avait toujours cette pâleur de masque mortuaire, Élodie et Dimitri fermaient le cortège. Personne ne tentait de se protéger la tête ou de marcher plus vite pour échapper aux gouttes. Ils déambulaient en groupes disparates de trois ou quatre, petits archipels sous la grisaille qui semblaient s'évanouir dans leur propre élan, dans un paysage de lassitude et d'abandon.

Les cheveux du chauffeur lui tombaient sur les yeux et donnaient à son front des allures de madrépore échoué. Jean-Paul s'était couvert d'un sac en plastique qu'il maintenait en réunissant les deux anses sous son menton. J'avais placé mes mains sur ma tête, comme quelqu'un qui a peur de recevoir un coup. Je marchais en canard pour éviter à mon attitude un ridicule que cette démarche burlesque pouvait atténuer. Les enfants à présent nous regardaient avec prudence et de loin, comme si nous étions des étrangers à leur vie qui venaient brusquement de révéler leur statut indélébile d'adultes.

— Ce sont de bons gosses, dit Jean-Paul, l'air maussade.

Avec leurs sandwichs avariés, leurs souvenirs hors de prix et les inévitables revues de charme pour routiers, les stations-service bordant les aires de repos ne me paraissaient pas avoir changé depuis les années 70 dans le principe de leur fonctionnement, comme si elles représentaient la cristallisation d'une large sensibilité sociale en accord avec la fixité des règles en matière de repos routier et d'escroquerie. Jean-Paul, une fois à l'intérieur, me proposa ainsi qu'au chauffeur de boire un café mais ce dernier refusa, prétextant qu'il était fatigué et qu'il lui fallait retourner dans le bus pour dormir un peu.

— Je dois partir après avoir vous déposer, dit-il en peaufinant son aspect bourru avec un roulement d'épaules.

— Tout de suite après ?

— Oui, j'ai malheureusement autre transport avant de revenir dans trois jours vous chercher. Un autre employeur, mais merci quand même... dites aux enfants de pas être en retard.

Il s'esquiva furtivement pour gagner les toilettes devant lesquelles les élèves faisaient déjà la queue dans un silence absolu. Une rengaine publicitaire pour des cuisines équipées trottait dans la station. Il régnait à l'intérieur une pénombre étriquée, trouble, liée à une volonté de ne pas allumer en pleine journée pour faire des économies. Une lumière de souterrain ou de chai se répandait au-dessus des rayons à moitié vides. Nous nous étions presque sentis gênés en entrant comme si nous devions nous excuser pour la faillite imminente qui guettait la chaîne. La jeune fille à la caisse avait un visage rond et résigné, et dégageait une telle impression d'ennui qu'on avait envie de lui proposer de l'emmener au zoo sur-le-champ. Elle avait sur la figure une expression de totale injustice qui rappelait celle d'une sœur aînée qui venait de se faire trahir une fois de plus par la cadette.

— Au fond, dit Jean-Paul avec une intonation érudite en la regardant avec un sourire en suspens, il n'y a vraiment qu'un seul grand problème dans l'existence : à partir de quel moment devient-on un fantôme ?

— Tu veux dire : à quel moment devient-on le fantôme de sa propre vie ?

— Tu as raison, Pierre.

Pour masquer son hésitation, il passa ses doigts dans ses cheveux en cherchant du regard une surface réfléchissante.

— Surtout quand tu vois cette fille perdue dans un bled au fin fond de la Normandie, reprit-il, tu te poses ce genre de question. Même si je ne crois pas que les lieux affectent les gens en général.

— Tu m'as dit le contraire, chez toi, il y a deux jours.

— Ah, oui !... c'est vrai.

La désinvolture avec laquelle il assumait ses contradictions aussitôt mises en pleine lumière avait quelque chose d'insultant pour son interlocuteur. En discutant avec Jean-Paul, on devenait presque nostalgique du temps où des gens pouvaient mourir pour leurs idées. Il semblait réserver la sincérité de ses propos pour son œuvre de papier. La seule qui comptait, aimait-il à dire, ce qui expliquait selon lui que les grands écrivains eussent souvent été de parfaits salauds.

Nos remarques furent de plus en plus laconiques, comme dans une relation père-fils où la brièveté des échanges permet d'être à l'aise sans tomber dans un silence embarrassant. Nous croisâmes deux sourds-muets en train de se montrer différents carrés de nougats et d'évaluer leurs mérites respectifs d'après un rapport qualité-prix qu'ils énonçaient selon un écartement des doigts plus ou moins important. Suivit une énumération monotone, toujours plus inintelligible et pathétique, d'articles qu'ils se montraient à tour de rôle. Lassés de leur pantomime, nous reprîmes notre chemin vers les machines à café qui se trouvaient dans le fond du magasin, à côté des toilettes et du téléphone.

— Comment te sens-tu ? demandai-je à Jean-Paul en sortant des pièces de mon porte-monnaie.

— Bien. Très bien. Et toi ?

— J'ai mal aux yeux. Je pense que je devrais consulter un oculiste. Je suis un peu fatigué. Quel temps détraqué ! Sucre ? Court ? Long ? Espresso ? Thé ? Jus de tomate ?

— Espresso. Il faut que je me réveille. J'ai l'impression d'avoir dormi une semaine.

— Tu as dormi quatre heures.

Je cliquai sur la touche espresso et le gobelet tomba aussitôt avec un bruit d'usine de montage. J'entendis Jean-Paul chuchoter derrière moi. J'ignorais jusque-là qu'il parlait tout seul dès qu'il se sentait à l'abri des regards. Léonore m'avait dit un jour que la moitié des êtres humains sur cette terre s'adressaient à eux-mêmes lorsqu'ils se retrouvaient en leur seule compagnie. C'était un réflexe identitaire, une façon de renforcer l'image et l'usage que l'on avait de soi-même, une méthode pour fixer en soi ce qui échappe tout le temps à notre noyau intime. Il m'arrivait de me représenter un immense chœur de gens remuant les lèvres aux quatre coins du globe. Des milliers de conversations imaginaires composées par les petites heures du désœuvrement ou des rancunes secrètes.

— Je suis étonné de ne pas avoir été réveillé par le bruit des mômes. Ils étaient là au moins ?

— Il n'y a rien d'étonnant, ils n'ont fait aucun bruit. Tu avais pris quoi ?

— Morpheum 7,5. Un hypnotique. J'en ai pris deux. Je fais attention, c'est une vraie saloperie le zopiclone. Efficace, mais une vraie saloperie quand même !

— Des effets secondaires ?

— Les trucs habituels : engourdissement et picotement des extrémités, hypersensibilité à la lumière, au bruit et à tout contact physique, des hallucinations aussi parfois. Mais il peut y avoir plus méchant. Agressivité extrême, accès de colère incontrôlables, idées délirantes et psychose paranoïaque. Le tout est accompagné de vilains troubles de la mémoire. Tu oublies les événements dès qu'ils viennent de se produire. J'ai entendu parler il y a six mois d'un type sous Morpheum qui avait tué sa femme en lui cognant la tête sur le rebord de l'évier dans la cuisine. Le type est sorti ensuite fumer une cigarette tranquillement sur le patio, est monté se laver, s'est mis au lit avec un bouquin. Énervé au bout de deux heures que sa femme ne vienne pas se coucher, il a fini par la trouver dans la cuisine au milieu d'une mare de sang, le visage écrabouillé. Il a tout de suite téléphoné aux flics pour qu'ils viennent le chercher. Ils l'ont trouvé prostré sur une des chaises de la cuisine, le corps de sa femme à ses pieds, ne comprenant pas ce qui lui était arrivé.

— C'est affreux.

Pour faire diversion, connaissant le goût affirmé de Jean-Paul pour ce genre d'histoire tragique, je me suis emparé d'un quotidien local que quelqu'un avait laissé sur la table. La page météo ne parlait d'aucune amélioration du temps avant deux jours. Une longue période pluvieuse s'ouvrait devant nous.

Jean-Paul s'approcha de la vitre en allumant une cigarette. Il regarda les derniers enfants passer devant lui pour rejoindre le bus que nous ne pouvions voir de cet endroit. Son aspect tranquille, son immobilité avaient quelque chose de surnaturel, alors que j'entendais des oiseaux, perturbés par les paquets de pluie, venir s'assommer contre les vitres. On aurait dit qu'il avait perdu l'énergie qui, depuis son réveil, n'avait cessé de le pousser en avant. Il restait là, debout, son café et sa cigarette dans la même main, l'air brusquement hagard. Il n'exprimait plus qu'une stupéfaction lasse.

— Qu'est-ce qui se passe ?

Il tendit un doigt vers un point au loin.

— Il y a un type avec plein de sang sur la tête qui arrive vers nous. Il titube, il est très loin encore... je crois que c'est le chauffeur.

Je manquai de renverser mon café. Je me rapprochai de Jean-Paul. La scène paraissait presque irréelle. Le chauffeur avançait en se tenant la tête à deux mains et semblait faire un effort surhumain pour ne pas tomber. Cela ressemblait à une question de vie ou de mort pour lui. Mes yeux suivaient sa course erratique et se tournaient également vers Jean-Paul qui semblait hypnotisé.

La lumière dehors commençait à décroître. Il était midi passé de quelques minutes et le ciel gris de Normandie se moirait déjà de noir. Le vent ne parvenait plus à éloigner la pluie, une pluie fine, unifiée, voltigeant par paquets entiers comme la virevolte soudaine d'une escadrille d'hirondelles. Elle se précipitait contre les vitres de la station, remontait le parking à l'horizontale, balayait en diagonale le bitume. On pouvait entendre de là où nous étions monter des arbres et des buissons un léger sifflement. Le temps s'arrêta brusquement comme s'il y avait eu une faille dans le processus de notre continuité.

Un lourd silence s'abattit sur Jean-Paul et moi, une peur irrépressible et palpable nous envahit. Un poing serré m'étreignit le cœur. Nous sortîmes en courant pour aller à la rencontre du chauffeur.

Je jetai machinalement un coup d'œil vers la droite pour voir où étaient les enfants.

Le bus n'était plus là.

Sur le seuil du magasin, nous nous arrêtâmes net. Je me sentis devenir d'instant en instant plus livide. L'immobilité de Jean-Paul était impressionnante. J'avais froid et chaud en même temps, je me sentais sec et humide, lourd et léger, perdu et conscient. Puis j'ai commencé à me dédoubler pour tester le degré de réalité de la scène. Comme cette attitude ne m'était d'aucun secours, je me suis décidé enfin à regarder franchement Jean-Paul, espérant une perspicacité, un mode d'emploi pour aborder la situation. Il se mit à tousser d'une manière épouvantable qui me fit penser à Françoise Morin. On pouvait entendre à dix mètres le mucus tambouriner à l'intérieur de ses poumons.

— Voilà, se contenta-t-il de me dire en se massant la cage thoracique. Il fallait s'en douter.

Le chauffeur me tomba presque dans les bras. Je mis un genou à terre et tentai de maintenir son dos contre ma poitrine en l'enserrant sous les aisselles, sa tête dans le creux de mon épaule. Nous avons attendu quelques secondes dans cette position que le calme et la paix descendent un peu sur nous. Il saignait abondamment. Le cuir chevelu était entaillé à la base de l'os occipital et pariétal Ses épaules me paraissaient plus larges, sa tête en fait semblait enfoncée dans le milieu. On avait dû le frapper à plusieurs endroits pour être sûr de le neutraliser.

— Que s'est-il passé ? demandai-je doucement.

— Les enfants m'ont frappé par arrière. Ils m'ont attiré loin du bus pour fumer cigarette avec moi sous les arbres, abrité à cause de la pluie... je leur ai dit « les cigarettes, c'est interdit pour vous, vous trop jeunes ! » mais ils ont dit que vous, monsieur avec barbe (il désigna Jean-Paul d'un mouvement de tête), vous leur permettez souvent de fumer...

Jean-Paul regarda ailleurs, vexé.

— Vous pouvez les décrire ?

— Un grand garçon blond qui était derrière moi avec copine pendant le trajet. Il était avec un autre, grand aussi mais cheveux très bruns, rasés avec cicatrice sous l'œil droit...

Dimitri Corto et Sylvain Ginzburger. Jean-Paul se tourna brusquement dans notre direction, agitant les bras. Tout son corps me suppliait d'aller appeler la police. Voyant que je ne bougeais pas, il me fit un signe de la main et se précipita vers la station.

— Et ensuite ?

- Je me suis évanoui... un peu... ils ont couru vers bus... je les ai vus, une jeune fille leur faisait des grands signes pour qu'eux, ils se dépêchent pour partir...

— Tous les enfants étaient dedans ?

— Oui, ils étaient tous là, je crois.

Tout avait été très vite.

Nous n'avions rien entendu à cause de la

musique et de l'état flottant dans lequel nous nous trouvions. Le bruit des camions sur la route avoisinante avait couvert celui du bus. Dimitri avait démarré et fermé les portes, laissant les adultes dehors. Je regardai ma montre. Les enfants s'étaient envolés depuis plusieurs minutes déjà. La concentration que Dimitri avait accordée à la conduite du chauffeur depuis le départ s'expliquait. Le poids du corps ensanglanté de ce dernier entre mes bras me rattachait à la nature précise des événements, c'était comme si je prenais seconde après seconde conscience de tout le processus, des relations entre les choses.

Alertée par Jean-Paul, la caissière nous aperçut enfin. Elle arriva, l'air affolé, hors d'elle, suivie par les deux sourds-muets qui se portèrent au secours du chauffeur. La jeune fille s'affaissa sur ses talons et me dévisagea avec surprise. Je tremblais et ne parvenais pas à articuler un mot. Des sensations inconnues parcouraient ma poitrine, la faisaient frissonner. Tout ce qui arrivait me sembla soudain familier, une impression de rêve, d'irréalité, presque de soulagement. L'image de Capadis dans la cour se vidant de son sang au milieu de tous les regards braqués sur lui m'apparut.

La pluie continuait à tomber, rendant les surfaces de plus en plus luisantes dans la lumière pâle. La tension s'adoucit. Je n'attendais plus rien à part l'arrivée de la police et d'une ambulance, je ne savais même plus dans quel ordre. La seule chose dont j'avais besoin à présent, c'était d'entendre une voix.

— Qu'est-ce qui lui est arrivé ? demanda la jeune fille avec une voix stridente.

— Il a été frappé.

— Mon Dieu... par qui ?

— Par certains enfants que vous avez vus tout à l'heure.

— C'est pas possible, dit-elle en se tordant les mains. Laissez-moi faire, j'ai fait du secourisme.

Elle écarta du bras les sourds-muets et me délesta du chauffeur qui perdait de plus en plus de sang. Dans les bras de la jeune fille, il se replia dans la position recommandée en cas de catastrophe aérienne, la tête portée vers l'avant, les mains enserrant les genoux. Il prit cette position avec une incroyable facilité pour quelqu'un de blessé à la tête, en se désarticulant comme pourrait le faire un enfant ou un mime. Je le regardais s'affaisser en tremblant. Je mis les mains dans mes poches pour m'éviter la tentation d'essuyer le sang sur ma chemise et mon pantalon. Un peu plus loin, les camions faisaient un bruit de roulement.

La tache pourpre s'agrandissait sur le bitume, mêlée à l'eau de pluie. La souffrance de l'homme était aiguë et profonde. De l'écume perlait aux coins de sa bouche. J'espérais de toutes mes forces qu'il n'allait pas mourir avant l'arrivée des secours. Je me rendis compte que je me faisais davantage de souci pour lui que pour les enfants. La pluie cessa de tomber d'un seul coup. Jean-Paul apparut avec une brillance inhabituelle. Il devait se sentir fort et généreux.

— Ils arrivent tout de suite, dit-il essoufflé, le

corps incliné, les mains sur les genoux et les yeux pleins d'une gaieté compassionnelle, ils sont dans le secteur... ils nous embarquent tous les deux et on file à Étretat pour intercepter les gosses. L'ambulance arrivera plus tard...

Le ciel commençait à s'éclaircir vers l'est. Il n'y avait plus rien à faire, sinon écouter encore le vrombissement des camions et des voitures. J'eus l'impression un instant que nous étions tous baignés dans quelque chose d'argenté, dans un air d'une douceur étrange. Il n'y avait plus qu'à attendre, attendre le moment où les sirènes allaient se mettre à hurler dans le ciel enfin dégagé.

Épilogue

La Bleymardière, le 16 mai 1995

Léo,

Le psychologue du centre — qui s'occupe également de ma *réhabilitation* mentale — m'a dit seulement hier soir que tu étais passée il y a trois jours avec Nora. Je lui ai demandé pourquoi il avait mis si longtemps pour me tenir au courant. Il m'a répondu que c'était une précaution élémentaire de me tenir à distance, pour l'instant, de toutes les sollicitations extérieures. Cela pourrait détruire, a-t-il ajouté, le milieu favorable mis en place autour de moi depuis que je suis ici. Je me demande depuis hier soir ce qu'il a voulu dire par « milieu favorable ».

Il s'appelle M. Fervent et fait partie du quart de cette humanité qui scrute toujours le plafond lorsque tu lui parles. On ne sait jamais s'il porte un réel intérêt aux difficultés des gens qui s'adressent à lui, ce qui n'est pas négligeable dans la séduction qu'il semble exercer sur la plupart des patients. Il a une quarantaine d'années, est plutôt grand et possède une voix d'une étonnante distinction, très persuasive. Je suis sûr qu'il te plairait.

Je suppose que c'est Jean-Paul qui t'a donné mon adresse à la Bleymardière car je ne souhaitais pas avoir de visite. Même les parents ont été écartés, ainsi que mes collègues et l'administration du collège. L'école est fermée depuis une semaine. Je ne suis pas censé t'en parler mais Jean-Paul et moi avons été obligés de passer une semaine ici après l'« accident », le temps pour les médias d'oublier notre existence. Lorsque Catherine est venue le récupérer, j'ai décidé de rester un peu plus longtemps à la clinique. Surtout, ne parle à personne de ce que je viens de te confier, même à Nora.

Pendant cette première semaine, Jean-Paul était dans une chambre située dans un bâtiment à l'opposé du mien. Nous n'avons pu communiquer, à aucun moment, l'existence de l'un étant cachée à l'autre. J'ai demandé plusieurs fois à des infirmiers ce que devenait mon collègue. Ils se sont montrés très évasifs les trois premiers jours, puis, devant mon insistance, ils ont fini par me dire qu'il était dans une autre section. De toute façon, nous n'avions rien à nous dire : c'était *notre* faute, et chacun de nous le savait. Si nous avions été davantage vigilants, les enfants seraient toujours en vie.

Il m'a téléphoné hier soir. J'ai eu l'impression au son de sa voix, et à la façon dont il me parlait de ses retrouvailles avec Catherine, que son couple allait beaucoup mieux. Il n'avait même pas ce ton de vague regret, ce ton sous-entendu qui suggère une responsabilité individuelle. La tragédie semblait l'avoir rechargé spirituellement. Il parlait avec enthousiasme et gratitude de tout ce qui était arrivé. À la fin de notre conversation, sa voix trahissait presque un désir de voir surgir à nouveau des choses terrifiantes comme celles que nous venions de vivre.

Je suppose que tu es venue pour me voir, bien sûr, mais aussi pour m'entendre parler de ce qui est arrivé aux enfants, avoir plus de détails sur les faits. Je n'ai malheureusement pas plus de choses à t'apprendre qu'il n'y en a eu dans les journaux. En fait, on m'a tellement abruti de neuroleptiques que j'ai un peu de mal à me souvenir des événements dans leur totalité. Mon esprit a perdu totalement le sens de la chronologie, si bien que les jours que j'ai passés ici m'apparaissent dans un flou aussi dénué de relief qu'un souvenir d'enfance. Quand je fais un effort pour me reporter en arrière, mon cerveau me donne l'impression d'être comme une mouche qui rampe sur le visage de pierre d'une statue et ne peut en saisir qu'un aspect à la fois.

Peut-être te contenteras-tu de ma version des faits, si imprécise soit-elle ? Le chauffeur a été recueilli sur le parking et une ambulance l'a immédiatement emmené dans un hôpital à Rouen. Il semblerait que ses jours ne soient pas en danger malgré les nombreux coups reçus sur la tête. C'est le psy qui me l'a confirmé. Il gardera quelques séquelles : difficultés d'élocution, paralysie d'une partie du visage et latéralisation défectueuse. Il a ajouté que, d'après les radios et les contusions multiples constatées sur tout le corps, ils l'avaient passé à tabac dans l'intention délibérée de le tuer. Mais je crois que cela fait partie de sa stratégie avec moi depuis le début : me rendre les gosses odieux pour m'éviter une trop grande culpabilité.

Les policiers qui nous ont recueillis nous ont amenés ensuite à la falaise d'Aval d'où le car s'était jeté une heure avant. La mer était calme et il ne pleuvait pas. Les pompiers étaient sur place et les plongeurs ramenaient les corps un à un sur la plage, qu'ils alignaient ensuite dans des sacs en plastique. Nous avons su rapidement qu'il n'y avait aucun survivant. Pendant tout le temps qu'a duré le repêchage des corps, nous sommes restés seuls, Jean-Paul et moi, dans le fourgon de police, silencieux, prostrés, repliés sur nous-mêmes.

Voilà l'unique vérité que je connaisse. Le reste ne m'intéresse plus vraiment. Un journal a dit que nous n'avions pas l'air affectés par l'horreur de ce qui était arrivé, que nous n'avions montré aucun signe d'affliction. La vérité est que nous étions effondrés parce que nous n'avions pas pu empêcher ce drame mais, pour ma part, je me sentais heureux pour les enfants car *j'étais persuadé que c'était ce qu'ils désiraient depuis le début*. C'est tout ce que je peux te dire sur mes sentiments.

Depuis ce matin, dès la fin du petit déjeuner, figure-toi que le type dans le lit à côté de moi — un collègue de musique de mon âge — n'a cessé de me parler de l' accident». Il a évoqué ce qu'il aurait fait à ma place, ses réactions au départ imprévu du bus, sans dévier la tête dans ma direction de plus d'un insultant centimètre. Commentant mes erreurs, il n'a cessé de revenir sur ma naïveté avec les enfants, surtout lorsqu'on connaissait les faits accumulés depuis dix ans en leur défaveur.

Je précise que ce collègue « à qui on ne la fait pas » est ici depuis trois mois à la suite d'une agression banale, subie dans sa classe au début d'un cours. Un élève de troisième, qu'il connaissait depuis la sixième, lui a planté un couteau de chasse dans le ventre, gratuitement, sans raison particulière. Il n'a toujours pas compris et le recul qu'il a pu prendre depuis n'a servi en fin de compte qu'à l'éloigner chaque jour davantage des raisons qu'il aurait eues de reprendre son travail.

J'ai souvent remarqué au cours de ma carrière que les collègues les plus démonstratifs étaient ceux qui éprouvaient face aux enfants le plus de difficultés relationnelles. C'est une façon pour eux de donner le change, de se persuader qu'ils peuvent recommencer à définir les bases de leur compétence, à l'abri de cette force incontrôlable qui ne cesse de les remettre en question à chaque heure de cours. Leur discours semble incarner ce qui leur est nécessaire à un moment donné pour qu'ils puissent se connaître à nouveau et se soulager d'être ridiculisés en permanence. C'est très touchant d'une certaine manière.

La nuit, je l'entends parfois pleurer. Il n'arrive

pas à s'imaginer en dehors de l'Éducation nationale. Sa vie, depuis l'enfance, a été centrée sur cette vocation. Lorsqu'il était petit garçon, il m'a raconté que ses parents lui avaient offert un tableau portatif avec des feutres et une éponge spéciale. Sa famille recevait toujours beaucoup le week-end Il descendait alors avec son matériel, poussait la table du salon sous l'œil attendri de l'assistance et improvisait une leçon sur n'importe quel sujet : les coquillages, la tectonique des plaques, les diplodocus ou la socialisation des chimpanzés. Il avait tout préparé à l'avance. Sa mère venait le voir dans sa chambre une heure avant, pour connaître à l'avance le thème du jour. C'était sa consolation pour avoir supporté toute la semaine ses petits camarades qui riaient dès qu'il ouvrait la bouche. Je me suis dit que le ressentiment était au fond la musique de sa vie mais que la vocation avait été la seule cohérence qu'il eût toujours mise en avant. Combien sommes-nous dans ce cas-là ?

Cet homme a l'air très malheureux mais je ne peux rien pour lui. Je n'ai pas ce même rapport passionnel au métier. Je n'ai jamais réussi à avouer à des collègues que je m'étais présenté au concours uniquement parce que les statistiques de ces années-là étaient favorables. C'est délicat d'annoncer à des gens que ce à quoi ils ont consacré leur vie ne compte pas beaucoup pour toi. L'impression d'imposture qui s'en dégage peut être dangereuse pour la suite.

Je songe à quitter l'Éducation nationale, à donner ma démission à la rentrée de septembre. Je n'envisage pas de recommencer une autre année au collège, surtout après ce qui s'est passé. Comme dit le personnage d'un roman anglais que je suis en train de lire : « Il n'existe sans doute rien de plus difficile que d'avoir l'air sincère quand on a le cœur brisé. » Et la sincérité, si consternant que puisse t'apparaître ce mot, est tout de même le fondement de l'enseignement. On ne peut pas faire semblant très longtemps.

Pourrais-tu réfléchir, Léo, à ce que je pourrais faire d'autre ? Tes suggestions me seront précieuses pour aborder ma nouvelle existence. J'espère avoir droit au chômage, ce qui me permettrait de terminer ma thèse pour me diriger ensuite vers l'enseignement supérieur. Il me semble que les relations y sont davantage pacifiées qu'au collège et que je pourrais continuer à vivre tout en me recentrant autour de choses essentielles. La monotonie d'une bibliothèque de village me conviendrait également. Je pourrais faire en sorte que les jours et les années continuent à se ressembler. Il me faudrait, vois-tu, un cadre muet mais aimable, quelque chose qui tiendrait à la fois de l'asile de jour et du bureau des objets trouvés.

Cela me donnera l'impression sécurisante que le temps se referme enfin, comme si je me préparais déjà intérieurement au vieil abandon pitoyable et tranquille de la vieillesse. Je me souviens que lorsque nous étions plus jeunes, ce genre de discours t'agaçait mais si je te parle encore de ces choses, c'est parce qu'elles indiquent définitivement la manière dont je vis. Ce n'est pas à trente-deux ans que je vais changer. J'entretiens, en outre, l'espoir que la façon dont ton vieux frère envisage son existence future puisse encore t'intéresser.

À défaut d'imaginer la suite de ma vie, j'imagine la tienne à présent avec Nora. C'est quelqu'un d'à la fois patient et actif, ce qui est très rare. Je ne pouvais imaginer meilleure personne pour toi. Je suppose qu'elle t'a parlé de notre conversation au téléphone juste avant ma petite excursion. Tu lui diras que j'adore toujours autant sa voix : elle s'applique à articuler si clairement qu'elle te donne l'impression que son visage va t'apparaître d'un moment à l'autre dans le combiné pour se rapprocher du tien. Elle paraissait très soucieuse quant à ma participation au remake de ton anniversaire. Désolé, Léo, mais je ne viendrai pas : j'ai une chambre chauffée, de la lecture et je me sens calme pour la première fois depuis des années. Pour moi, être calme, c'est presque être heureux.

Je me demande ce qu'est devenu Jean-Patrick ? Il s'inquiétait beaucoup pour toi ces derniers temps. Tu sembles lui avoir donné du souci et c'est un homme qui craint les vrais problèmes plus que la mort. Je doute qu'il ait évoqué avec toi notre conversation, ou alors tout simplement n'en a-t-il pas eu le temps ? En gros, je lui ai fait comprendre que tu ressemblais à ces enfants issus des classes moyennes qui deviennent des cadres supérieurs bien payés et influents. Ils ont souvent une excellente conversation, s'habillent de façon très originale en mélangeant vêtements de marque et loques, connaissent des tas de choses sur des domaines pointus, mais à tout moment, ils peuvent laisser totalement de côté leur personnalité pour redevenir une proie facile pour de pseudo-aventuriers de la vie désireux de les attirer dans le foin. J'espère que cette description ne t'ennuie pas trop. C'est à peu près tout ce que j'ai eu le temps de lui dire. Fais-moi savoir si j'ai bien fait.

Écris-moi, l'adresse est au dos de l'enveloppe, mais ne viens pas tout de suite. Attends encore un peu.

Ton frère, Pierre.

Pierre

P.-S. : Une dernière anecdote que tu n'as pu apprendre par les journaux puisque c'est Jean-Paul qui me l'a donnée hier au téléphone. Il a failli y avoir un survivant par défaut, puisqu'un des élèves n'a pas pu participer au voyage pour des raisons de santé. L'élève en question, Brice Toutain, est tombé gravement malade la veille du voyage, une broncho-pneumonie qu'il avait entretenue depuis quelques semaines déjà. Il avait raté de nombreux cours et depuis qu'il avait appris que le voyage était inévitable, il s'entraînait régulièrement à refroidir son corps en s'exposant à des températures mortelles. Il est mort le jour même du drame. Sa mère est entrée dans sa chambre à treize heures trente avant de reprendre son travail, et son petit corps était déjà froid. Le médecin qui l'a examiné a noté sur le certificat de décès que sa mort remontait à treize heures. C'était l'heure exacte à laquelle les premiers témoins avaient déclaré avoir vu le bus franchir les barrières pour s'envoler vers la mer

DU MÊME AUTEUR

Aux Éditions Denoël

L'HEURE DE LA SORTIE, 2002 (Folio n° 4002). Prix du Premier Roman

COLLECTION FOLIO

Dernières parutions

3711. Jonathan Coe — *Les Nains de la Mort.*
3712. Annie Ernaux — *Se perdre.*
3713. Marie Ferranti — *La fuite aux Agriates.*
3714. Norman Mailer — *Le Combat du siècle.*
3715. Michel Mohrt — *Tombeau de La Rouërie.*
3716. Pierre Pelot — *Avant la fin du ciel.*
3718. Zoé Valdès — *Le pied de mon père.*
3719. Jules Verne — *Le beau Danube jaune.*
3720. Pierre Moinot — *Le matin vient et aussi la nuit.*
3721. Emmanuel Moses — *Valse noire.*
3722. Maupassant — *Les Sœurs Rondoli* et autres nouvelles.
3723. Martin Amis — *Money, money.*
3724. Gérard de Cortanze — *Une chambre à Turin.*
3725. Catherine Cusset — *La haine de la famille.*
3726. Pierre Drachline — *Une enfance à perpétuité.*
3727. Jean-Paul Kauffmann — *La Lutte avec l'Ange.*
3728. Ian McEwan — *Amsterdam.*
3729. Patrick Poivre d'Arvor — *L'Irrésolu.*
3730. Jorge Semprun — *Le mort qu'il faut.*
3731. Gilbert Sinoué — *Des jours et des nuits.*
3732. Olivier Todd — *André Malraux. Une vie.*
3733. Christophe de Ponfilly — *Massoud l'Afghan.*
3734. Thomas Gunzig — *Mort d'un parfait bilingue.*
3735. Émile Zola — *Paris.*
3736. Félicien Marceau — *Capri petite île.*
3737. Jérôme Garcin — *C'était tous les jours tempête.*
3738. Pascale Kramer — *Les Vivants.*
3739. Jacques Lacarrière — *Au cœur des mythologies.*
3740. Camille Laurens — *Dans ces bras-là.*
3741. Camille Laurens — *Index.*
3742. Hugo Marsan — *Place du Bonheur.*
3743. Joseph Conrad — *Jeunesse.*
3744. Nathalie Rheims — *Lettre d'une amoureuse morte.*

3745. Bernard Schlink	*Amours en fuite.*
3746. Lao She	*La cage entrebâillée.*
3747. Philippe Sollers	*La Divine Comédie.*
3748. François Nourissier	*Le musée de l'Homme.*
3749. Norman Spinrad	*Les miroirs de l'esprit.*
3750. Collodi	*Les Aventures de Pinocchio.*
3751. Joanne Harris	*Vin de bohème.*
3752. Kenzaburô Ôé	*Gibier d'élevage.*
3753. Rudyard Kipling	*La marque de la Bête.*
3754. Michel Déon	*Une affiche bleue et blanche.*
3755. Hervé Guibert	*La chair fraîche.*
3756. Philippe Sollers	*Liberté du* XVIIIème.
3757. Guillaume Apollinaire	*Les Exploits d'un jeune don Juan.*
3758. William Faulkner	*Une rose pour Emily* et autres nouvelles.
3759. Romain Gary	*Une page d'histoire.*
3760. Mario Vargas Llosa	*Les chiots.*
3761. Philippe Delerm	*Le Portique.*
3762. Anita Desai	*Le jeûne et le festin.*
3763. Gilles Leroy	*Soleil noir.*
3764. Antonia Logue	*Double cœur.*
3765. Yukio Mishima	*La musique.*
3766. Patrick Modiano	*La Petite Bijou.*
3767. Pascal Quignard	*La leçon de musique.*
3768. Jean-Marie Rouart	*Une jeunesse à l'ombre de la lumière.*
3769. Jean Rouaud	*La désincarnation.*
3770. Anne Wiazemsky	*Aux quatre coins du monde.*
3771. Lajos Zilahy	*Le siècle écarlate. Les Dukay.*
3772. Patrick McGrath	*Spider.*
3773. Henry James	*Le Banc de la désolation.*
3774. Katherine Mansfield	*La Garden-Party* et autres nouvelles.
3775. Denis Diderot	*Supplément au Voyage de Bougainville.*
3776. Pierre Hebey	*Les passions modérées.*
3777. Ian McEwan	*L'Innocent.*
3778. Thomas Sanchez	*Le Jour des Abeilles.*
3779. Federico Zeri	*J'avoue m'être trompé. Fragments d'une autobiographie.*

3780. François Nourissier — *Bratislava.*
3781. François Nourissier — *Roman volé.*
3782. Simone de Saint-Exupéry — *Cinq enfants dans un parc.*
3783. Richard Wright — *Une faim d'égalité.*
3784. Philippe Claudel — *J'abandonne.*
3785. Collectif — *«Leurs yeux se rencontrèrent...». Les plus belles premières rencontres de la littérature.*
3786. Serge Brussolo — *Trajets et itinéraires de l'oubli.*
3787. James M. Cain — *Faux en écritures.*
3788. Albert Camus — *Jonas ou l'artiste au travail* suivi de *La pierre qui pousse.*
3789. Witold Gombrovicz — *Le festin chez la comtesse Fritouille* et autres nouvelles.
3790. Ernest Hemingway — *L'étrange contrée.*
3791. E. T. A Hoffmann — *Le Vase d'or.*
3792. J. M. G. Le Clezio — *Peuple du ciel* suivi de *Les Bergers.*
3793. Michel de Montaigne — *De la vanité.*
3794 Luigi Pirandello — *Première nuit et autres nouvelles.*
3795. Laure Adler — *À ce soir.*
3796. Martin Amis — *Réussir.*
3797. Martin Amis — *Poupées crevées.*
3798. Pierre Autin-Grenier — *Je ne suis pas un héros.*
3799. Marie Darrieussecq — *Bref séjour chez les vivants.*
3800. Benoît Duteurtre — *Tout doit disparaître.*
3801. Carl Friedman — *Mon père couleur de nuit.*
3802. Witold Gombrowicz — *Souvenirs de Pologne.*
3803. Michel Mohrt — *Les Nomades.*
3804. Louis Nucéra — *Les Contes du Lapin Agile.*
3805. Shan Sa — *La joueuse de go.*
3806. Philippe Sollers — *Éloge de l'infini.*
3807. Paule Constant — *Un monde à l'usage des Demoiselles.*
3808. Honoré de Balzac — *Un début dans la vie.*
3809. Christian Bobin — *Ressusciter.*
3810. Christian Bobin — *La lumière du monde.*
3811. Pierre Bordage — *L'Évangile du Serpent.*

3812. Raphaël Confiant — *Brin d'amour.*
3813. Guy Goffette — *Un été autour du cou.*
3814. Mary Gordon — *La petite mort.*
3815. Angela Huth — *Folle passion.*
3816. Régis Jauffret — *Promenade.*
3817. Jean d'Ormesson — *Voyez comme on danse.*
3818. Marina Picasso — *Grand-père.*
3819. Alix de Saint-André — *Papa est au Panthéon.*
3820. Urs Widmer — *L'homme que ma mère a aimé.*
3821. George Eliot — *Le Moulin sur la Floss.*
3822. Jérôme Garcin — *Perspectives cavalières.*
3823. Frédéric Beigbeder — *Dernier inventaire avant liquidation.*
3824. Hector Bianciotti — *Une passion en toutes Lettres.*
3825. Maxim Biller — *24 heures dans la vie de Mordechaï Wind.*
3826. Philippe Delerm — *La cinquième saison.*
3827. Hervé Guibert — *Le mausolée des amants.*
3828. Jhumpa Lahiri — *L'interprète des maladies.*
3829. Albert Memmi — *Portrait d'un Juif.*
3830. Arto Paasilinna — *La douce empoisonneuse.*
3831. Pierre Pelot — *Ceux qui parlent au bord de la pierre (Sous le vent du monde, V).*
3832. W.G Sebald — *Les émigrants.*
3833. W.G Sebald — *Les Anneaux de Saturne.*
3834. Junichirô Tanizaki — *La clef.*
3835 Cardinal de Retz — *Mémoires.*
3836 Driss Chraïbi — *Le Monde à côté.*
3837 Maryse Condé — *La Belle Créole.*
3838 Michel del Castillo — *Les étoiles froides.*
3839 Aïssa Lached-Boukachache — *Plaidoyer pour les justes.*
3840 Orhan Pamuk — *Mon nom est Rouge.*
3841 Edwy Plenel — *Secrets de jeunesse.*
3842 W. G. Sebald — *Vertiges.*
3843 Lucienne Sinzelle — *Mon Malagar.*
3844 Zadie Smith — *Sourires de loup.*
3845 Philippe Sollers — *Mystérieux Mozart.*
3846 Julie Wolkenstein — *Colloque sentimental.*
3847 Anton Tchékhov — *La Steppe. Salle 6. L'Évêque.*

3848	Alessandro Baricco	*Châteaux de la colère.*
3849	Pietro Citati	*Portraits de femmes.*
3850	Collectif	*Les Nouveaux P*
3851	Maurice G. Dantec	*Laboratoire d* *générale*
3852	Bo Fowler	*Scepti*
3853	Ernest Hemin	
3854	Philippe Labr	
3855	Jean-Marie La	
3856	Adrian C. Lou	
3857	Henri Pourrat	
3858	Lao She	
3859	Montesquieu	
3860	André Beucler	
3861	Pierre Bordage	
3862	Edgar Allan Po	
3863	Georges Simenc	
3864	Collectif	
3865	Martin Amis	
3866	Larry Brown	
3867	Shûsaku Endô	
3868	Cesare Pavese	
3869	Bernhard Schlink	*La circoncision.*
3870	Voltaire	*Traité sur la Tolérance.*
3871	Isaac B. Singer	*La destruction de Kreshev.*
3872	L'Arioste	*Roland furieux I.*
3873	L'Arioste	*Roland furieux II.*
3874	Tonino Benacquista	*Quelqu'un d'autre.*
3875	Joseph Connolly	*Drôle de bazar.*
3876	William Faulkner	*Le docteur Martino.*
3877	Luc Lang	*Les Indiens.*
3878	Ian McEwan	*Un bonheur de rencontre.*
3879	Pier Paolo Pasolini	*Actes impurs.*
3880	Patrice Robin	*Les muscles.*
3881	José Miguel Roig	*Souviens-toi, Schopenhauer.*
3882	José Sarney	*Saraminda.*
3883	Gilbert Sinoué	*À mon fils à l'aube du troi-* *sième millénaire.*

3884	Hitonari Tsuji	*La lumière du détroit.*
3885	Maupassant	*Le Père Milon.*
3886	Alexandre Jardin	*Mademoiselle Liberté.*
3887	Daniel Prévost	*Coco belles-nattes.*
3888	François Bott	*Radiguet. L'enfant avec une canne.*
3889	Voltaire	*Candide ou l'Optimisme.*
3890	Robert L. Stevenson	*L'Étrange Cas du docteur Jekyll et de M. Hyde.*
3891	Daniel Boulanger	*Talbard.*
3892	Carlos Fuentes	*Les années avec Laura Díaz.*
3894	André Dhôtel	*Idylles.*
3895	André Dhôtel	*L'azur.*
3896	Ponfilly	*Scoops.*
3897	Tchinguiz Aïtmatov	*Djamilia.*
3898	Julian Barnes	*Dix ans après.*
3899	Michel Braudeau	*L'interprétation des singes.*
3900	Catherine Cusset	*À vous.*
3901	Benoît Duteurtre	*Le voyage en France.*
3902	Annie Ernaux	*L'occupation.*
3903	Romain Gary	*Pour Sgnanarelle.*
3904	Jack Kerouac	*Vraie blonde, et autres.*
3905	Richard Millet	*La voix d'alto.*
3906	Jean-Christophe Rufin	*Rouge Brésil.*
3907	Lian Hearn	*Le silence du rossignol.*
3908	Kaplan	*Intelligence.*
3909	Ahmed Abodehman	*La ceinture.*
3910	Jules Barbey d'Aurevilly	*Les diaboliques.*
3911	George Sand	*Lélia.*
3912	Amélie de Bourbon Parme	*Le sacre de Louis XVII.*
3913	Erri de Luca	*Montedidio.*
3914	Chloé Delaume	*Le cri du sablier.*
3915	Chloé Delaume	*Les mouflettes d'Atropos.*
3916	Michel Déon	*Taisez-vous... J'entends venir un ange.*
3917	Pierre Guyotat	*Vivre.*
3918	Paula Jacques	*Gilda Stambouli souffre et se plaint.*
3919	Jacques Rivière	*Une amitié d'autrefois.*
3920	Patrick McGrath	*Martha Peake.*

3921 Ludmila Oulitskaia — *Un si bel amour.*
3922 J.-B. Pontalis — *En marge des jours.*
3923 Denis Tillinac — *En désespoir de causes.*
3924 Jerome Charyn — *Rue du Petit-Ange.*
3925 Stendhal — *La Chartreuse de Parme.*
3926 Raymond Chandler — *Un mordu.*
3927 Collectif — *Des mots à la bouche.*
3928 Carlos Fuentes — *Apollon et les putains.*
3929 Henry Miller — *Plongée dans la vie nocturne.*
3930 Vladimir Nabokov — *La Vénitienne* précédé d'*Un coup d'aile.*
3931 Ryûnosuke Akutagawa — *Rashômon* et autres contes.
3932 Jean-Paul Sartre — *L'enfance d'un chef.*
3933 Sénèque — *De la constance du sage.*
3934 Robert Louis Stevenson — *Le club du suicide.*
3935 Edith Wharton — *Les lettres.*
3936 Joe Haldeman — *Les deux morts de John Speidel.*
3937 Roger Martin du Gard — *Les Thibault I.*
3938 Roger Martin du Gard — *Les Thibault II.*
3939 François Armanet — *La bande du drugstore.*
3940 Roger Martin du Gard — *Les Thibault III.*
3941 Pierre Assouline — *Le fleuve Combelle.*
3942 Patrick Chamoiseau — *Biblique des derniers gestes.*
3943 Tracy Chevalier — *Le récital des anges.*
3944 Jeanne Cressanges — *Les ailes d'Isis.*
3945 Alain Finkielkraut — *L'imparfait du présent.*
3946 Alona Kimhi — *Suzanne la pleureuse.*
3947 Dominique Rolin — *Le futur immédiat.*
3948 Philip Roth — *J'ai épousé un communiste.*
3949 Juan Rulfo — *Llano en flammes.*
3950 Martin Winckler — *Légendes.*
3951 Fédor Dostoievski — *Humiliés et offensés.*
3952 Alexandre Dumas — *Le Capitaine Pamphile.*
3953 André Dhôtel — *La tribu Bécaille.*
3954 André Dhôtel — *L'honorable Monsieur Jacques.*
3955 Diane de Margerie — *Dans la spirale.*
3956 Serge Doubrovski — *Le livre brisé.*
3957 La Bible — *Genèse.*
3958 La Bible — *Exode.*
3959 La Bible — *Lévitique-Nombres.*
3960 La Bible — *Samuel.*

Composition Bussière
et impression Bussière Camedan Imprimeries
à Saint-Amand (Cher), le 27 septembre 2004.
Dépôt légal : septembre 2004.
1er dépôt légal dans la collection : février 2004.
Numéro d'imprimeur : 043908/1.
ISBN 2-07-042908-3./Imprimé en France.

133068